장의 男

강시 女

장의男 강시女 2

노기혁 新무협 판타지 소설

초판 1쇄 찍은 날 § 2005년 2월 19일
초판 1쇄 펴낸 날 § 2005년 2월 28일

지은이 § 노기혁
펴낸이 § 서경석

편집장 § 문혜영
편집 § 장상수 · 김희정 · 한자윤
마케팅 § 정필 · 강양원 · 이선구 · 김규진 · 홍현경

펴낸곳 § 도서출판 청어람
등록번호 § 제1081-1-89호
등록일자 § 1999. 5. 31
어람번호 § 제2-0534호

주소 § 경기도 부천시 원미구 심곡1동 350-1 남성B/D 3F (우) 420-011
전화 § 032-656-4452 팩스 § 032-656-4453
http://www.chungeoram.com
E-mail § eoram99@chollian.net

ISBN 89-5831-441-9 04810
ISBN 89-5505-439-7 (SET)

Fantastic Oriental Heroes

노기혁 新무협 판타지 소설

장의 男

男

강시 女

2

동업자의 길

도서출판
청어람

목차

제9장

뱀 대가리에 용 꼬리

저벅!

불이장 장주 손충위의 명령과 함께 정문 안으로 들어선 웅비관의 제자들이 다가오는 흑사방 경비 무사들을 마주하고 성큼 앞으로 걸어갔다.

서로를 바라보는 흑사방의 경비 무사와 웅비관 제자의 눈에 살기가 가득하다.

'무서워!'

예하령이 옆에 있는 진가운의 팔을 더욱 꽉 붙들었다.

"뭐야?"

"……"

짜증 가득한 진가운의 한마디에 예하령이 입을 삐죽이며 슬쩍 진가운을 바라보았다. 눈꼬리가 쭉 찢어져 올라간 것이 진가운의 모습 역시 편안한 것은 아니다.

"뭐냐고?"

"무서워!"

어처구니없다는 듯 자신의 팔을 늘어지도록 잡고 있는 예하령을 바라보는 진가운.

'나는 네가 더 무서워.'

생각은 그렇지만 자신의 팔을 잡고 늘어지는 예하령을 차마 밀어낼 수는 없었다.

"걱정 마!"

진가운이 일단 위로의 말을 건네며 예하령을 등 뒤로 보냈다.

"이런 미친새끼들. 감히 여기가 어딘 줄 알⋯⋯."

낯선 침입자인 웅비관 제자들에게 욕을 하며 달려드는 경비 무사. 그러나 경비 무사의 말은 더 이상 이어지지 않았다.

어느새 경비 무사의 팔을 잡은 웅비관의 제자 한 명이 흑사방 경비 무사를 하늘 높이 집어 던졌기 때문이다.

휘익!

멋진 포물선을 그리며 경비 무사 한 녀석이 담 밖으로 멋지게 날아갔다. 그들의 스승인 불이장 장주, 손충위의 명령대로 흑사방 무사를 공중으로 날려 버린 것이다.

"헉!"

동료 무사가 날아가는 모습에 함께 정문에 나타난 다른 흑사방 무사들은 눈을 까뒤집었다. 보아하니 앞에 나타난 놈들은 자신들이 상대할 수 있는 자들이 아니었다.

왠지 모를 비장함이 침입자들의 몸에서 스물스물 뻗어 나오고 있었다.

경비 무사 가운데 한 명이 급히 손가락을 자신의 입으로 가져가더니 힘껏 바람을 일으켰다.

삐이익!

날카로운 휘파람 소리!

그것이 흑사방의 경비 무사가 마지막으로 취한 행동이었다.

타다닥!

전방에 대치하고 있던 웅비관 제자 가운데 한 명이 흑사방 놈들에게 달려들더니 잠깐 멱살을 움켜쥐었다가 손을 뿌렸다.

피융!

경비 무사의 제법 육중한 몸뚱이가 하늘 높이 치솟아오르더니 흑사방의 담을 넘어 사라졌다.

"수고했다."

스승 손충위의 한마디에 입가에 미소를 짓는 웅비관 제자.

저벅저벅!

의기양양. 안쪽을 향해 걸음을 내디뎠다.

여느 무인들처럼 손에 검을 들지도 않았다.

주먹!

웅비관 제자들의 무기는 오직 강철같이 단련된 주먹 하나뿐이다.

웅비관 제자들을 바라보던 진가운은 슬쩍 고개를 끄덕였다. 웅비관의 전임 장주인 손태산이 소림사의 속가제자라고 했는데 그것이 사실임을 알 수 있었다.

웅비관의 제자들은 소림의 제자들과 마찬가지로 검, 도, 창과 같은 살상 무기를 들고 있지 않았다.

많은 웅비관의 제자들 가운데 무기를 들고 있는 것은 웅비관의 관주인 손충위뿐이었다. 그렇지만 관주인 손충위 역시 권법을 익힌 권사(拳士)일 것이다. 단지 아버지 손태산의 원한을 갚겠다는 생각으로 검을 들었을 것이다.

턱!

뒤로 물러서는 흑사방 제자들을 바라보며 흑사방 안채를 향해 느릿느릿 걸어가던 웅비관 제자들이 걸음을 멈췄다. 그와 동시에 이들의 뒤를 따르던 예하령과 진가운 역시 걸음을 멈추고 전방을 주시했다.

우루루루!

경비 무사의 휘파람 소리를 들었는지 안채에서 사십여 명의 흑사방 제자들이 멈춰 선 웅비관 제자들을 향해 달려왔다.

"흐흐흐, 이제야 제대로 손님들을 맞을 준비를 했구나."

독백처럼 한마디를 내뱉은 손충위가 태연한 얼굴로 경비 무사들에게 다가갔다.

스르릉!

허리에 찬 도를 빼 드는 흑사방의 무사들.

"가소로운 놈들."

손충위의 얼굴에는 조금의 변화도 없다.

흑사방 무사들이 손에 든 도를 보며 '저것은 뭐에 쓰는 물건인고?'를 생각하는 듯 고개를 한번 갸우뚱거리며 바라보는 것이 전부다.

"차앗!"

기합과 함께 손충위가 흑사방 놈들을 향해 날아갔다.

무모한 움직임.

어느 누가 보더라도 손충위의 행동은 무모하기 짝이 없는 일이다.

그러나 그 모습에 당황한 것은 오히려 흑사방 무사들이다.

자신들이 도를 빼 들면 그래도 조금은 두려운 기색을 보일 것으로 생각했는데 침입자들의 모습은 너무도 태연했다.

몸은 물론 그들의 눈동자에서도 흔들림은 전혀 보이지 않았다.

스르륵.

도를 빼 든 흑사방 무사 사십여 명이 흠칫하며 뒤로 한 발 물러섰다.

휘익!

순간, 흑사방 무사에게 다가간 손충위의 검이 허공에서 빛을 뿌렸다. 그저 평범한 좌에서 우로의 긴 가로 베기.

"크헉!"

"으윽!"

두 명의 흑사방 무사 입에서 신음 소리가 터졌다.

가슴이 불에 덴 듯 화끈거렸다.

휘익!

그런 두 사람의 고통에는 신경도 쓰지 않고 손충위의 검이 다시 허공을 갈랐다.

위에서 아래로 이어지는 간단한 세로 베기.

또다시 흑사방 무사 한 명의 가슴이 위에서 아래로 길게 베어졌다.

쏴아아!

몸에서 뿜어지는 피분수.

그러나 손충위는 아무런 느낌도 없다는 듯 그대로 흑사방의 제자들이 모여 있는 곳으로 성큼성큼 걸어 들어갔다.

손충위의 전진과 함께 사십 명에 이르는 흑사방 제자들이 일제히 뒷걸음질을 쳤다.

이번 싸움의 결과는 사실 이것으로 끝난 것이다.

싸움 초반의 기세 싸움에서 흑사방 잡놈들은 웅비관 제자들의 상대가 되지 않는다는 것이 밝혀진 것이다.

'저 사람이 손충위가 맞는 거야?'

눈으로 보고 있지만 진가운은 지금 눈앞에 있는 사람이 자신에게 부모의 염을 부탁했던 그 손충위가 맞는지 의심스러울 지경이다. 그저 예의 바른 유생의 모습이었던 손충위건만 검을 든 순간부터 전혀 다른 사람이 되어 있었다.

'이것이 소림사의 힘이란 말인가?'

진가운의 머리 속에 갑자기 천년무림의 태두 소림사가 떠올랐다.

사실 손충위는 소림사와는 관련도 없는 사람이다.

그의 선친인 손태산이 소림사의 제자, 그것도 속가제자일 뿐이다. 그러나 진가운은 손충위를 보면서 소림의 저력을 떠올렸다. 스스로도 이해할 수 없는 일이지만 머리 속에서 일어나는 소림사에 대한 경외심은 어쩔 도리가 없었다.

넋을 놓고 손충위를 바라보던 진가운은 슬쩍 고개를 돌렸다.

입을 벌린 채 손충위를 바라보는 예하령.

손충위의 지금 모습에 반했는지 눈동자까지 슬쩍 풀려 있는 것이 정상은 아니다.

'입 다물어. 파리 들어가.'

알 수 없는 질투심.

예하령의 그 모습에 진가운의 가슴이 부글부글 끓어올랐다.

그 와중에도 손충위는 계속 흑사방의 잡놈이 모여 있는 곳으로 걸어갔다.

"흐흐흐, 너희 같은 하루살이의 목을 베러 온 것이 아니다."

"뭐 하고 자빠졌어. 저놈을 당장 베어버리지 않고."

명령.

놈들 가운데에도 상관은 있었나 보다.

타다닥!

"죽어!"

뒤에서 들려오는 상관의 명령과 함께 주춤거리며 뒤로 물러서던 흑사방 무사들이 일제히 도를 머리 위로 치켜든 채 소리를 지르며 손충위에게 달려들었다.

획! 획! 획!

흑사방 무사들의 도가 한꺼번에 움직였다.

급히 몸을 돌리며 날아드는 도를 피한 손충위가 다시 손을 움직였다.

휘리릭!

손충위의 검에서 바람이 일자 다가들던 흑사방 제자 가운데 두 명이 땅바닥에 고꾸라졌다.

쐐액!

잠시 쓰러진 흑사방의 잡놈을 보는 사이 손충위에게 접근한 흑사방 제자의 도가 손충위의 옆구리를 노리고 날아왔다.

척!

몸을 돌리며 왼손으로 도를 찔러오던 흑사방 제자의 오른손을 낚아챈 손충위.

씨익!

"잘 가라."

손충위의 얼굴에서 미소가 사라지는 것과 함께 손목이 잡힌 흑사방 제자의 몸이 하늘 높이 날아갔다.

쿵!

벽에 머리를 부딪쳤는지 피를 흘리며 손충위를 바라보던 흑사방 제자의 눈이 스르륵 감겼다.

"쳐라!"

흑사방의 잡놈들과 상대하기 귀찮았는지 손충위의 공격 명령이 다시 떨어졌다.

타닥!

마치 기다리고 있었다는 듯 웅비관 제자들이 힘차게 흑사방의 잡놈들에게 다가갔다.

슈우~ 웅!

순식간에 웅비관 제자들에게 몸이 잡힌 십여 명의 흑사방 무사들이 공중으로 날아갔다.

일방적 승리.

그야말로 싸움이라고 할 수도 없는 일방적인 공격이다.

웅비관 제자들의 빠른 주먹에 흑사방 제자들은 반격할 생각도 하지 못하고 주먹을 피하기에 급급할 뿐이었다.

순간.

휘릭!

손충위의 손을 향해 도 한 자루가 도신을 번쩍이며 날아들었다.

스윽!

"……"

손충위의 얼굴이 일그러졌다. 그렇지만 입으로는 신음 소리 하나 토하지 않았다.

휘릭!

고개를 돌리는 손충위.

그의 눈에 도 한 자루를 들고 자기를 바라보며 석상처럼 몸을 세우고 있는 흑사방의 잡놈 하나가 눈에 들어왔다.

"흐흐흐, 그래도 네놈은 사람처럼 보이는구나."

획!

미소와 함께 손충위의 검이 움직였다.

"……!"

깜짝 놀라 도를 머리 위로 치켜드는 흑사방 무사.

써걱!

크흑!

용감히 손충위에게 달려들었던 흑사방 제자가 다시 땅바닥으로 몸을 떨구었다. 그제야 손충위가 고개를 숙였다.

피.

팔뚝에 기다란 도상(刀傷)이 뚜렷이 보였다.

그와 함께 피가 바닥에 떨어져 내리는 것이 눈에 보였다.

급히 팔뚝의 혈을 짚어 출혈을 막은 손충위가 싸움의 한복판으로 다시 달려들었다.

"으아아악!"

"사람 살려!"

불이장 장주, 손충위가 본격적인 공격을 시작하자 그제까지 간신히 버티고 있던 흑사방의 잡놈 삼십여 명이 들고 있던 도를 버리고 그대로 도망갔다.

사실 흑사방 잠놈들이 들고 있는 도는 전투용이 아니다.

동네에서 주먹질이나 하던 놈들이 언제 도를 휘둘러 보았겠는가?

그들은 도보다는 주먹질에 익숙한 자들이다.

그들이 도를 허리에 차고 있는 것은 단지 그것을 보는 백성들에게 위협을 하기 위한 도구일 뿐이다. 또한 명색이 무림문파일진대 무기 하나 갖고 다니지 않는다는 것이 우습다는 생각으로 도를 차고 있을 뿐이다.

한마디로 흑사방 잠놈들의 도는 장식용이다.

'진짜로 웃기는 놈들이네.'

등을 보이며 달아나는 흑사방 잠놈들을 보는 예하령의 입가에 어처구니없다는 쓴웃음이 비춰졌다.

그들을 한심하게 바라보는 눈은 또 하나 있었다.

진가운.

그랬다.

예하령이 섭혼술을 익힌 자를 지적하면 진가운은 그자를 손충위에게 알릴 생각으로 예하령 옆에서 지금까지의 싸움을 지켜보고 있었다.

섭혼술을 익힌 자. 그자가 이곳에 머물고 있는 데에는 분명한 이유가 있을 것이다.

이유가 없다면 그런 일류, 아니, 절정의 고수가 이런 잠놈들과 섞여 생활할 리는 없다고 생각했다.

그러나 지금까지는 예하령에게서 아무런 말이 없다. 그렇다면 놈은 이곳에 없는 놈 중에 하나일 것이다. 흑사방의 제자들이 오십여 명 정도니 이제 용의자는 십여 명 정도로 줄어든 것이다.

진가운은 나머지를 기다리며 예하령의 옆에서 흑사방의 안채가 있는 곳을 바라보았다.

"오는군."

사태가 심상치 않다는 것을 알았는지 흑사방 방주 간유상을 비롯한 십여 명의 수뇌들이 손충위를 비롯한 웅비관 제자들에게 달려오는 것이 진가운의 눈에 보였다.

'저놈들 가운데 한 녀석이다.'

진가운은 입을 굳게 다물고 옆에 있는 예하령을 바라보았다.

만약 예하령이 위험에 처하면 당장에 달려들 생각으로 양손에 내력을 잔뜩 모았다.

"이놈들! 당장 게 서지 못할까!"

척!

도망가던 흑사방은 제자들이 걸음을 멈추고 뒤를 돌아보았다.

방주 간유상.

언제나 그들을 못 잡아먹어 안달하던 방주 간유상이 고래고래 소리를 지르고 있다.

'미친놈, 웃기네.'

흑사방 무사들은 간유상의 말을 무시하고 다시 발을 움직였다.

"이놈들아! 방주님께서 멈추랍신다."

호청지의 간드러진 목소리.

책사 호청지의 부르짖음에 달아나던 흑사방의 제자들이 걸음을 멈췄다.

멈춰 선 흑사방 제자들의 얼굴에 비춰진 것은 갈등이다.

사실, 흑사방 제자들이 방주보다 말을 더 잘 들었던 사람이 책사 호청지다.

알 수 없는 동정심.

호청지를 보면 왠지 알 수 없는 동정심이 일었다.

가냘픈 몸에 매일같이 성질 더러운 방주에게 맞고 사는 것을 생각하니 불쌍하다는 생각이 안 들 수가 없다.

흑사방 제자들은 걸음을 멈추고 다시 뒤를 돌아보았다. 그들의 눈에 가냘픈 몸을 부르르 떨며 자신들을 애타게 부르는 호청지의 모습이 보였다.

불쌍한 인간.

'도대체 왜 저렇게 사나?' 싶을 정도로 매일 방주에게 당하기만 하는 불쌍한 호청지가 안타까운 시선으로 자신들을 목 놓아 부르고 있었다.

"제길, 내 저 불쌍한 인간 봐서 차마 떠날 수가 없구먼."

흑사방 제자 가운데 한 명이 어쩔 수 없다는 듯 고개를 서너 번 가로 젓더니 방주 간유상이 있는 곳으로 발길을 되돌렸다.

"젠장."

한 사람이 몸을 돌리자 도망가던 사람들이 한 사람, 두 사람 다시 발길을 되돌렸다.

씨익.

간유상의 입가에 미소가 번졌다.

"이봐! 호청지. 봤지? 이게 다 이 위대한 지도자의 위용이야."

"아이고, 문주님, 그렇고말고요."

호청지가 냉큼 허리를 숙이며 말을 받았다.

간유상이 자신의 옆에 있는 일곱 사내를 한번 훑어보았다.

"애들아! 당장 저놈을 쳐라!"

"치랍신다!"

호청지의 후렴이 끝나자마자 간유상, 호청지와 함께 모습을 드러낸 일곱 명의 사내가 두 사람을 향해 허리를 한번 숙이고는 웅비관의 제자들에게 다가갔다.

사내들은 허리에 찬 주머니에 손을 넣었다가 바로 꺼냈다.

스르릉!

사내들의 손에는 기다란 쇠사슬이 하나씩 들려 있었다.

유성추(流星鎚).

기다란 쇠사슬 끝에 뾰족한 쇠뭉둥이가 달린 기병(奇兵).

일곱 사내가 끝을 잡고 머리 위에서 유성추를 휘둘렀다.

쌔앵! 쌔앵!

바람을 가르는 소리가 사방에 찼다. 제법 유성추를 다루어본 솜씨다.

"야합!"

기합과 함께 두 명의 사내가 손충위에게 달려들었다.

손충위는 슬쩍 뒤로 물러나더니 자신을 향해 날아오는 유성추를 잡겠다는 듯 왼손을 앞으로 쭉 뻗었다.

'흐흐흐, 어리석은 놈! 유성추를 손으로 잡으려 하다니……'

두 사내의 입가에 미소가 번졌다.

자신들이 휘두르는 유성추는 다른 유성추와는 달리 쇠사슬에도 날이 시퍼렇게 서 있다.

그것도 모르고 유성추를 잡겠다고 손을 뻗는 손충위를 보니 한편으로 안됐다는 생각이 들었다.

채리링!

"헉!"

유성추 두 개가 손충위의 왼손에 감기는 것과 동시에 두 사내의 눈이 튀어나올 듯 부풀어 올랐다.

단박에 팔을 잘라낼 것으로 예상했건만 손충위는 아무렇지도 않다는 듯 유성추를 왼손으로 잡고 있었다.

"흐흐흐."

손충위의 입가에 흐릿한 미소가 번졌다.

유성추를 힘차게 끌어당기는 손충위.

휘익!

두 명의 사내가 마치 낚싯대에 걸린 물고기처럼 손충위에게 끌려 들어갔다.

슈욱!

그와 동시에 손충위의 검이 번쩍이며 허공을 갈랐다.

"크아악!"

"커헉!"

두 사내의 입에서 동시에 비명이 터졌다.

팔!

유성추를 들고 있던 두 사람의 팔이 바닥에 떨어진 채 펄떡거리고 있었다.

슈욱!

더 이상 두 사람에게는 볼일이 없는지 손충위가 오른손으로는 검을, 왼손으로는 두 사내에게서 빼앗은 유성추를 휘두르며 자신을 포위하듯 둘러싼 다섯 명을 몰아붙였다.

카강!

채리링!

이미 동료 가운데 두 명이 당해서인지 사내들이 펼친 포위망은 순식간에 무너졌다.

독무대(獨舞臺).

이후의 싸움은 그야말로 손충위의 독무대나 다름없었다.

포위망을 뚫은 손충위에게는 거칠 것이 없었다. 손발을 정신없이 놀리며 다섯 명의 사내를 그야말로 질풍노도(疾風怒濤)처럼 몰아쳐 갔다.

채리링!

서걱!

"크아악!"

비명과 함께 다른 한 사내의 팔이 땅바닥에 떨어졌다.

그래도 죽이지는 않겠다고 생각한 건지 손충위는 사내들의 팔만을 노렸다. 만약 손충위가 그런 생각을 하지 않았다면 일곱 명의 사내는 지금쯤 저승사자와 면담을 나누고 있을 것이다.

동료 한 명이 다시 당하자 남아 있던 네 사내의 얼굴이 파랗게 질렸다.

설마 자신들 앞에 나타난 손충위가 이 정도의 고수일 것이라고는 생각지 못한 모양이다.

휘리릭!

다가오는 손충위를 두려운 듯 바라보던 네 명의 사내가 서로 눈짓을 교환하더니 그대로 달아나기 시작했다.

"이… 이놈들!"

흑사방 방주 간유상이 놀란 얼굴로 달아나는 사내들을 불러보았지만 벌써 그들의 모습은 사라지고 그림자도 보이지 않았다.

"저… 저저, 저… 저런 쳐 죽일……."

"흐흐흐, 이제 네놈들뿐이다."

당황한 듯 어쩔 줄 모르는 간유상을 향해 손충위가 천천히 다가들었다.

바르르르.

불이장 장주 손충위를 바라보는 간유상의 몸이 떨렸다. 자신을 향해 다가오는 손충위의 한 걸음 한 걸음이 마치 숨통을 서서히 조이는 악마의 손길 같았다.

획.

눈을 동그랗게 뜬 간유상이 옆에서 어쩔 줄 몰라 하는 책사 호청지를 바라보았다.

"호청지! 방법을 생각해 봐."

"……."

호청지의 입은 굳게 닫힌 채 열리지를 않았다. 하긴 지금과 같은 상황에서 무슨 묘책이 있겠는가?

호청지에게서 아무런 말이 없자 간유상이 버럭 소리를 질렀다.

"야~ 이 새끼야! 책사면 책사답게 방법을 찾아야 할 거 아냐."

"……."

잠시 말없이 생각에 잠겼던 호청지의 입이 조심스럽게 열렸다.

"방주님, 튀시지요?"

"뭐?"

황당한 듯 눈을 부릅뜨는 흑사방 방주 간유상. 그러나 호청지의 입은 쉬지 않았다.

"튀자고요. 삼십육계(三十六計), 줄행랑도 병법입니다."

간유상의 얼굴이 벌겋게 달아올랐다.

기껏 방법을 찾으라고 말했더니 튀자니…….

'뭐? 삼십육계도 병법이야? 오냐, 이 새끼 오늘만 넘기면 자른다. 내 너를 자르지 않으면 개새끼다. 개새끼.'

하나 지금은 어쩔 수가 없다. 호청지의 말대로 튈 수밖에……. 그렇지만 이대로 도망치다가는 눈앞에 있는 두 명에게 잡힐 것만 같았다.

간유상의 눈에 넋을 잃고 서 있는 자신의 수하들이 보였다.

씨익!

간유상의 사악한 미소.

"이 새끼들, 뭐 하고 자빠졌어. 공격!"

간유상의 공격 명령이 떨어졌다. 그러나 흑사방 부하들은 아무런 움직임도 보이지 않았다.

보다 못한 호청지가 다시 수하들을 향해 소리를 질렀다.

"이놈들, 공격하랍신다!"

흑사방의 제자들이 어쩔 수 없다는 듯 손충위를 향해 도를 휘둘렀다.

"와아아!"

흑사방 잡놈들이 손충위에게 달려드는 것을 본 응비관의 제자들이 일제히 흑사방의 잡놈들을 향해 마주 달려갔다.

이 틈을 이용해 간유상은 급히 꽁무니를 빼고 달아났다.

턱!

누군가 자신의 어깨를 슬쩍 치는 것을 느낀 손충위가 고개를 돌렸다.

진가운이었다.

진가운이 따라오라는 듯 고갯짓을 하며 달아나는 간유상과 호청지의 뒤를 따라 달려갔다.

휘익!

그런 진가운의 뒤를 따라 손충위 역시 급히 몸을 움직였다.

흑사방 방주 간유상이 급히 달려 들어온 곳은 다름 아닌 자신의 방이다.

이유는 은자 때문이다.

도망을 치더라도 은자는 필요한 법. 그동안 모아놓은 은자와 전표를 챙기기 위해서 간유상은 방으로 돌아온 것이다.

드륵!

"……!"

문을 연 간유상의 눈이 커졌다.

언제 들어왔는지 복면을 뒤집어쓴 사내가 자신의 방을 뒤지고 있었다.

"네, 네놈은 누… 커헉!"

간유상의 눈이 커지는가 싶더니 이내 초점을 잃었다.

간유상의 가슴에 닿아 있는 복면인의 손.

복면의 찢어진 틈으로 보이는 사내의 입가에는 미소가 가득하다.

"흐흐흐, 간유상, 네놈 주제에 그동안 왕 노릇하며 살았으니 부족한 삶은 아니었을 게다."

"그렇지. 너 같은 자를 수하로 부렸으니 간유상에게는 과분했지."

"누구?"

획!

복면인은 긴장한 표정으로 고개를 번쩍 치켜들며 뒤로 돌렸다.

자신과 비슷하게 복면을 깊숙이 눌러쓴 사내가 자신을 보며 비웃음을 흘리고 있었다. 그러고 보니 흑사방에 쳐들어온 무리 가운데에서 이자를 언뜻 본 듯하다.

"네… 네놈은 누구냐?"

"그건 알 필요 없다. 호청지!"

"……!"

시야를 확보하기 위해 복면 양쪽에 조그맣게 뚫어놓은 구멍 사이로 드러난 사내의 눈에서 슬쩍 광채가 피어올랐다.

복면사내의 손이 슬쩍 움직이더니 손에 있는 물건을 털어내듯 앞으로 뻗어냈다.

쇄액!

바람을 가르며 흐릿한 물체가 진가운을 향해 날아들었다.

진가운은 급히 몸을 틀며 손을 앞으로 마주 내뻗었다.

차앗!

그 틈을 이용, 복면사내가 급히 문밖으로 몸을 날렸다.

"어딜!"

진가운이 슬쩍 다리를 내밀었다.

틱!

밖으로 달려나가던 사내의 발이 진가운이 내민 발끝에 걸리며 몸이 기우뚱거렸다.

우당탕!

흑사방 방주실 앞마당에 나뒹구는 복면사내.

휘릭!

사내가 몸을 최대한 둥글게 말며 떼구르르 바닥을 구르더니 발로 바닥을 차며 몸을 일으켰다.

"보면 볼수록 대단한 물건이야."

진가운이 자신의 손을 보며 중얼거렸다.

몸을 일으킨 사내가 놀란 듯 진가운의 손끝을 바라보았다.

세침(細針)!

천옥봉의 남편 손태산의 목숨을 앗아간 정체 모를 세침이 진가운의 손가락 사이에 잡혀 있었다.

'고수!'

복면사내가 놀란 듯 몸을 한차례 부르르 떨었다.

"누구냐?"

"자신의 신분을 먼저 밝히는 것이 예가 아닌가? 호청지!"

복면사내가 서서히 자신의 손을 복면으로 가져갔다.

스륵!

드러나는 모습.

호청지.

역시 그랬다.

복면사내의 정체는 진가운이 예상한 대로 흑사방의 책사 호청지였다.

그렇지만 방주 간유상에게 간사한 웃음을 흘리며 언제나 목숨을 구걸하던 흑사방 책사 호청지와는 그 모습이 전혀 달랐다.

꽉 다문 입술. 강인한 무인의 기상이 느껴지는 번쩍이는 안광. 가히 고수의 풍모였다.

"자, 이제 나의 정체를 밝혔으니 말해라. 네놈은 누구냐?"

"말하기 싫어."

"이런 고얀……!"

당했다는 생각이 들었는지 진가운을 바라보는 호청지의 눈이 길게 찢어졌다. 그와 함께 호청지의 눈에서 슬쩍 광채가 피어올랐다.

흠칫하며 진가운의 몸이 순간적으로 얼어붙었다.

'섭혼술.'

이미 호청지의 섭혼술에 대비하고는 있었지만 순간적으로 움찔거리는 몸은 진가운으로서도 어쩔 수가 없었다.

"타앗!"

기합과 함께 호청지가 그대로 몸을 돌리며 발을 움직였다.

슈숙!

"크흐흑!"

호청지의 입에서 비명이 튀어나왔다.

급히 고개를 돌렸다. 무엇에 당했는지 우측 어깨가 깊이 베어져 있었다.

"어느 놈이냐?"

포효하듯 일갈하며 고개를 치켜든 호청지의 눈에 자신을 바라보며 전방에서 검을 들고 서 있는 사내가 보였다.

손충위.

이미 진가운에게서 아버지의 원수가 호청지라는 사실을 전해 들은 손충위가 붉게 충혈된 눈으로 호청지를 노려보고 있었다.

"네놈이 우리 아버님을 시해(弑害)한 놈이냐."

"크크크, 그러고 보니 손가 녀석의 자식이로구나. 어리석은 놈."

획!

손충위가 당장에 반쪽을 내겠다는 듯 양손으로 검을 든 채 호청지에게 달려들었다.

호청지의 오른손이 허공을 갈랐다.

"크흑!"

일격(一擊).

호청지의 일격에 손충위의 몸이 무너져 내렸다.

"손 장주!"

진가운이 급히 손충위를 향해 달려갔다.

"합!"

손충위를 들어 올리려는 진가운을 향해 호청지의 손이 날아들었다.

갑작스러운 기습.

진가운은 급히 몸에서 내력을 끌어올렸다.

파앗.

진가운을 향해 날아오는 호청지의 손에서 마주 보기 힘들 정도의 섬광이 치솟았다.

"수강(手罡)!"

진가운의 눈이 커졌다. 설마 호청지가 수강을 펼칠 정도의 초절정고수일 것이라고는 생각지 못했다.

'제길.'

진가운은 몸에 있는 내력이라는 내력은 모두 끌어올렸다.

쿠구궁!

마치 화약이 터지듯 엄청난 폭음.

"크흐흑!"

진가운의 왼쪽 가슴을 향해 손을 뻗었던 호청지가 신음을 토하며 비틀거렸다.

"……!"

뒤로 물러나면서도 호청지는 믿을 수 없다는 듯 자신의 양손을 바라보았다.

원래의 형태를 알아볼 수 없을 정도로 짓뭉개진 양손.

호청지는 급히 고개를 들어 진가운을 바라보았다.

"호… 호… 호신강기!"

"알면 됐어. 이제 밑천도 다 드러난 듯 보이는데 불어!"

"……."

호청지가 입을 굳게 다문 채 진가운을 죽일 듯 노려보았다.

서서히 일그러지는 진가운의 얼굴.

"사람 귀찮게 하지 말고 네놈과 같은 고수가 왜 이런 쓰레기 소굴에 처박혀 있었는지 불어!"

"왜?"

"그 책이 무엇인지 궁금하니까. 이곳에서 찾던 물건 역시 무엇인지 궁금하니까. 그리고 너의 무공 또한 궁금하니까. 난 궁금한 건 못 참거든."

"……!"

일순 호청지의 얼굴이 굳었다. 그러나 이내 본래의 모습으로 돌아왔다.

"흐흐흐. 웅비관 지붕 위에 있던 쥐새끼가 너였군."

"잘생긴 쥐새끼지."

호청지가 알겠다는 듯 고개를 끄덕였다.

"한 가지만 더 묻자!"

"뭔데?"

"어떻게 알았나?"

씨익.

진가운이 그럴 줄 알았다는 듯 미소를 지으며 어깨를 으쓱거렸다.

"처음에는 몰랐지."

"……."

"그런데 한 가지 이상한 것이 있더군."

"그게 뭐냐?"

"부하들."

"부하들?"

호청지는 진가운의 말을 이해할 수가 없었다. 호청지의 그런 궁금증을 풀어주려는 듯 진가운이 말을 이었다.

"흑사방 잡놈들을 보니 이상하게 방주인 간유상의 말보다 네놈의 말을 더 잘 듣더군. 물론 나도 처음에는 불쌍한 네놈의 신세를 동정하는 것인 줄 알았어. 하나 그것이 아니라는 것을 곧 깨달았지."

"……?"

"유성추를 사용하는 놈들이 도망간 후 그야말로 마지막 순간, 그 순간에도 흑사방의 잡놈들은 네 녀석의 명을 따르더군. 물론 평상시야 불쌍한 네놈을 동정하는 마음에 그럴 수 있을지 모르지만 마지막 순간은 그럴 수 없었어. 그야말로 목숨이 사라질지도 모르는 순간이었거든. 한데 잡놈들은 네 녀석의 명을 충실히 따랐어. 삶에 대한 본능보다 더한 동정심. 나는 그런 것이 있다고 생각지 않아. 그때 느꼈지. 네놈이 그들의 영혼 속에 슬쩍 들어가서 깊숙이 자리 잡고 있다는 것을 말이야."

"예리하군."

"그래, 이제 다 말했으니까 불어. 네놈이 이곳에서 찾던 물건이 무엇인지."

진가운이 천천히 호청지에게 다가갔다.

호청지의 얼굴에 언뜻 미소가 스치고 지나갔다. 그와 동시에 호청지의 눈이 조금 커지더니 눈동자가 서서히 풀렸다.

"……!"

진가운이 놀라 황급히 호청지에게 다가가 어깨를 흔들었지만 호청지에게서는 아무런 반응이 없었다.

턱!

진가운은 호청지의 양 볼을 잡고 손가락에 힘을 주었다.

자연스럽게 벌어지는 호청지의 입.

진가운은 급히 호청지의 입에 손가락을 집어넣었다.

독침.

조심스럽게 끄집어낸 진가운의 손가락 사이에서 손태산의 목구멍 깊숙이 박혀 있었던 것과 같은 독침이 보였다.

"떨그럴."

저절로 욕이 튀어나왔다.

스스로 목숨을 끊을 것이라고는 생각지 못했다. 그러나 이미 죽은 목숨이다.

진가운은 어쩔 수 없다는 듯 붙들고 있던 호청지를 바닥에 내려놓았다.

진가운은 급히 간유상의 방으로 들어갔다.

자신의 방에서 죽음을 맞이한 간유상을 뒤로하고 진가운은 급히 방 안을 뒤졌다.

'나와라. 나와!'

한참 동안 방 안을 뒤졌지만 특별한 물건은 보이지 않았다. 하긴 찾는 물건이 무엇인지도 모르고 방을 뒤지고 있으니 그 물건을 어떻게 찾겠는가?

자박! 자박!

진가운의 귀에 사람의 발자국 소리가 들렸다.

"제길."

진가운은 급히 방 밖으로 나왔다.

아직도 바닥에 쓰러져 있는 손충위의 모습이 보였다.

손충위를 보니 약간 미안하다는 생각이 들었다.

호기심을 못 이겨 바닥에 쓰러진 사람이 있다는 것도 잊고 있었다.

진가운은 얼굴을 덮고 있던 복면을 벗어 품에 집어넣었다.

턱!

그리고 바닥에 쓰러진 손충위를 등에 업었다.

"스승님!"

웅비관 제자들이 포졸로 보이는 사내들과 함께 진가운의 등에 업힌 손충위에게 달려왔다.

"괜찮을 겁니다. 내 손 장주를 복환용 의원에게 모시고 갈 것이니 안심하십시오."

일단 웅비관 제자를 안심시킨 후 진가운은 급히 복환용의 집으로 달려갔다.

쾅!

진가운은 명의 복환용의 집 대문을 부술 듯 두드렸다.

진가운의 등에 업혀 있는 손충위의 신음 소리가 예사롭지 않았다.

쾅! 쾅! 쾅!

복환용은 역시 오늘도 쉽게 문을 열어주지 않았다.

'쓰벌, 급해 죽겠는데 이놈의 영감이.'

"영감~! 영~ 감~!"

진가운은 목이 터져라 영감을 불렀다.

"거 좀 조용히 합시다."

"시끄러워서 잠을 자겠나."

복환용의 집 근처에 사는 장의사들이 일제히 문밖으로 머리를 내밀고 인상을 쓰며 한마디씩을 내뱉었건만 정작 문을 두드리는 집의 주인은 나올 기색이 없었다.

'내가 이놈의 영감쟁이 때문에 오래 못 산다니까.'

진가운은 등에 업혀 있는 손충위를 정문 옆에 조용히 내려놓고 한참 뒤로 물러났다.

문을 열지 않으니 부수고 들어갈 수밖에 다른 방법이 없었다.

어차피 대문 값은 손충위가 해결해 줄 것이다.

'그래, 오늘 쌓인 피로를 한번에 날려 버리는 거야.'

잠시 후면 박살이 난 대문을 두고 길길이 날뛸 복환용을 생각하니 절로 웃음이 났다.

끼이익!

그렇게 준비를 하는 사이 문이 열리며 복환용이 슬쩍 얼굴을 내밀었다. 문을 노려보고 있는 진가운을 발견한 복환용의 얼굴이 일그러질 대로 일그러졌다.

"이 썩을 놈아, 거기서 무슨 역적모의를 하는 게야."

'제길.'

모처럼 대문 하나 시원하게 부수나 했더니 그것도 도와주지 않는다.

진가운은 손을 들어 문 옆을 슬쩍 가리켰다.

진가운의 손이 움직이는 곳을 따라 고개를 움직이는 복환용.

"이 똥통에 빠져 뒈질 놈아! 본 어르신께서는 힘이 없으니 네놈이 알아서 업고 와!"

휙!

복환용의 모습이 집 안으로 사라졌다.

진가운은 바닥에 내려놓았던 손충위를 업고 급히 안으로 들어갔다.

"영감, 어때!"

"네놈이 일할 염려는 없으니 눈독 들이지 마."

진가운의 눈이 길게 양 옆으로 찢어졌다.

그냥 '안심해도 된다', '위험하지는 않다' 정도로 말하면 될 것을 이 복환용이라는 영감은 꼭 이런 식으로 말한다.

"알았어."

진가운은 자리에서 일어났다.

오래 머물러 봐야 복환용에게 좋은 소리는 듣지 못한다.

"망할 놈. 앉아!"

"싫어."

"이놈아, 그 세침인지 독침인지 하는 것이 무엇인지 알아냈으니까 앉아."

진가운은 복환용에게 얼굴을 돌렸다.

복환용의 얼굴이 환한 것이 세침에 대해 무엇인가 알아낸 것 같았다.

"영감! 정말이구나."

"녀석! 괜찮다는데……. 그래도 은자를 주겠다니 거절하면 네놈이 섭섭하겠지?"

쑤욱!

복환용이 손을 벌려 앞으로 내밀었다.

'망할 늙은이. 내가 언제 은자 준다고 그랬어?'

당장에 소리를 지르고 싶었지만 괜히 그랬다가 만에 하나 복환용이 '나 몰라라' 하면 큰일이라는 생각에 주머니에서 은자 한 냥을 꺼내 복환용의 손에 쥐어주었다.

"약소하지만 성의야."

"그래, 네 녀석 말대로 약소하기는 약소하다."

'나쁜 늙은이, 이런 말은 잘 알아들어요. 그것도 고맙게 생각해, 이 노인네야.'

진가운의 마음을 아는지 모르는지 복환용이 입을 열기 시작했다.

"네놈이 준 그것은 침이 아니야."

"뭐?"

"그것은 침이 아니라 설표(雪豹)라는 짐승의 수염이야."

"설표?"

진가운도 설표라는 말을 들은 적이 있다.

설표.

서장의 외곽에 위치한 고산 지대에 사는 동물이다.

생김새는 일반 표범들과 다르지 않으나 온몸의 털이 눈처럼 희다. 그래서 붙여진 이름이 설표. 그 힘은 가히 천하제일로서 백수의 제왕이라는 대호(大虎)를 한 번의 발길질로 즉사시킬 수 있다고 알려진 영물이다.

"그럼 중원의 물건이 아니잖아?"

"몰라! 좌우간 그것은 세침이 아니라 설표의 수염이야. 이제 돌아가!"

"알았어. 줘!"

"……?"

"설표 수염인지, 염소 수염인지 그걸 내놓으라고."

"몰라. 잃어버렸어."

복환용이 그대로 방바닥에 드러누웠다.

복환용을 한참 동안 바라보던 진가운이 얼굴을 몇 번 씰룩거리더니 그대로 방을 나섰다.

"우겔겔겔겔."

드러누워 있던 복환용이 자리에서 벌떡 일어나며 미친 듯 웃음을 터뜨렸다.

"이놈아, 설표 수염 한 가닥이면 적어도 은자가 이백 냥이야. 알아? 우겔겔겔겔."

복환용의 웃음소리와 함께 어둠이 더욱 짙어졌다.

쓱쓱!

빗자루 소리가 요란하다. 밖에서는 벌써 장 서방이 마당을 쓸고 있는 모양이다.

벌떡!

진가운은 침상에서 벌떡 일어났다.

어제 손충위를 복환용에게 맡기고 집으로 돌아와서도 진가운은 밤새 잠을 잘 수가 없었다.

호청지 같은 고수가 잡놈의 집단인 흑사방에 머물며 찾던 물건이 무엇인지, 또한 천옥봉에게서 건네받은 책이 무엇인지 궁금해서 견딜 수가 없었다.

"주인님!"

"무슨 일이에요?"

"저 손님이 찾아오셨습니다."

"오늘은 손님 안 받는다고 말해요."

"관아에서 나오셨다고 합니다."

'관아?'

진가운은 침상에서 벌떡 일어났다.

관아에서 찾는다면 간유상과 호청지의 염을 부탁하러 온 것이 분명하다. 물론 흑사방 잡놈들의 평소 소행을 생각하면 그냥 가마니에 뚤뚤 말아 산에 버리라고 말하고 싶지만 지금은 그럴 때가 아니다. 아직 찾지 못한 살인자들의 단서가 흑사방에는 고스란히 남아 있을 것이기 때문이다.

진가운은 문을 열고 밖으로 나갔다.

장 서방의 말대로 포두인지 포쾌인지 모를 사내가 장 서방의 옆에 서 있었다.

"자네가 진가운인가?"

"그렇습니다. 무슨 일이신지요?"

"자네가 돈을 받지 않고도 염을 해준다는데 그게 사실인가?"

"그렇습니다."

"제대로 찾아왔구먼. 오늘 흑사방이라는 곳에 와서 염을 좀 해주게."

잠시 생각하는 척 눈을 감고 있던 진가운이 입을 열었다.

"알겠습니다. 관에서 말씀하시는 일인데 어찌 거절할 수가 있겠습니까? 속히 가도록 하겠습니다."

"고맙네. 그럼 이만 가보겠네."

사내가 몸을 돌리더니 이내 문밖으로 사라졌다.

흑사방 방주 간유상의 방 안.

믿었던 수하 호청지에게 죽음을 당한 흑사방 방주 간유상과 스스로 죽음을 택한 호청지가 방 안에 나란히 누워 있었다.

어찌 보면 원수라고 할 수 있는 두 사람이 친구처럼 나란히 누워 있는 모습이 진가운에게는 낯설다.

'하긴, 원수인 내가 두 사람의 염을 하는데…….'

예하령을 포함, 방 안에 있는 네 사람. 참으로 기막힌 인연, 아니, 악연이다.

잠시 두 사람을 바라보는 진가운의 입가로 실없는 웃음이 흘렀다.

잠시 그렇게 두 사람을 바라보던 진가운이 방 이곳저곳을 뒤지기 시작했다. 이곳에 남아 있을 그 무언가를 찾기 위해서다.

호청지가 찾던 물건.

그것이 무엇인지는 모르지만 그것을 찾아야 한다.

그러나 아무리 뒤져도 눈에 띌 만한 특별한 물건은 보이지 않는다. 한참 동안 말없이 진가운을 지켜보던 예하령이 궁금한 듯 물었다.

"뭘 찾아?"

"몰라."

진가운은 예하령의 말에 건성으로 대답하고 다시 방 이곳저곳을 뒤졌다. 그런 진가운을 바라보는 예하령으로서는 할 말이 없었다. 무엇을 찾는지도 모르면서 찾는다니. 이게 무슨 황당한 짓인가?

"미쳤군. 금인지, 은인지, 보검인지, 비급인지, 그런 것도 모르고 찾기는 뭘 찾아."

진가운이 급히 동작을 멈췄다.

'비급?'

예하령이 무심코 내뱉은 비급이라는 말이 마음속에 박혔다. 그와 함께 천옥봉이 호청지에게 내밀던 책이 머리 속에 떠올랐다.

'그래, 재물은 아니다. 책이다. 그렇다면……'

"비급이야!"

진가운은 자기도 모르는 사이에 자리에서 벌떡 일어났다.

이제 책만 뒤져 보면 되는 일이다.

진가운은 고개를 휘휘 저으며 간유상의 방을 둘러보았다. 하지만 이내 진가운의 얼굴이 일그러졌다.

책은커녕 글자가 쓰여진 종이 쪽지 하나 없다. 벽에 흔히 걸려 있는 족자 하나 없었다.

벽에 걸려 있는 것은 그림 몇 점이 전부였다.

그림도 흔히 화제(畵題)로 들어가는 글자 하나 없는 순수한 그림만이 몇 점 걸려 있을 뿐이다. 그리고 보니 방 안에는 필수품으로 구비되어 있어야 할 문방사우(文房四友)조차 보이지 않는다.

진가운은 알겠다는 듯 고개를 끄덕였다.

'완벽한 문맹(文盲) 생활을 보냈군.'

다시 한 번 방 이곳저곳을 이 잡듯 뒤졌지만 역시 방 안에는 특이한 물건이 보이지 않는다.

'까막눈에게 비급이라……'

이해가 되지 않는다.

'간유상도 몰랐을 수 있다. 그렇다면……'

진가운은 고개를 돌렸다.

지루했던지 깜빡거리며 졸고 있는 예하령.

"하령아!"

"으… 응!"

예하령이 놀란 듯 벌떡 자리에서 일어나 좌우를 살폈다.

"왜? 무… 무슨 일 있어?"

"너 같으면 가장 중요한 물건을 어디에 두고 다니겠니?"

"중요한 물건?"

"그래, 세상에서 가장 중요한 물건."

"바보! 그렇게 중요한 물건을 왜 두고 다녀. 들고 다녀야지."

"들고 다녀?"

"……"

예하령이 당연하다는 듯 고개를 끄덕였다.

일리가 있다.

자신이 항상 가지고 다니는 것보다 안전한 방법은 없다.

'젠장, 책을 어떻게……'

진가운은 급히 간유상에게 다가갔다. 아니, 간유상이 살아 있을 때 입고 있었던 옷이 있는 곳으로 다가갔다.

진가운은 급히 간유상이 입고 있었던 옷 이곳저곳을 살피기 시작했다. 겉옷은 물론 속옷까지 샅샅이 뒤졌다. 그러나 없다.

"제길."

사실 큰 기대를 하지는 않았다.

물론 예하령의 말대로 자신이 들고 다닐 수 있는 물건이라면 자신이 들고 다니는 것이 최고로 안전한 방법이다. 하나 그것이 책이라면 다르다. 자신 역시 사문의 비급이 있지만 이를 들고 다니지는 않는다. 그것은 불편하기 때문이다.

반지나 뭐 그런 것이라면 백 번, 천 번 예하령의 말이 맞지만 책은 조금 달랐다. 진가운은 다시 천옥봉이 호청지에게 책을 건넬 때의 모습을 생각해 보았다.

얄팍한 책자.

"……!"

진가운은 급히 간유상의 시신으로 다가갔다. 그리고 몸 이곳저곳을 살피기 시작했다.

머리에서 발끝까지 한 곳도 빼놓지 않고 샅샅이 살폈다. 심지어는 그곳까지 손으로 일일이 짚어가며 살폈다.

뇌전 문양.

간유상의 왼쪽 가슴에는 흐릿한 뇌전 문양이 보였다.

그리 놀라운 일은 아니다. 어느 정도 예상은 하고 있었다.

하지만 지금 진가운이 찾는 것은 뇌전 문양이 아니라 호청지가 노리던 그 물건이다.

다시 한참 동안 간유상의 몸을 살폈다. 결과는 마찬가지.

"어디다 숨긴 거야."

짜증이 밀려왔다. 이제 더 이상 뒤질 곳도 없다. 진가운으로서도 이제는 어쩔 수가 없다.

"그래. 언젠가는 밝혀지겠지."

진가운은 옆에 있는 수의를 들고 입히기 시작했다.

이제 염포로 시신을 묶을 차례다.

언제나처럼 베 끈으로 시신을 동여맨 후 종이를 집어넣기 위해 입을 살짝 벌렸다.

'……!'

뒤지지 않은 곳이 있었다.

입 안!

손태산의 죽음의 원인도 입 안에서 발견했다.

진가운은 손에 들고 있던 종이를 다시 바닥에 내려놓고 간유상의 입 안을 살피기 시작했다. 안력을 돋우자 간유상의 입 안이 훤하게 보였다.

"오호!"

진가운은 손가락을 간유상의 입으로 가져갔다.

어금니. 썩어서 그런지 중간에 가느다란 금이 보인다.

툭!

간유상의 어금니를 슬쩍 손가락으로 쳤다.

그러자 간유상의 어금니가 툭 하고 부러졌다. 진가운은 급히 반으로 잘린 어금니를 입 밖으로 끄집어냈다.

"있다."

간유상의 어금니는 의치(義齒)였다.

깊게 파여진 어금니 안쪽에 금박이 둘둘 말려 있는 것이 보였다.

조심스럽게 금박을 끄집어냈다.

"그게 뭐야?"

"아직 몰라!"

진가운은 품에서 작은 함을 꺼냈다. 이따금 사용하는 바늘이 들어 있는 함에 방금 간유상의 어금니에서 꺼낸 금박을 집어넣었다.

'이제 이놈은 됐고……'

간유상의 어금니에서 금박을 찾아낸 진가운이 호청지에게 다가갔다. 호청지가 천옥봉으로부터 건네받은 책을 찾기 위해서다. 하나 호청지의 몸에서는 아무것도 발견되지 않았다.

딸깍!

진가운은 품에서 바늘 함을 열었다.

크기도 제각각인 여러 종류의 바늘들. 진가운은 손가락으로 바늘을 헤치고 조금 전 간유상의 어금니에서 빼낸 금박을 조심스럽게 끄집어내 탁자 위에 올려놓았다.

또르르.

금박을 조심스럽게 펼치는 진가운.

얼마나 얇은지 손톱 정도가 될 만한 금박이 책 한 장 정도의 크기로 넓게 펼쳐졌다.

"이게 뭐야?"

진가운의 얼굴이 순식간에 일그러졌다.

그림!

진가운이 생각하기에 호청지가 찾던 물건은 비급일 것이라고 생각했다. 그런데 금박에는 그림이 그려져 있었다. 그것도 무엇을 그렸는지 알 수 없는 지렁이가 꿈틀거리는 것 같은 그림.

"뭐 이런 게 다 있어? 이게 그림이야, 글씨야."

도저히 무엇인지 알 수가 없었다. 솔직히 그림인지 글씨인지도 진가운은 몰랐다.

게다가 얼마나 오랫동안 어금니 속에 들어 있었는지 그 형상마저도 뚜렷하지 않았다.

간유상은 자신의 어금니 속에 이런 물건이 있다는 것조차 알지 못했을 것이다. 알았다면 그 금박의 비밀을 풀기 위해서라도 까막눈으로 지내지는 않았을 것이다. 그것으로 보아 이 물건의 임자는 간유상의 아버지나 할아버지였을 것이다.

'왜?'

왜 간유상의 이에 이런 물건을 넣어두었는지는 모른다. 그러나 이렇게 은밀하게 넣어둔 것으로 보나, 호청지가 그렇게 애타게 찾았던 것으로 보아 중요한 물건임에는 틀림없었다. 중요한 것은 물론 금박 안에 그려진 그림인지 글씬지 모를 그것일 것이다.

'……!'

잠시 동안 더 들여다보던 진가운은 자신의 탁자 밑에서 붓과 종이를 꺼냈다. 붓을 든 진가운은 금박에 있는 그림을 그대로 종이에 옮겨 그렸다. 그것조차도 쉬운 일은 아니었다.

흐릿해진 모습 때문에 안력을 잔뜩 돋우어야 했다. 그렇게 한 치의 오차도 없이 금박에 있는 글을 옮기고 나니 벌써 날이 조금씩 밝아오는 새벽이다.

"아이고, 졸려."

진가운은 들었던 붓을 벼루에 내려놓았다. 그리고 어제 밤새도록 옮겨 적은 종이를 양손에 들었다.

다시 한 번 금박에 있는 것과 하나하나 맞추어보았다.

한 치의 오차도 없는 완벽한 필사.

씨익!

자신의 작품이 마음에 들었는지 진가운이 슬쩍 이를 드러내더니 일어나 벽으로 걸어갔다.

툭!

벽의 한곳을 손으로 슬쩍 건드리자 벽장이 앞으로 튀어나왔다.

사문의 비급 파천광선검과 구파일방비무행, 그리고 사인록이 들어 있었다.

진가운은 그곳에 옮겨 적은 종이 한 장을 두 개의 설표 수염과 함께 조심스럽게 집어넣었다.

'사인록!'

진가운은 급히 사인록을 들고 탁자 앞으로 걸어왔다.

뇌전 문양!

어쩌면 손태산의 처와 흑사방 무사를 죽음으로 몰아간 뇌전 문양에 대해서 사인록에는 기록되어 있을지도 모른다는 생각이 들었다.

스스슥!

사인록의 책장이 빠르게 넘어갔다.

그렇게 거의 끝까지 넘기던 진가운의 손이 멈췄다.

"......!"

진가운의 눈이 터질 듯 부풀었다.

뇌전 문양!

그에 대한 이야기가 사인록의 거의 마지막 부분에 기록되어 있었다.

제10장

천우신조(天佑神助)로 만난 무당과 산적의 시신

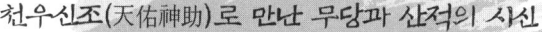

천우신조(天佑神助)로 만난 무당과 산적의 시신

진가운이 사인록에서 찾은 부분은 두툼한 사인록 가운데 가장 뒤쪽에 있는 사흔장(死痕章)이라는 곳이다.

사흔장!

이곳에 기록된 것은 죽음의 흔적들에 관한 기록이다.

사흔장은 또다시 여러 가지 편으로 나뉘어져 있다.

피부가 찢어지는 열상(裂傷)을 위시로 자상(刺傷), 창상(創傷) 등 여러 가지 흔적들이 기록되어 있다.

그 가운데 진가운이 펼친 부분은 사흔장 가장 뒤쪽에 있는 희귀흔(稀貴痕) 편이다.

좀처럼 만날 수 없는 희귀한 죽음의 흔적들에 관한 기록을 모아둔 곳. 그 가운데 뇌전 문양이 있었다.

진가운은 눈을 크게 뜨고 사인록을 바라보았다.

뇌전흔(雷電痕)!

이 흔적을 남기며 죽는 경우는 오직 한 가지뿐이다.

비류지변(飛流之變).

과거 비류성의 은하대제가 중원을 노리고 침입하여 중원을 쑥밭으로 만들었던 큰 싸움을 비류지변이라 한다.

뇌황문.

비류성의 한 갈래 가운데 뇌황문(雷皇門)이 있다.

감숙성에서 공동파를 괴멸시키고 본격적으로 중원에 들이닥친 뇌황문과 가장 치열한 전투를 벌인 곳은 종남파다. 하나 종남파는 뇌황문에 의해 거의 멸문의 위기까지 몰렸다. 그들이 이렇게 속절없이 당한 것은 뇌황문 장로들이 사용한 한 가지 무공 때문이다. 바로 뇌전일섬(雷電一閃)이다.

뇌전일섬!

그것은 뇌황문이라는 새외(塞外)문파의 무공이다.

…(중략)…

뇌전일섬에 맞은 자는 심장 부위에 흐릿한 뇌전 문양이 남는다. 그것은 무공이 낮으면 낮을수록 짙은 흔적을 남긴다. 하지만 십이성까지 대성하면 아무런 흔적을 남기지 않고 상대방을 죽음으로 몰아간다. 뇌황문 문주의 뇌전일섬은 아무런 흔적을 남기지 않았다. 그래서 종남파 사람들은 뇌황문주(雷皇門主)를 무흔염라(無痕閻羅)라 불렀다.

왼 가슴에 뇌전 문양을 남기고 죽는 경우는 오직 이 뇌전일섬이라는 무공에 당한 경우뿐이다.

…(후략)…….

부르르.

진가운은 몸을 떨며 자리에서 벌떡 일어났다.

스스로 목숨을 끊은 흑사방 책사 호청지가 생각났다. 그리고 죽은 손태산의 처 천옥봉과 처음 뇌전 문양을 남기며 죽은 흑사방의 이름 모를 무사가 생각났다. 진가운은 그들의 죽음의 원인을 찾아낸 것이다.

그렇지만 진가운이 이렇게 떠는 이유는 따로 있다.

비류성!

뇌황문!

이 두 가지 문파 때문이다.

이들은 자신의 사문 일승문과는 불구대천의 원수다. 전대 문주 간에 서로 죽고 죽이는 생사대전을 벌인 곳이다. 그런데 그곳의 흔적이 중원에 나타난 것이다.

'그들이 다시 중원을 노린단 말인가?'

어쩌면 진가운 나름대로 바라고 바란 상황인지도 모른다.

영세제일인(永世第一人).

진가운의 꿈이다.

만약, 비류성이 다시 중원을 노리고 자신이 그들의 우두머리 비류성 성주 은하대제를 전대 문주처럼 참(斬)할 수 있다면 진가운은 단박에 중원제일인으로 우뚝 서게 된다.

그러나 문제는 시기다.

지금 맞닥뜨린다면 또다시 전전대 문주와 같은 결과가 나타난다.

죽음.

'제길, 죽은 후 중원제일인이 무슨 소용이야.'

마음이 급하다.

일단 만년교룡의 내단을 구해야 한다. 만년교룡의 내단을 구해 구파일방비무행에 기록된 무공을 마음대로 사용할 수 있게 된다면 적어도 자신의 몸은 보호할 수 있다. 그렇게 자신의 몸을 보호하면서 사문 무공의 비밀을 풀어낸다면 자신이 그렇게 바라고 바라는 영세제일인이 될 수 있다.

기회는 곧 위기.

그러나 지금은 기회가 아니라 위기라는 생각이 본능적으로 들었다. 그 위기를 넘기는 방법은 오직 하나, 만년교룡의 내단을 복용해 자기 몸을 보호하며 사문의 무공 비밀을 풀 수 있는 시간을 버는 일이다.

만년교룡의 내단.

당장에 금산장으로 달려가 그것을 훔쳐 내고 싶다. 하나 그것 역시 만만치 않다.

지난번 금산장에 몰래 들어갔을 때 만났던 노인.

노인의 얼굴이 뇌리를 스쳤다.

물론 죽음을 각오하고 전력을 기울인다면 노인과 그와 비슷한 여섯 명의 다른 늙은이들을 상대할 수는 있다. 그러나 그렇게 싸우다가는 반드시 피를 부른다.

그렇게 되면 만년교룡의 내단을 복용, 자신의 몸속에 있는 천년설도의 기운과 하나로 합치기도 전에 죽음을 면치 못하고 말 것이다.

'미치고 환장하겠네.'

날이 어둑해지는 저녁.

낙화(樂化)!

남창의 정북. 남창과 초사 사이에 있는 작은 마을이다.

진가운은 아침 일찍 낙화라는 작은 마을을 찾아왔다.

어제 하루 종일 방 안에 앉아 만년교룡의 내단을 구할 방법을 생각해 보았다. 결론은 예하령이 자신의 원래 신분인 주하령으로 돌아가는 것이다.

예하령과 약속한 강시를 만들 시체를 구하기 위해서는 아무래도 남창과 같은 대도시보다는 이곳과 같은 작은 산골 마을이 유리하다고 생각했다. 대도시에서 연고없는 시신을 구하기란 그야말로 하늘의 별 따기다.

진가운이 이곳을 찾은 이유는 간단하다.

낙화산(樂化山) 때문이다.

낙화산!

비록 그렇게 높지 않은 산이지만 이곳에는 유명한 녹림의 무리들이 있다.

낙화채(樂化寨)!

녹림삼십육채(綠林三十六寨)에 속할 정도로 최근 그 기세가 드높은 자들이다. 그들의 활동이 활발한 탓에 이곳 낙화산에는 이따금씩 연고없는 시신이 발견된다.

작은 산이라 안심하고 녹림삼십육채 가운데 하나인 낙화채의 존재를 무시하고 산길을 건너던 사람들이 고혼(孤魂)이 되는 것이다.

진가운은 그들 가운데 강시의 재료가 될 시신을 찾을 생각이다.

그렇게 산길을 어둑해질 때까지 걸었지만 오늘따라 낙화채의 활동이 별 볼일 없었는지 그렇게 찾고자 하는 연고없는 시체는 보이지 않았다.

'망할 새끼들, 하지 말라고 할 때는 나쁜 짓을 밥 먹듯 하던 새끼들이 필요할 때는 안 해요.'

업무에 충실하지 못한 낙화채 놈들이 원망스러운 하루다.

투둑!

어깨에 떨어지는 물기.

진가운이 당황한 얼굴로 머리를 들었다.

"젠장! 정말 일 안 되네. 난데없이 웬 비야."

정말이지 재수 옴 붙은 날이다.

비가 이렇게 오니 어느 누가 산을 오르겠는가.

산에 들어서는 사람이 없는데 어느 미친 산적이 손님을 기다리겠는가.

후두두둑!

먹구름이 몰려오더니 정신없이 비가 쏟아진다.

'뛰자!'

일단 소나기는 피하고 보는 법. 진가운은 급히 산길을 따라 달렸다.

물론 내공을 끌어올리면 억수 같은 비라도 진가운의 몸에 떨어지지는 않는다. 그렇지만 쓸데없이 내공을 사용할 필요는 없었다.

정신없이 마을을 향해 달려가는 진가운의 눈앞에 집 한 채가 나타났다.

진가운은 반가운 표정으로 급히 앞에 보이는 집을 향해 움직였다.

턱!

진가운이 급히 걸음을 멈췄다.

집 주변으로는 온갖 색의 기다란 띠가 집과 집 주변에 있는 나무에 길게 연결되어 있는 것이 평범한 집은 아니다.

"뭐야? 무당이잖아."

그랬다. 진가운이 소나기를 피해 달려온 곳, 그곳은 무당이 사는 집이었다.

진가운은 들어갈 것인가 말 것인가를 놓고 잠시 고민했다. 당집이라 그런지 왠지 마음이 찜찜하다.

후드득!

더욱 굵어지는 빗줄기.

'그래, 무당 집이건 망나니 집이건 그게 무슨 상관이야. 비만 피하면 되지.'

잠시 망설이던 진가운이 안채를 향해 입을 열었다.

"계십니까?"

"……."

잠시 동안 대답을 기다렸지만 아무런 소리도 들리지 않았다.

"계십니까?"

"……."

조금 더 큰 목소리로 소리를 질렀지만 여전히 대답이 없다.

그러고 보니 방 안에 호롱불도 밝혀져 있지 않다.

'음, 어디 굿이라도 하러 간 모양이군.'

차라리 잘됐다는 생각이 들었다.

저벅저벅.

마당을 가로질러 방문이 있는 곳으로 다가갔다.

끼이익!

귀를 후벼 파는 날카로운 소리와 함께 방문이 열렸다.

컴컴한 실내.

"……!"

방 안에 두 발을 들여놓은 진가운의 눈이 커지며 입이 벌어졌다.

아무 대답이 없기에 사람이 없는 줄 알았는데 방 안에는 사람이 있었다.

이 남 일 녀!

그것도 방에 반듯이 누워 있다.

'셋이 누워서 뭔 짓을 했기에 불러도 못 알아들은 거야.'

진가운의 볼이 발갛게 변했다.

"죄… 죄송합니다."

획!

진가운은 급히 몸을 돌렸다.

급히 밖으로 나가려고 방문을 잡았던 진가운이 조심스럽게 고개를 돌렸다.

이상하다.

아무리 뻔뻔한 사람이라도 이 정도면 무슨 반응이 있어야 하는데 방 안에 드러누워 있는 이 남 일 녀는 아무런 반응이 없다.

'철판인가?'

진가운이 고개를 좌우로 마구 흔들었다.

아무리 뻔뻔스러운 강철안면이라도 이럴 수는 없다.

살금살금 누워 있는 이 남 일 녀에게 다가가는 진가운의 몸이 일시에 굳었다.

"주… 죽었다."

세 사람의 몸에 생기가 없었다.

시체라면 누구보다 많이 대한 진가운. 직감적으로 세 사람이 시체라는 것을 알아챘다.

급히 안력을 돋운 진가운은 세 사람이 있는 곳으로 다가가 시체를 살폈다.

호롱불을 밝힐 필요도 없었다.

비록 어두운 방 안이지만 내공을 슬쩍 끌어올린 진가운에게는 훤한 대낮이다.

삼십대 중반으로 보이는 두 명의 사내.

짐승의 가죽으로 만든 반팔 옷을 입고 등에 자신의 키에 육박하는 커다란 장도(長刀)를 매어 달고 있는 모습, 덥수룩한 수염이 얼굴 전체를 뒤덮고 있는 것이 그야말로 전형적인 산적들이다.

이십대 후반의 여인.

영락없는 무당이다.

입고 있는 옷부터 화려한 색동이다. 거기에 허리에 차고 있는 것은 무당이 굿을 할 때 항상 사용하는 방울 달린 무당 칼 두 개다.

세 사람 모두 자는 듯 평안한 얼굴이다.

'뭐야? 웃고 있잖아?'

참으로 희한한 죽음이다.

세 구의 시신.

그들은 죽기 직전 무슨 일을 했는지 빙긋 미소를 짓고 있다. 분명 죽을 때에는 엄청난 고통이 있었을 텐데 그들은 자신들이 죽는다는 것도 몰랐던 듯 입가에 선명한 미소를 남긴 채 시신이 되어 있었다.

장의사로서 수많은 시체를 보아왔지만 지금과 같이 웃고 있는 시신은 처음이다.

이들의 죽음에 관한 호기심이 일었다.

진가운은 조심스럽게 산적들 가운데 한 사람에게 다가갔다.

그리고 시체를 슬쩍슬쩍 뒤척이며 이곳저곳을 살폈다.

"이… 이건!"

진가운은 급히 산적의 상의(上衣)를 들췄다.

뇌전 문양.

산적의 왼쪽 가슴에 흐릿한 뇌전 문양이 보였다. 진가운은 급히 나머지 두 구의 시체도 살펴보았다. 그들의 왼 가슴에도 역시 흐릿한 뇌전 문양이 있었다.

"한 놈이 아니었단 말인가."

고개를 갸웃거리는 진가운.

세 번째다.

그동안 두 번의 경험에 의해 진가운은 이 흔적을 남긴 범인이 흑사방 책사 호청지 한 명일 것이라고 생각했다. 그러나 지금 이곳에 남겨진 시신들을 고려하니 한 명이 아니었다.

호청지가 죽은 것은 벌써 사흘 전.

그러나 지금 방에 누워 있는 세 사람은 죽은 지 겨우 반나절이 지났을 뿐이다.

'이놈은 호청지보다 훨씬 고수다.'

진가운은 흑사방 무사와 천옥봉을 죽인 호청지보다 이곳에 나타난 자가 훨씬 고수라고 생각했다.

이유는 간단하다.

지금 방바닥에 시신이 되어 누워 있는 세 사람은 자신들이 죽는다는 사실도 몰랐다.

이들이 죽었어도 미소를 짓고 있다는 사실이 이를 증명한다.

거의 동시에, 그것도 순간적으로 이들은 죽었다.

안색이 변하지도 못할 정도의 극히 찰나적인 순간이다.

이들을 죽인 자는 손을 세 번이나 움직였다.

이들 세 구의 시신 가슴에는 모두 뇌전의 흔적이 남아 있다. 모두 오른손이다. 혹 시체 가운데 왼손의 흔적이 있다면 두 사람을 동시에 처치한 후 나머지 하나에게 공격을 가해 두 번 움직였다고 생각할 수도 있다. 그러나 모두 오른손의 흔적이다. 그것은 범인이 이들에게 하나하나 손을 썼다는 말이다.

얼굴색이 변할 틈도 없이 세 번의 움직임을 보일 수 있는 사람…….

파바박!

진가운은 급히 벽을 보며 손을 움직였다.

방 벽에서 흙이 튀었다.

그와 동시에 벽에 세 개의 손바닥 자국이 새겨졌다.

찰나지간에 새겨진 세 개의 손바닥.

"육성!"

진가운은 고개를 끄덕였다.

자신이 육성의 공력을 들어서야 세 사람을 죽인 자가 보인 그런 빠른 움직임을 보일 수 있었다.

그렇다면 놈의 공력은 최소한 자신의 육성 공력이라는 말이다. 그것도 놈이 전력을 다했다는 가정(假定) 하에…….

'대단한 곳이다. 뇌황문. 그런데 누구지?'

잠시 범인이 누굴까 생각하던 진가운이 답답하다는 듯 머리를 흔들었다.

"그래, 이놈들한테 물어보면 되겠지."

진가운은 빙긋 웃음을 지으며 방문을 열었다.

다행히 억수로 내리던 비도 이미 그쳤다.

진가운은 다시 방 안으로 들어왔다.

쓰슥!

진가운은 자신의 손바닥 자국이 새겨진 벽을 손으로 문질렀다.

벽에 새겨진 손바닥 자국이 간단히 지워졌다.

"가자!"

진가운은 급히 방에서 일어나 밖으로 나갔다.

타닥!

이미 늦어도 너무 늦은지라 급히 발을 움직여 남창의 집으로 달려갔다.

"주인님! 늦으셨습니다."

"아직 안 주무셨어요?"

"주인님이 안 들어오셨는데……."

저녁잠 많기로 소문난 장 서방이 걱정이 되었는지 아직 잠도 자지 않고 기다리고 있다가 가운장의점으로 들어서는 진가운을 향해 허리를 숙이며 맞았다.

"어서 들어가 주무세요. 앞으로는 늦더라도 기다리지 마세요. 아셨죠?"

"……."

장 서방이 대답 대신 고개를 한 번 숙이고는 자신의 방으로 돌아갔다.

진가운은 조심스럽게 예하령이 잠들어 있는 방으로 걸음을 옮겼다.

턱!

방에 이른 진가운이 귀를 방문에 바짝 붙였다. 예하령이 잠들었는지를 먼저 확인하기 위해서다.

픽!

방문에 발려져 있던 종이가 뚫어지며 방 밖으로 손가락 하나가 튀어나오더니 진가운의 귀를 쑤시듯 파고들었다.

"크아악!"

비명을 토하며 한 손으로 귀를 막으며 뒤로 벌렁 나가떨어지는 진가운.

콰앙!

방문이 부서질 듯 열렸다.

양손을 자신의 허리에 척 얹은 채 살기등등한 모습으로 진가운을 노려보는 예하령.

그런 예하령을 향해 진가운이 버럭 소리를 질렀다.

"계집애야! 귀 뚫릴 뻔했잖아!"

"그러게 누가 쥐새끼처럼 행동하래."

"쥐새끼?"

"그래, 쥐새끼! 남의 방에 몰래 귀나 들이대는 것이 쥐새끼가 아니면 뭐야?"

획!

진가운이 몸을 돌렸다.

"그래, 쥐새끼는 이만 물러간다. 괜찮은 시신 찾았다고 알려주려고 했는데……."

타다닥!

예하령이 급히 진가운에게 달려왔다.

"그게 정말이야?"

언제 그렇게 화를 냈냐는 듯 얼굴 가득 미소를 지은 채 진가운의 어깨를 슬쩍 잡아당기는 예하령.

"몰라. 쥐새끼는 머리가 나빠서 금방 다 잊어버려!"

진가운은 그대로 한 발을 움직였다.

예하령의 얼굴이 파르르 떨린다.

"야! 무슨 사내자식이 그렇게 속이 좁아?"

"밴댕이다. 됐냐?"

저벅!

진가운은 그대로 몸을 돌려 자신의 방이 있는 곳으로 걸어갔다.

휘익!

예하령이 급히 달려와 돌아가는 진가운의 앞을 떡 하고 막았다.

"헤헤헤."

어색한 웃음.

예하령이 진가운을 향해 어색한 웃음을 지어 보였다.

"너 그거 웃는 거니?"

"……."

예하령이 당연하다는 듯 고개를 끄덕였다.

"앞으로는 웃지 마. 꿈에 볼까 무서워."

예하령의 얼굴이 일그러졌다. 그렇지만 지금은 그런 감정을 드러낼 수 없는 시간이다. 기다리고 기다리던 강시의 재료를 찾았다는 진가운에게 화를 내면 안 되니까.

"알았어. 앞으로는 웃지 않을게. 그런데 정말 찾았어?"

"그래. 그것도 세 구나 찾았다. 신체 건강하고 거기에 도(刀)까지 들고 있는 멋진 시신."

진가운의 말에 예하령의 입이 길게 찢어졌다.

의식적으로 찢어지는 입을 억지로 막고 있었지만 벌어지는 입은 어쩔 수 없었다.

'그냥 좋으면 좋다고 그래라.'

그런 예하령을 안됐다는 얼굴로 바라보는 진가운.

"어딘데?"

"뭐가?"

"그 시신이 있는 곳?"

"몰라. 쥐새끼, 밴댕이가 그걸 어떻게 기억해."

예하령의 얼굴에 당황한 빛이 역력하다.

"취소! 농담도 못하냐?"

"농담이었냐?"

예하령이 당연하다는 듯 고개를 끄덕였다.

"좋아, 알고 싶으면 부엌에서 꿀물이라도 한 그릇 타와. 너무 오랫동안 걸었더니 피곤하다."

"알았어!"

평상시라면 '내가 네 종이냐?', '너는 손발이 없냐'를 외칠 예하령이 진가운의 한마디에 쪼르르 부엌으로 달려갔다.

진가운의 방.

예하령이 기대 가득한 얼굴로 진가운의 입이 열리기를 기다렸다.

그런 예하령의 기대와는 달리 진가운의 모습은 한가하기 그지없다.

우선 예하령이 꿀물을 타온 대접을 들고 느긋하게 한 모금을 넘긴 후 맛을 음미하는지 고개를 끄덕인다.

'그냥 처먹어. 멋 하나도 없어!'

예하령의 뾰로통한 얼굴.

턱!

진가운이 그릇을 내려놓는 소리가 들리자마자 언제 그랬느냐는 듯 입가에 미소를 가득 지었다.

예하령의 얼굴을 잠시 살피던 진가운의 입이 마침내 서서히 열렸다.

귀를 쫑긋 세우는 예하령.

"한 가지만 묻자."

"말해!"

"강시도 죽기 전의 일을 기억할 수 있니?"

"……."

예하령이 난처한 표정을 지었다.

"그건 경우에 따라 달라. 물론 시원치 않은 솜씨를 가진 놈들은 죽었다 깨어나도 과거의 기억을 살릴 수가 없어. 그렇지만 나는 강시의 옛 기억을 살릴 수 있어."

예하령의 자화자찬은 마음에 들지 않았지만 일단 기억을 살릴 수 있다는 말에 진가운의 얼굴이 밝아졌다. 잠시 진가운을 바라보던 예하령이 말을 이었다.

"그렇지만 기억을 살리며 강시를 만들려면 조금 귀한 재료가 필요해. 그리고 그 기억도 전부 살릴 수는 없어. 어떠한 기억인가에 따라 달라. 평소 언제나 마음속에 품고 있었던 기억이나 잊지 못할 장면 등은 기억하지만 그렇지 않은 경우는 대부분 까먹어. 그러니까 꿈이랑 비슷해. 개꿈은 잊지만 용꿈은 잊지 않는 것처럼."

진가운이 고개를 끄덕였다.

자신의 죽음, 이것보다 강렬한 기억이 어디에 있겠는가?

'그래, 그들도 자신의 죽음은 기억해 낼 것이다.'

"좋아. 내일 그 시신이 있는 곳에 가자."

"정말?"

"그래."

진가운의 말에 예하령의 얼굴이 환하게 밝아졌다.

낙화산에 있는 무당의 집.

문 앞에 이른 진가운이 고개를 획 하고 돌렸다.

예하령이 놀란 듯 몸을 움직거린다.

"놀랐잖아."

"그렇게 간이 작아서 무슨 강시를 만들어."

드르륵!

진가운이 문을 열고 방 안으로 돌아갔다.

여전히 잠을 자듯 편안한 얼굴로 누워 있는 이 남 일 녀.

예하령은 방 안에 들어오지도 못하고 어정쩡하게 서 있다.

"들어와서 확인해 봐."

마지못해 방 안으로 들어온 예하령이 힐끔 곁눈질로 시신을 바라보더니 고개를 끄덕거린다.

두 명의 산적.

자신이 바라고 바라던 시신이다.

겉으로 보기에 떡 벌어진 어깨 하며 밖으로 드러난 굵은 팔뚝이 힘쓰기에 부족함이 없는 모습이다.

"좋아."

"나가봐!"

예하령을 내보낸 진가운은 먼저 사내 가운데 한 명을 어깨에 걸쳤다.

문을 열고 밖으로 나가려던 진가운이 무슨 일인지 사내를 다시 바닥에 내려놓았다.

후닥닥!

급히 방 한쪽에 마련된 장으로 몸을 움직이는 진가운.

장을 열고 안에 있는 물건을 모조리 밖으로 끄집어냈다.

진가운이 찾는 것은 책이다.

책!

이유는 모르지만 뇌황문의 고수들은 책을 찾거나 이와 관련하여 여러 사람을 해쳤다. 이곳에 있는 사람들 역시 그럴 것이다. 물론 놈이 가져갔을 가능성이 많지만 그래도 누가 아는가? 혹 남아 있을지…….

"없다."

그렇게 한참을 뒤지던 진가운이 실망스러운 얼굴로 일어섰다.

방 앞에 내려놓은 산적 시신을 다시 들쳐 업은 진가운은 밖으로 나왔다.

"왜 그렇게 오래 걸렸어?"

한참을 기다리던 예하령의 퉁명스러운 한마디.

씨익!

진가운이 그런 예하령을 보며 한번 미소를 짓고는 그대로 수레가 있는 곳으로 갔다. 수레에는 세 개의 관이 이미 마련되어 있다.

하나하나 업고 와서 관에 시신을 담았다.

수레.

언제나 관(棺)과 장의 도구를 싣고 오가던 가운장의점의 수레가 오늘은 시신을 싣게 된 것이다.

시신을 실은 수레가 무당의 집을 출발했다.

시신은 미리 준비한 염포로 슬쩍 덮었다.

"이랴!"

진가운의 한마디와 함께 세 구의 시신을 실은 수레가 남창으로 출발했다.

수레 위에는 예하령이 시신과 가장 멀리 떨어진 수레의 끝에 앉아 흐뭇한 표정으로 관을 바라보고 있다.

자신이 그토록 원했던 아주 쓸 만한 싱싱한 시체를 구했기 때문이다.

겉에 흠집 하나 없는 시신들.

거기에 두 남자 시신은 칼까지 차고 있다.

무당으로 보이는 한 구의 여자 시신 역시 굿을 할 때 사용하는 쌍칼을 허리춤에 차고 있으니 그야말로 자신이 원하던 이상적인 강시 재료가 아닐 수 없다.

이제 이 시체들로 자신이 생각한 강시를 만들기만 하면 당장에 그 때려죽일 의숙 놈에게 쳐들어갈 수 있다고 생각하니 두 주먹에 힘이 불끈 솟았다.

'이놈! 잠시만 기다려라.'

덜컹!

그렇게 잠시 철시혼을 생각하는 사이, 돌에 바퀴가 걸렸는지 수레가 혼들리며 관이 심한 요동을 쳤다.

"안 돼!"

예하령이 급히 몸을 날리며 혼들리는 관을 양손으로 잡았다.

드륵!

조심스럽게 관 뚜껑을 열고 안에 들어 있는 시신을 살피는 예하령.

다행히 별다른 이상은 없어 보인다.

"휴우, 십년감수했네."

예하령이 안도의 한숨을 토하며 가슴을 쓸어 내렸다.

지금 눈앞에 있는 온전한 시신을 구하기 위해 그동안 자신이 얼마나 노력했던가?

간신히 구한 시신이 훼손이라도 됐더라면…….

예하령이 몸을 한차례 떨고는 수레에서 벌떡 일어났다.

찌리릿.

예하령이 수레를 모는 진가운을 죽일 듯 노려보았다.

수레를 모는 진가운은 그 사실을 모르는 듯 무신경하게 그대로 앞을 바라보며 길을 재촉하고 있다.

"좀 천천히 몰아. 잘못하다가 시신이 다치기라도 하면 어떡해."

수레를 몰던 진가운이 고개를 삐죽 돌렸다.

시답지 않다는 표정이다.

"너 미쳤어? 죽은 놈이 다치기는 뭘 다쳐."

"……."

예하령은 말문이 막혔다.

시신이 다친다는 말 자체가 어불성설(語不成說)이다.

"좌우간 흠집나면 안 된단 말이야."

예하령이 한마디를 내뱉은 후 수레에 앉았다. 그리고 혹시나 하는 마음에 시신에 대한 두려움도 잊은 듯, 관 세 개를 양손과 발로 움직이지 못하도록 붙잡았다.

양손을 쭉 뻗은 사이로 다리를 앞으로 뻗고 있는 예하령의 모습이 가히 가관이다.

"풋!"

진가운의 입에서 실소가 터졌다. 그렇지만 예하령의 고함이 신경 쓰이기는 했는지 수레를 끄는 손이 조금 전보다는 확실히 부드럽다.

'진작에 이렇게 움직일 것이지. 간 떨어질 뻔했잖아.'

뒤통수만 보이는 진가운을 바라보며 예하령이 슬며시 미소를 지었다.

그렇게 조심스럽게 시신 세 구가 진가운의 집으로 옮겨졌다.

집 안에 세 구의 시신을 옮기자마자 더욱 분주해진 것은 예하령이다.

작업장.

예하령은 먼저 강시를 만들 작업장을 찾기 위해 가운장의점 이곳저곳을 돌아다녔다.

턱!

걸음을 멈춘 예하령의 입가에 흡족한 미소가 번졌다.

"여기다."

예하령의 시선이 머무는 곳, 그곳은 헛간이다.

헛간에 잠시 시신을 놓아두고 예하령이 급히 지둔륜을 꺼내 들었다. 그동안 잠시 도굴을 멈춰서인지 지둔륜의 손잡이에서 전해져 오는 철의 기운이 약간은 차갑게 느껴진다.

척!

잠시 지둔륜의 감촉을 느끼듯 그렇게 서 있던 예하령이 헛간 바닥에 지둔륜을 댔다.

웨에에엥!

엄청난 회전과 함께 지둔륜이 헛간의 바닥을 파고들었다. 그 길을 따라 예하령 역시 땅속으로 들어갔다.

'거참, 정말 땅 하나는 기가 막히게 잘 파네.'

감탄의 표정을 짓는 진가운.

예하령이 땅을 파는 것을 여러 번 보았지만 그때마다 감탄이 터져 나오는 것은 어쩔 수 없었다.

이번에는 단순한 굴이 아니라 지하 광장(地下廣場)을 만드는 작업을 해서 그런지 땅을 파고 들어간 예하령이 한참 동안 모습을 드러내지 않았다.

그렇게 날이 어두워질 무렵이 되어서야 땅속에 들어간 예하령이 모습을 드러냈다.

작업이 힘에 겨웠는지 얼굴에는 땀이 비 오듯 떨어지고 있었다.

모습을 드러낸 예하령이 관이 있는 곳으로 다가갔다.

관 뚜껑을 연 후 예하령이 슬쩍 진가운을 바라봤다.

"뭐 해. 좀 도와줘."

"아~"

진가운이 알겠다는 듯 고개를 한 번 끄덕이고는 관에 들어 있는 시신을 바라보았다.

쩌저정!

진가운의 손이 관에 닿자마자 관이 그대로 쪼개졌다.

척!

시신을 어깨에 걸친 진가운은 천천히 예하령이 파놓은 땅속으로 들어갔다.

"우와!"

진가운의 입이 저절로 벌어졌다.

사방 육 장에 이르는 제법 거대한 지하 광장.

예하령이 땅속에 머문 시간을 생각해 작지 않을 것이라 생각했지만 이렇게 넓을 줄은 몰랐다.

잠시 사방을 둘러보던 진가운이 어깨에 얹혀진 시신을 광장 바닥에 내려놓고 다시 위로 올라갔다. 그렇게 세 구의 시신을 무사히 지하로 옮긴 후 진가운과 예하령은 헛간의 문을 열고 밖으로 나왔다.

"아저씨!"

"예, 아가씨!"

예하령의 부름에 장 서방이 대답하며 헛간 앞으로 달려왔다.

예하령이 장 서방에게 은자 세 냥을 건넸다.

은자를 보며 이게 뭐냐는 듯 눈을 끔뻑이는 장 서방.

"아저씨, 흑의경장 두 벌하고 백의경장 한 벌만 사다 주세요."

"아이고, 알겠습니다. 아가씨!"

후닥닥.

장 서방이 은자 세 냥을 들고 발이 보이지도 않게 밖으로 달려나갔다.

그런 장 서방의 모습에 진가운은 약간 어이가 없었다.

장 서방이 이렇게 빨리 달려가는 것은 처음이다. 게다가 그렇게 아가씨가 아니라고 강조하고 또 강조했건만 장 서방은 무슨 일인지 우이독경(牛耳讀經)이다.

평소 자신의 말이라면 무슨 일이 있어도 지키는 장 서방이 예하령에 대해서만은 예외다.

"뭘 그렇게 넋을 잃고 쳐다보는 거야?"

"어~"

진가운은 정신이 난 듯 고개를 돌렸다.

"이거!"

예하령이 어느새 준비했는지 종이 한 장을 내밀었다.

"뭐야?"

"보면 알아."

'뭐야? 연서(戀書)야? 그래도 보는 눈은 있어서……. 꿈 깨! 난 도굴꾼에게는 관심없어.'

진가운이 가여운 표정으로 예하령을 한번 바라보고 종이를 펼쳤다. 진가운의 얼굴이 순식간에 오그라들었다.

"이게 뭐야?"

"강시 만들 재료. 사줄 거지?"

"내가 왜?"

"우린 동업자잖아."

약간 계면쩍은 표정으로 한마디를 내뱉은 예하령이 헛간 지하에 마련된 광장으로 쏙 하고 들어갔다.

그런 예하령의 모습에 약간은 어이가 없다.

'뭐 이런 어이없는 경우가 다 있어.'

다시 한 번 예하령이 건넨 종이를 펼쳤다.

영지, 구기자, 맥문동, 하수오, 황귀, 산수유, 당귀, 길경, 감초, 갈근……

사십여 가지가 넘는 약초의 이름이 적혀 있다.

진가운이 지하 광장에 있는 예하령을 향해 소리 질렀다.

"야! 이걸 내가 왜 사와? 네가 사와."

"고마워!"

"뭐가 고마워?"

"다른 거 필요없어. 그냥 적어준 것만 사줘. 아니다, 너 보약이나 한첩 해 먹어라. 몸도 부실해 뵈는데……"

동문서답(東問西答).

화가 뻗쳤다. 그렇지만 어쩔 수가 없었다.

자신에게 꼭 필요한 만년교룡의 내단을 구하려면 부탁을 들어줄 수밖에.

"나중에 다 돌려받는다. 알았어?"

"몰라."

그러거나 말거나 예하령의 대답에는 귀도 기울이지 않고 진가운은 급히 집을 나섰다.

서찰에 적힌 약초들을 살핀 복환용이 눈을 동그랗게 뜨고 고개를 쳐들며 진가운을 바라봤다.

"너 장의사 때려치우고 약장사 하기로 했냐?"

"영감! 그게 무슨 말이야. 쓸데없는 소리 말고 여기에 적힌 약초나 줘."

흐뭇한 얼굴로 고개를 끄덕이는 복환용.

"그래. 이 썩을 놈이 이제야 제정신을 차렸구나. 생각 잘했다. 사내 놈이 할 일이 그렇게 없냐? 남의 시체나 닦고 있게."

진가운의 눈꼬리가 바르르 떨렸다.

귀가 어두운 명의(名醫) 복환용이 오늘도 여전히 딴소리를 하고 있었다.

'망할 노인네. 귀부터 고치라니까.'

그렇지만 자신이 고치지 않는 귀를 진가운이 어떻게 할 수는 없는 일이다. 진가운은 복환용의 귀로 입을 가져가더니 목청이 터지도록 소리쳤다.

"노인네! 쓸데없는 소리 말고 약이나 달라고."

얼굴이 벌겋게 달아오를 정도로 악을 쓰는 진가운.

쾅!

어느새 날아왔는지 복환용의 주먹이 진가운의 얼굴에 박혀 있었다.

찌리리릿!

서로를 바라보는 진가운과 복환용의 눈에서 동시에 불꽃이 타올랐다.

'아니, 이 노인네가.'

진가운이 막 한마디를 하려는 찰나, 복환용의 고함이 먼저 터졌다.

"이 망할 놈아! 내가 귀머거리야! 소리는 왜 지르고 지랄이야! 그리고 뭐 노인네? 이놈아, 너는 어미 아비도 없어?"

'쌍! 누구는 고함 지르고 싶어서 지른 줄 알아. 나도 목 아파 죽겠어.'

진가운으로서는 불만이 가득했지만 달리 할 말은 없었다.

복환용의 말이 틀린 것은 아니기 때문이다.

"알았어. 그러니까 거기에 적힌 약초나 줘."

"뭐라고? 이놈아, 우물거리지 말고 똑바로 말해!"

"어이구."

한숨이 터졌다.

'내가 여기에 왜 또 왔나' 하는 생각이 들었다.

지금이라도 당장 일어나 남창 시내의 약재상으로 달려가고 싶었다.

진가운이 끓어오르는 화를 간신히 참고 복환용의 귀에 입을 가져갔다.

"영감님! 여기에 적힌 약이나 달라고요!"

"누가 아프냐?"

"아니요."

"그런데 왜? 너 처먹으려고?"

"그래요. 그러니 주세요."

진가운으로서는 더 이상 말하고 싶지도 않았다.

"한심한 놈. 이놈아, 젊은 놈이 약은 무슨 약이야? 약 처먹을 생각하지 말고 운동해. 그렇게 젊어서부터 약만 처먹다가는 나중에 정말 약이 필요할 때 안 듣는 법이야. 알아?"

"죽어도 내가 죽으니까 신경 끄시고 약초나 내놔요."

"두 냥!"

'더럽게 비싸네.'

진가운은 아쉬운 표정을 지으며 은자 두 냥을 복환용에게 내밀었다.

은자를 받아 든 복환용이 약초가 있는 창고로 들어갔다.

한참 후, 복환용이 자루 가득 약초를 가지고 나왔다.

또다시 복환용이 무슨 소리를 할지 모른다는 생각이 든 진가운은 그가 가져온 자루를 빼앗듯 쥐고 복환용의 집을 나왔다.

"뭐? 뭐야?"

약초를 사 들고 지하 광장에 돌아온 진가운의 눈이 튀어나올 듯 커졌다.

다다다닥.

이미 싸늘한 시신이 된 지 오래인 산적 두 명과 무당 한 명, 이렇게 세 사람이 지하 광장에서 원을 그리며 달리기를 하고 있었다.

시체들의 구보(驅步). 그것만으로도 희한하기 짝이 없는 일일진대 더구나 세 구의 시신은 옷도 입지 않고 있었다.

정말 눈으로 보고 있지만 믿을 수가 없었다.

"뭐 하는 짓이야?"

"체력 측정!"

"뭐?"

"강시가 쓸 만한지 알아보려고 체력 측정하고 있는 거야. 요즘은 겉만 그럴듯하지 체력은 영 형편없는 인간들이 많단 말야. 괜히 겉만 뻔지르르하면 어떡해!"

아무렇지도 않다는 듯 대답한 예하령의 입이 달싹거렸다.

"하리고리 아사하 무수루 분야. 속도를 올려!"

타다닥!

알 수 없는 주문과 함께 시체들의 달리는 속도가 더욱 빨라졌다.

사십여 회가 넘도록 광장을 돌았지만 강시들의 달리는 속도는 전혀 느려지지 않았다.

"그만!"

예하령의 명령과 동시에 바람을 일으키며 광장을 달리던 시신들이 발을 멈추고 그 자리에 풀썩 쓰러졌다.

씨익!

예하령의 입가에 만족한 미소가 번졌다.

"고마워."

예하령은 고개조차 돌리지 않았지만 진가운은 그것이 자신에게 한 말이라는 것을 알았다. 진가운은 예하령에게 약초 자루를 건넸다.

"받아."

"고마워."

약초 자루를 받아 든 예하령이 광장 귀퉁이에 놓여 있는 무쇠 솥 앞으로 걸어갔다.

"간다!"

"잠깐!"

막 나가려는 진가운을 불러 세운 예하령이 강시 세 명이 원래 입고 있었던 옷을 건넸다.

"마음의 짐이 되어서 안 되겠어. 그거라도 묻어줘!"

진가운이 알겠다는 듯 고개를 끄덕였다.

"참, 그리고 이 무쇠 솥. 부엌에 있던 거야."

"뭐? 그럼 밥은?"

"새로 하나 사면 되잖아. 헤헤헤."

진가운에게 살포시 미소를 던진 예하령이 솥뚜껑을 열었다. 이미 오래전부터 불을 지핀 듯 솥에서는 물이 부글부글 끓고 있었다.

예하령이 자루에서 흔히 도라지라 불리는 길경을 꺼내 끓는 물 위에 제일 먼저 집어넣었다.

"간다."

헛간을 나온 진가운은 마당으로 갔다.

예하령이 건넨 옷을 조심스럽게 마당에 널린 관들 가운데 하나를 택해 그곳에 집어넣었다. 몸뚱이는 강시로 태어나 흙이 되지 못할 운명이니 옷이라도 잘 묻어주어야지 하는 맘에서였다.

"장 서방!"

"예, 주인님!"

"이것 좀 도와줘."

마당에 있는 관을 보고 모든 것을 알아챈 듯 장 서방이 관 한쪽을 잡았다. 장 서방의 도움으로 관을 수레에 실었다.

"장 서방! 나는 공동묘지에 다녀올 테니까 장 서방은 지금 당장 시장에 나가서 솥 하나 사와요."

"솥이오?"

"그래, 솥. 밥 해먹으려면 솥이 있어야 할 것 아냐."

"……."

영문을 몰라 고개를 갸우뚱거리는 장 서방.

"좌우간 사와."

"예, 주인님!"

장 서방이 나가는 것을 지켜본 후 진가운은 공동묘지를 향해 수레를 몰았다.

아침!

눈을 뜨자마자 진가운은 옷을 갈아입고 지하 광장으로 내려갔다.

사실 어제저녁은 잠이 오지 않았다.

예하령에게는 '그딴 강시 왜 만드느냐 , '그것은 사파에서나 하는 짓이다' 등 별 이야기를 다 했지만 솔직히 진가운도 관심이 많은 일이었다.

이번 일의 성공 여부가 자신의 생명과 직접적인 관련이 있으니 어쩌면 예하령보다 진가운의 관심이 더 클지도 모른다.

진가운은 종종걸음을 치며 헛간을 거쳐 지하 광장으로 내려갔다.

"하아~ 쿠울~!"

코 고는 소리가 광장에 들어선 진가운을 가장 먼저 반겼다.

솥 단지 옆에 쪼그려 앉은 채 코를 골고 있는 예하령.

그 꼴이 볼 만하다.

이따금 머리가 급히 숙여졌다가 번개처럼 들려질 때마다 예하령의 벌어진 입 사이로 목구멍 속이 훤히 들여다보였다. 침까지 흘렸는지 입술을 타고 내려간 기다란 자국이 더욱더 진가운의 눈에 크게 들어왔다.

여인은 그야말로 처음 드러누운 자세 그대로 하루 종일 그렇게 잘 것이라고 생각했던 환상이 그대로 깨졌다.

"잠자는 꼬락서니 하고는……."

진가운의 얼굴이 저절로 이지러졌다.

성질 같아선 자신의 아름다운 환상을 박살 낸 예하령의 뒤통수라도 후려갈기고 싶다. 그렇지만 사내대장부로서 여인에게 손찌검을 할 수는 없는 일이라 꾹 눌러 참았다.

"어이. 일어나!"

"뭐… 뭐… 뭐야?"

진가운이 등에 손을 대고 슬쩍 흔들자마자 예하령이 자리에서 벌떡 일어났다. 그 모습이 마치 관에서 갑자기 몸을 벌떡 일으켜 통통거리는 강시 같다.

'푸흣, 누가 강시 만드는 계집애 아니랄까 봐!'

실소를 토한 진가운은 다시 예하령을 돌아보았다.

자신을 깨운 사람이 진가운이라는 사실에 예하령이 다소 안심한 듯 빙긋 미소를 짓고는 쌜쭉 웃는다.

"웃지 마! 정 들어."

예하령의 상하 입술이 비대칭으로 기운다.

"걱정 마! 들 정도 없으니까."

"눈곱이나 좀 떼라. 그리고 침도 좀 닦아!"

진가운의 말에 예하령이 급히 품을 뒤졌다. 그리고 작은 거울을 꺼내 황급히 자신의 얼굴을 살폈다.

"그러고 보니 얼굴이 말이 아니네. 미안하지만 수건 좀 빌려줘!"

'넌 원래 얼굴은 말이 아니었어.'

진가운에게 대답이 없자 예하령이 얼굴을 슬쩍 일그러뜨렸다.

"빨리~"

약간은 짜증이 섞인 목소리.

진가운이 어이없다는 표정을 잠시 짓고는 품에서 수건을 꺼내 건넸다.

수건을 받아 든 예하령이 수건을 얼굴로 가져갔다. 제일 먼저 침 흘린 자국이 뚜렷한 입가를 슬슬 문지르더니 이내 얼굴 전체를 구석구석 문지른다.

'아이고, 더러워! 무슨 계집애가…….'

그런 진가운의 속마음을 알 리 없는 예하령이 마지막으로 목을 한번

쓱 하고 문지르고는 손수건을 진가운에게 돌려주었다.

새하얀 손수건이 누렇게 변해 있었다. 간간이 지분인지 아니면 개기름인지 모를 기름기까지 번들거렸다.

"필요없어. 너 가져!"

"빨아서 줘야지."

"뭐?"

기가 찰 노릇.

자기가 사용했으면 사용한 사람이 잘 빨아서 임자에게 돌려주어야 예의다. 사실 그렇게 말할까 하다가 피곤하니 그랬겠지 하고 참았는데 적반하장도 유분수지. 빨아달라니…….

이게 무슨 개 풀 뜯어 먹는 소린가?

그런 진가운에게 예하령이 한마디를 더 한다.

"선물을 하려면 깨끗하게 빨아서 선물하는 거잖아?"

"누가 선물한대."

"좌우간 나 준다고 했으니 그것은 무조건 선물이야. 그러니까 빨아서 줘! 알았지?"

획!

예하령이 몸을 돌리고는 아직 잔불이 희미하게 타오르고 있는 솥으로 다가갔다.

스르르릉!

"와아~"

솥뚜껑을 연 예하령의 입에서 탄성이 터졌다.

"됐다."

예하령이 쪽박을 들고 솥에 있는 약초 달인 물을 펐다.

촤아아!

쪽박에서 떨어진 약초물이 거대한 나무통으로 쏟아져 들어갔다.

"……!"

진가운의 눈이 다시 커졌다.

"아니, 저것은!"

나무통!

그것은 자신이 이따금 이용하는 집에 하나뿐인 목욕통이었다.

"야~!"

막 소리를 지르려고 입을 연 순간.

예하령이 몸을 빙글 돌리더니 앞질러 입을 열었다.

"아참! 말 안 할 뻔했다. 이거 내가 쓴다."

예하령의 손가락. 그것이 가리킨 것은 진가운의 목욕탕이다.

'계집애, 빨리도 말한다.'

"설마 이것 하나 썼다고 사내대장부가 삐친 건 아니지?"

"……."

진가운이 대답하기도 전에 예하령이 몸을 돌렸다.

이어지는 예하령의 혼잣말.

"하긴 이만한 일로 삐치는 자식은 사내도 아니야. 그런 놈들은 그거 떼어버려야 돼. 그치~?"

다시 몸을 돌려 진가운을 바라보는 예하령의 입가에 미소가 가득하다.

'얄미운 계집애.'

속수무책(束手無策).

진가운으로서도 다른 방법이 없다. 예하령이 그렇게까지 말했는데 화를 냈다가는 자신은 사내도 아닌 속 좁은 놈이 되고 마니 말이다.

쓰읍!

진가운이 억지로 웃으며 고개를 끄덕였다.

"그럴 줄 알았어. 역시 그래도 넌 사내야."

예하령이 다시 몸을 돌렸다.

진가운이 이글거리는 눈으로 예하령의 뒤를 노려보았다.

'망할 계집애. 아주 혼자서 북 치고 장구 치고 다 하는구나. 오냐! 지금은 참는다. 하나 언젠가 아주 죽여 버릴 거야.'

진가운은 속으로 다음 기회를 노리며 급히 몸을 돌렸다. 속히 이곳에서 벗어나야겠다는 생각만이 머리 속에 가득했다.

"잠깐!"

'이번에는 또 뭐야?'

진가운이 몸을 돌리자마자 진가운의 얼굴을 향해 예하령이 종이 하나를 불쑥 내밀었다. 그것이 무엇이라는 것을 진가운은 알고 있었다.

"또?"

"……."

예하령이 미안한 얼굴로 고개를 끄덕인다.

"부탁해. 지난번은 기초 약재고 이번이 진짜야. 모두 최상품으로 구해와야 돼! 알았지?"

진가운은 울며 겨자 먹기로 쪽지를 받아 들었다. 이제 와서 못하겠다고 할 수도 없다. 아니, 자신이 살려면 예하령을 도와야 한다.

진가운은 고개를 끄덕이고는 급히 지상으로 올라갔다.

"뭐냐? 이번에도 이걸 네 녀석 혼자 다 먹겠다는 거야?"

"예."

짜증이 가득한 진가운의 목소리.

오늘도 귀머거리 명의 복환용의 잔소리가 끊이지 않는다.

'망할 영감쟁이! 지가 훈장(訓長)이야 뭐야? 그냥 달라는 약재나 줄 것이지. 참, 말 많네.'

그냥 의원이면 환자를 치료하던가 필요한 약초를 내주면 될 일. 무슨 잔말이 그렇게 많은지 알다가도 모르겠다.

오늘은 한 시진 가까이 약의 오, 남용에 대한 강의를 들었다.

'내 이곳에 다시 약재를 구하러 오면 진가운이 아니라 복가운이다.'

그리고 다음부터는 장 서방을 보내야겠다고 다짐했다.

좋은 말도 한두 번이지…….

이건 어떻게 된 것이 찾아올 때마다 한 시진 가까이 자기 혼자 지껄여 대니 견딜 수가 없었다.

쑤욱!

진가운의 눈앞으로 복환용의 손이 다가왔다.

진가운이 은자를 꺼내려 품으로 손을 집어넣었다.

"오십 냥."

"뭐요?"

벌어진 입이 다물어지지를 않는다.

오십 냥!

그깟 약초 몇 개 사는 데 웬만한 가정이 일 년간 펑펑거리며 살 은자를 요구하다니 아무리 생각해도 이건 폭리다.

지난번에 그렇게 많은 약재를 사는 데도 두 냥밖에 안 들었는데 오십 냥이라니……. 그 안에 무슨 염라대왕의 턱수염이라도 들었단 말인가?

"영감! 이익도 정도껏 남겨야지. 그깟 약초 몇 개에 무슨 은자 오십 냥이야?"

진가운의 고함에도 불구하고 복환용의 입가에는 희미한 미소가 떠나지 않았다.

"그래, 알아, 임마. 나도 너무 싸다는 거. 그렇지만 어떻게 너한테 은자를 더 달라고 그럴 수가 있냐?"

'이놈의 영감탱이가……'

진가운은 은근슬쩍 넘어가려는 복환용을 용서할 수 없었다.

장사꾼에게도 상도(商道)가 있는 법이다. 더구나 사람의 생명을 다루는 의원에게는 그런 상도 이상의 도가 있어야 한다. 그런데 약에 대해 잘 모른다고 이렇게 폭리를 취하다니 그냥 묵과(默過)해서는 안 된다고 생각했다.

진가운은 복환용의 귀에 입을 가져갔다.

"영감! 양심이 있어야지. 그깟 약초 몇 개에 오십 냥이 뭐야? 오십 냥이~!"

진가운의 말을 그제야 알아들었는지 복환용의 얼굴이 슬슬 오그라들었다.

"이… 이런 땅에 묻혀 썩어서도 구더기가 더러워서 피할 놈을 보았나. 봐라, 이놈아!"

휘릭!

복환용이 조금 전 진가운이 가져온 종이를 눈앞에 펼쳐 보였다.

해구신(海狗腎), 산삼(山蔘), 석청(石淸), 웅담(熊膽), 호골(虎骨).

이상이 예하령이 적어준 종이에 적혀 있는 것들이다.

비록 다섯 가지에 불과했지만 그야말로 인세에 구하기 힘든 약재들이었다.

'제길… 그깟 강시 만드는 데 이렇게 귀한 약재들이 꼭 필요한 거야?'

진가운이 품으로 손을 가져갔다.

약재를 보아하니 복환용의 말대로 오십 냥이면 원가에 가까운 금액으로 보였다.

은자 오십 냥을 받아 든 복환용이 약재 창고로 들어가더니 작은 꾸러미 하나를 들고 밖으로 나왔다.

"영감! 고마워."

진가운은 복환용을 향해 슬쩍 허리를 숙였다. 조금 전 쓸데없는 오해를 한 것에 대한 사과 표시다.

"마빡에 피도 안 마른 놈이 사십이 넘어서 하초가 부실할 때 처먹는 약을 왜 처먹어. 이놈아, 약 조금만 처먹어. 그렇게 먹다가는 나중에 뼈 삭아. 알아?"

복환용의 말을 한 귀로 흘리며 진가운은 다시 문을 열고 밖으로 나왔다. 문을 열고 나서는 진가운의 얼굴이 잘 익은 사과처럼 빨갛게 물들어 있었다. 그런 진가운을 보며 복환용이 재미있다는 듯 빙긋 미소를 지었다.

제11장

믿음을 주려면 먼저 행동으로 보여라

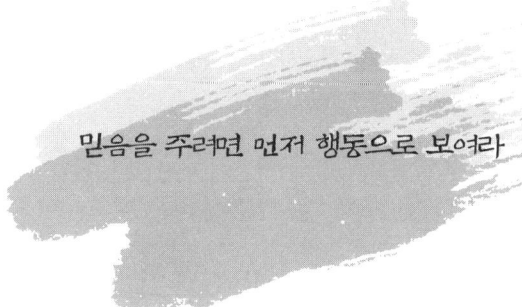

믿음을 주려면 먼저 행동으로 보여라

정신 사납게 헛간을 서성이는 진가운. 무슨 일인지 그의 얼굴에는 초조한 빛이 역력하다.

"뭐가 이렇게 오래 걸려!"

그제 아침. 적어준 약재를 사다 준 지 벌써 이틀이 지났건만 지하 광장에서는 아무런 연락이 없다.

벌써 캄캄한 밤!

쪼르르르.

인내심의 한계를 느낀 진가운이 지하 광장으로 촐싹거리며 내려갔다.

지하 광장.

그제 새벽과 다름없이 예하령은 고개를 숙였다 올렸다를 반복하며 졸고 있었다. 다른 점이 있다면 무쇠 솥 앞에서 졸던 예하령의 위치가 목욕통 앞으로 옮겨졌다는 것뿐이다.

터벅!

진가운은 그런 예하령을 뒤로하고 목욕통으로 다가갔다.

슬쩍 고개를 빼고 목욕통 안을 바라보는 진가운.

"헉!"

무슨 일인지 외마디를 토한 진가운의 얼굴이 빨갛게 달아올랐다.

이 남 일 녀.

목욕통 안에는 이 남 일 녀(二男一女)가 전라(全裸)의 모습으로 들어가 있었다.

머지않아 강시가 될 고달픈 운명을 간직한 시체들.

'하나씩 하지 취향도 희한하네.'

워낙에 목욕통이 커서인지 세 명이 들어가 있었지만 공간에 여유가 있었다.

'그나저나 언제 완성되는 거야?'

여전히 눈을 꼭 감고 물 위를 둥둥 떠다니고 있는 이 남 일 녀의 시신을 바라보는 진가운의 마음 한구석에 조바심이 일었다.

"되기는 되는 거야?"

진가운이 그렇게 답답한 마음으로 목욕통을 바라보는 그 순간.

번쩍!

목욕통에 잠긴 채 둥둥 떠다니던 이 남 일 녀의 시신이 동시에 눈을 부릅떴다.

찌리릿!

이 남 일 녀와 진가운의 눈이 마주쳤다. 그러자 알 수 없는 기류가 진가운의 몸을 오싹하게 만들었다.

"으아악!"

놀라 소리치는 진가운. 아무리 강심장의 사내 진가운이라 하더라도 시체가 번쩍 하고 눈을 뜨니 자지러지지 않을 수 없었다.

"뭐… 뭐… 뭐야?"

진가운의 고함에 졸고 있던 예하령이 벌떡 일어섰다.

진가운이 급히 예하령의 소매를 잡았다.

"누누, 누… 눈… 눈… 눈 떴다."

"뭐?"

예하령이 깜짝 놀라 목욕통 안을 들여다본다.

쑥!

순간, 목욕통에 있던 이 남 일 녀가 몸을 일으켰다.

"……!"

석상인 듯 걸음을 멈추고 멍한 시선으로 세 강시를 바라보는 예하령.

강시를 바라보는 예하령의 몸이 부르르 떨렸다.

획!

예하령이 급히 몸을 돌렸다.

예하령의 눈.

정상이 아니다.

파르르 떨리는 눈가에서 쏟아지는 눈빛은 이따금 이야기 속에서 등장하는 구미호의 눈빛, 그것이었다.

보는 것만으로도 진가운의 등줄기에 식은땀이 흐른다.

진가운은 단숨에 사태를 깨달았다.

'실패다.'

진가운의 얼굴이 부르르 떨렸다.

강시를 만드는 데 실패했으면 그것은 예하령이 무슨 일을 그르친 것이 분명한데 어째서 자기를 이렇게 죽일 듯 노려보는지 알 수가 없었다.

'이 망할 계집애야, 너는 재산과 가문을 잃지만 난 목숨을 잃게 생겼어.'

획!

진가운을 노려보던 예하령이 다짜고짜 진가운에게 달려들었다.

예하령의 갑작스러운 전진에 놀란 진가운이 급히 뒤로 물러났다.

"너… 너… 너 미쳤어? 강시 만드는 데 실패한 게 내 잘못이야? 네가 잘못해 놓고 왜 엉뚱한 사람한테 화풀이야?"

"죽어버려!"

휘익.

예하령이 손톱을 세우고 진가운에게 달려들었다. 붉게 물든 눈으로 진가운을 바라보며 달려드는 예하령의 모습이 마치 선불 맞은 멧돼지 같았다.

어느새 예하령은 손에 지둔륜까지 들고 있다.

"죽어!"

휘익!

지둔륜이 바람을 갈랐다.

얼굴까지 파랗게 질린 진가운이 뒷걸음질을 치며 물러났다.

슈슉!

눈이라도 달린 듯 뒤로 물러서는 진가운을 따라 지둔륜이 쫓아왔다.

당황한 진가운.

"너… 너… 너 저저, 정… 정말 왜 이래? 미쳤어?"

"그래, 미쳤다. 아니, 환장했다."

예하령의 말대로 제정신이 아니다.

눈에 보이는 것은 엄청난 살기.

이 여인이 과연 조금 전까지 침을 질질 흘리며 목욕통을 붙들고 졸고 있던 그 여인이 맞는지 의심스럽다.

'이… 이게 정말.'

생각 같아서는 여자고 뭐고 턱주가리를 시원하게 날려 버렸으면 하는 마음이 굴뚝같았다. 그렇지만 그럴 수는 없는 일.

진가운은 부르르 떨리는 주먹을 억지로 허리춤으로 끌어당겼다.

슈슉!

그 와중에도 지둔륜은 진가운을 향해 맹렬히 다가왔다.

진가운은 뒤로 한 발 물러서며 지둔륜을 향해 힘껏 주먹을 뻗었다.

캉!

날카로운 쇳소리.

격돌의 충격을 이기지 못한 예하령이 처음으로 뒤로 물러섰다.

"……!"

두 눈이 왕방울만하게 커진 것이 놀라도 단단히 놀란 모양이다.

'지금이다.'

진가운은 기회는 이때다, 하고 급히 몸을 돌렸다.

삽십육계 줄행랑.

자신이 무엇 때문에 도망을 해야 하는지 알 수는 없지만 지금은 그냥 피해야 할 것 같았다.

하나 오산(誤算)!

예하령은 진가운이 도주하리라는 것을 예상이라도 했는지 어느새 지둔륜을 가슴 앞에 모으고 입구에 버티고 있었다.

뿌드드득!

이를 갈며 진가운을 노려보는 예하령.

"어딜 도망가려고. 타앗!"

예하령이 기합을 지르며 몸을 움직였다.

슈슈슉!

지둔륜이 다시 진가운에게 날아들었다.

"사… 사… 사람 살려!"

휘익!

진가운의 다급한 고함 소리와 동시에 여지껏 별다른 움직임을 보이지 않던 목욕통 속의 세 강시가 공중으로 몸을 솟구쳐 올리더니 예하령에게 달려들었다.

카강!

사내 강시 하나가 예하령의 지둔륜을 손으로 막는 사이, 두 명의 강시가 예하령을 향해 몸을 날렸다.

퍽!

강시의 주먹이 예하령의 배를 정확히 때렸다.

"이런 망할 것들이. 이것들아! 네놈들 주인은 나야. 예하령이야. 알아들어?"

예하령의 울부짖음에도 불구하고 강시들은 예하령에게 발을 뻗었다.

"크흑!"

강시의 발에 얼굴을 맞은 예하령이 비틀거리며 뒤로 물러났다.

주르륵.

예하령의 코에서 코피가 쏟아진다.

"뭐야? 이게 어떻게 된 거야?"

진가운은 어안이 벙벙한 얼굴로 계속 싸움을 지켜보았다.

회리링!

예하령의 지둔륜이 한 구의 강시를 향해 날아들었다.

금방이라도 강시의 목이 떨어질 위기의 순간, 예하령이 슬쩍 지둔륜을 오른쪽으로 틀었다.

서걱!

지둔륜이 강시의 목 대신에 어깨를 슬쩍 베었다.

'우와, 미치겠네.'

차마 자신이 만든 강시의 목을 벨 수는 없었다.

어떻게 만든 강신데 그들의 목을 벨 수 있단 말인가? 그러나 그런 예하령의 마음을 알 리 없는 강시 세 구는 더욱 독기를 품고 달려들었다.

슈슈슉!

강시가 손발을 움직일 때마다 전라의 몸이 출렁거렸다. 그걸 보는 진가운의 얼굴이 붉어질 정도였지만 강시들은 전혀 개의치 않았다.

방심한 틈에 강시의 공격을 받은 예하령이 계속해서 뒤로 밀렸다.

기선을 제압당한 예하령은 일방적인 수비를 할 수밖에 없었다. 자칫하다가는 큰 부상을 입을지도 모를 위기의 순간이었다.

"어… 어… 어……."

진가운은 놀라 자리에서 벌떡 일어났다.

예하령의 다급한 음성이 진가운의 귀로 파고든다.

"가운아, 어어거리지만 말고 이놈들 좀 말려줘!"

"네가 만든 강시야. 네가 말하면 되잖아?"

"쓸데없는 소리 하지 말고 빨리 그만이라고 말 좀 해달라니까."

이상하다는 듯 고개를 갸웃거리는 진가운.

주인도 못 알아보는 강시가 자신의 말을 들을까 생각했다.

'그래, 밑져야 본전이다.'

진가운은 급히 내력을 주먹으로 몰았다. 만약의 사태에 대비해 언제든지 강시들에게 달려들 준비를 한 것이다.

"그만!"

지하 광장을 쩌렁쩌렁 울리는 진가운의 고함 소리.

척!

미친 듯 예하령에게 달려들던 세 구의 강시가 진가운의 말 한마디에 얼어붙은 듯 동작을 멈췄다.

예하령의 복부에는 한 구의 강시가 내뻗은 주먹이 슬쩍 닿아 있었다.

'뭐야? 어떻게 된 거야?'

진가운이 두리번거리는 사이에 예하령이 바닥에 털썩 주저앉았다.

"으아앙~!"

예하령이 참지 못하고 울음을 터뜨렸다.

무엇이 그리 서러운지 어깨까지 흔들며 땅을 치고 통곡한다.

"야~! 야!"

진가운이 불러봤지만 소용이 없다. 자신을 부르는 줄도 모르고 예하령은 계속 땅을 치며 통곡했다.

획!

예하령이 고개를 번쩍 치켜들었다.

길게 찢어진 눈에서 뿜어져 나오는 안광이 보는 진가운의 가슴을 서

늘하게 했다.

"이제 어떡할 거야?"

"뭘?"

"강시 말이야. 내가 만든 강시 어떡할 거야?"

"무슨 말이야?"

진가운이 고개를 갸웃거리는 사이 자리에서 일어난 예하령이 진가운의 멱살을 와락 움켜잡았다.

"따라와!"

예하령이 진가운을 지하 광장의 출구로 끌고 갔다.

진가운의 얼굴이 파랗게 변했다. 예하령이 얼마나 멱살을 암팡지게 틀어쥐었는지 숨을 제대로 쉴 수가 없었다.

"켁! 이… 이거 왜 이래?"

"시끄러워! 잔말 말고 따라와!"

"아… 알았어. 따라갈 테니까 손은 좀 놓고 말해. 숨 막혀 죽겠어."

"안 돼!"

예하령이 진가운을 노려보더니 멱살 잡은 손을 더욱 틀어잡았다.

"케엑! 사람 살려."

슈욱!

진가운의 한마디에 여지껏 얼어붙은 듯 꼼짝하지 않던 강시들이 전라의 남세스러운 꼴로 예하령을 향해 성큼 다가섰다.

당황한 예하령이 틀어잡았던 손을 풀었다.

"멈춰!"

간신히 예하령에게서 풀려난 진가운의 한마디.

턱!

예하령에게 다가가던 강시들이 그대로 걸음을 멈췄다.

진가운이 알겠다는 듯 고개를 끄덕였다.

강시는 이상하게도 자신들을 만들어준 예하령의 말 대신에 자신의 명령을 따르고 있는 것이다.

'거참! 신기하네.'

"원을 그리며 돈다. 실시!"

이 남 일 녀의 강시가 원을 그리며 지하 광장을 달리기 시작했다.

"쓸데없는 짓 하지 말고 따라와!"

예하령이 급히 진가운의 귀를 잡더니 지하 광장 밖으로 몸을 움직였다.

"아~! 귀… 귀 아파."

진가운의 방 안.

조금 전 지하 광장에서 진가운을 죽일 듯하던 예하령도 이제는 마음이 안정되었는지 얼굴에서 뿜어지던 열기가 잦아들었다. 그러나 아직 진가운에 대한 불만은 여전한 듯 진가운을 바라보는 눈길이 곱지는 않았다.

"그러니까 뭐야? 처음에 눈 마주친 사람이 주인이다 이거야?"

"그렇다니까. 이제 어떡할 거야?"

황당하다. 당혹스럽다.

예하령이 만든 강시들은 자신과 처음으로 눈이 마주친 사람의 말에만 복종한다. 그래서 지금 만들어진 세 구의 강시는 예하령의 말을 듣는 것이 아니라 진가운의 말을 듣게 된 것이다.

'뭐야? 그럼 내가 졸지에 강시 대장이 된 거야?'

어이없는 일이지만 그랬다.

"계집애야, 그러면 그렇다고 말을 했어야지. 그렇지 않아도 시체라면 지긋지긋한데……."

"네가 그때 나타날 줄 내가 알았어? 그나저나 이제 어떻게 할 거야?"

"내가 그걸 어떻게 알아."

말은 그렇게 했지만 그나저나 지하에 있는 강시가 문제는 문제다. 이제 그들을 어떻게 해야 할지 그야말로 난감하다.

"……."

"……."

오랜 침묵이 흘렀다.

"그렇지!"

진가운이 자리에서 벌떡 일어나더니 예하령의 팔을 슬쩍 잡았다.

"뭐야? 방법이 있어?"

고개를 획 하고 돌린 예하령의 눈에 아직까지 독기가 가득하다.

"잔말 말고 따라와!"

진가운이 그런 예하령을 데리고 다시 지하 광장으로 갔다.

"이건 뭐야?"

지하 광장에 내려와 보니 이 남 일 녀의 강시가 여전히 광장을 원을 그리며 달리고 있었다.

족히 한 시진은 넘었을 텐데 강시들은 진가운의 명에 따라 그때까지 계속 지하 광장을 달리고 있었던 것이다.

"거참, 말 하나는 기가 막히게 잘 듣네."

진가운이 슬쩍 고개를 돌렸다. 여전히 불만 가득한 얼굴로 원을 그리며 달리기를 하고 있는 강시들을 바라보는 예하령의 얼굴이 보였다.

"지지리도 말 안 듣는 누구보다 낫다."

"그게 누군데?"

고개를 돌리는 예하령을 향해 진가운이 빙긋 미소를 지었다.

"멈춰!"

턱!

강시들이 그대로 달리기를 멈췄다.

"그나저나 이 녀석들 옷은 어디 있어?"

"저기!"

예하령이 손을 들어 지하 광장 구석을 가리켰다. 작은 보따리가 보였다. 진가운이 보따리를 풀자 두 벌의 흑의경장과 한 벌의 백의경장이 모습을 드러냈다.

진가운이 세 벌의 경장을 강시 앞으로 툭 하고 던졌다.

"입어!"

후닥닥.

강시들이 옷이 있는 곳으로 재빨리 걸어갔다.

강시들은 흑의경장보다 백의경장이 마음에 들었는지 세 강시가 일제히 백의경장을 향해 달려들었다.

아비규환(阿鼻叫喚)에 목불인견(目不忍見).

흑의경장은 거들떠보지도 않고 백의경장 하나만을 놓고 치열한 쟁탈전을 벌이는 세 구의 강시 모습이 가히 가관(可觀)이었다.

"동작 그만!"

강시들이 일제히 움직임을 멈췄다.

진가운이 경장이 있는 곳으로 다가가 경장을 집어 들었다. 그리고 흑의경장 두 벌을 남자 강시들에게 한 벌씩 쥐어주었다. 그리고 세 강시가 쟁탈전을 벌이던 백의경장은 살았을 때 무당이었던 여자 강시에게 건넸다.

씨익!

여자 강시의 입이 슬쩍 벌어졌다.

'어라? 감정도 있네.'

참으로 신기한 일이다. 비록 유아나 다름없이 단순하기는 하지만 강시도 감정이 있다니…….

"입어!"

세 구의 강시가 받아 든 옷을 입었다.

흑의경장을 받아 든 남자 강시들은 불만이 가득한 얼굴이다. 마치 '주인만 아니면 그냥…' 하고 벼르는 사람 같았다.

"똑바로 들어! 지금부터 너희들은 여기 앞에 있는 예하령의 명령을 내 말과 동일하게 생각한다. 알았나?"

"……."

대답 대신 고개를 끄덕이는 강시들.

진가운이 몸을 돌리더니 흡족한 얼굴로 예하령을 바라보았다. 예하령 역시 흡족한 얼굴이다.

"됐지? 이제 해봐!"

진가운은 슬쩍 뒤로 물러났다.

예하령이 강시가 있는 곳으로 한 발 앞으로 나아갔다.

"엎드려 뻗쳐!"

후닥닥!

세 강시가 즉시 손을 바닥에 대고 엎드려 뻗쳤다.

"일어서!"

즉시 몸을 일으키는 강시들.

"우와, 된다, 돼! 고마워."

"됐지? 나 간다."

진가운은 지하 광장을 나왔다.

무거운 짐을 털어내니 마음이 가벼웠다.

그야말로 말 한마디면 간단히 해결되는 일을 잠시나마 심각하게 고민했다는 사실이 멋쩍었다.

"주인님!"

다급한 장 서방의 부름에 진가운은 천근만근인 눈꺼풀을 억지로 들어 올렸다.

"뭔 일이에요."

"주인님! 큰일 났습니다. 빨리 나와보십시오."

진가운은 이불을 발로 걷어차고 잔뜩 찌푸린 얼굴로 침상에서 몸을 일으킨 후 주섬주섬 옷을 챙겨 입었다.

드르륵!

빠끔히 머리를 내밀고 문 앞에 서 있는 장 서방을 바라보는 진가운.

"왜 그러세요."

"……."

놀란 토끼 눈을 한 장 서방이 대답 대신 손을 들어 올려 마당을 가리켰다.

'도대체 뭔 일이야?'

진가운은 천천히 고개를 돌렸다.

전직이 산적인 남사 강시 한 명이 어디서 찾았는지 살아생전 차고 다니던 커다란 도 하나를 허리에 꿰차고 싸리비로 마당을 쓸고 있었다.

팍팍팍!

바닥에 있는 흙을 모두 파버리려는 듯 이를 악물고 마당을 쓸고 있는 강시. 강시의 빗자루질과 함께 마당에 먼지가 풀풀 날렸다.

'오호, 이거 괜찮은데……'

강시도 유용하다는 생각이 들었다.

"장 서방, 나머지 놈들은 뭐 해요?"

"예, 한 녀석은 부엌에 있고 다른 한 명은 아가씨 방에 있습니다."

"그래요? 그럼 한 놈은 밥을 하고 있다 이 말입니까?"

"그렇습니다."

진가운은 호기심이 동해 몸을 꼼지락거리며 밖으로 나왔다.

천천히 부엌으로 다가간 진가운의 눈에 등을 돌린 채 부엌에서 움직이고 있는 강시가 보였다.

'아니, 저놈이!'

진가운은 급히 부엌으로 달려들어 갔다.

밥을 하는 강시는 멀쩡한 아궁이를 놔두고 부엌 한복판에 나무들을 모아 모닥불을 지피고 있었다.

"야~!"

진가운의 목소리를 들은 강시가 고개를 돌렸다.

"너 뭐 하고 있는 거야?"

"……"

강시가 손을 들어 모닥불을 가리켰다.

'아니, 저게 뭐야?

강시가 가리킨 모닥불.

그 위에는 제법 먹음직스럽게 보이는 동물 하나가 나무에 꽂힌 채 몸을 불사르고 있었다. 하긴 죽기 전 직업이 산적이니 날이면 날마다 산에 널린 짐승을 잡다가 모닥불에 구워 음식을 해 먹었을 것이다.

그럴 수도 있다는 듯 고개를 끄덕이던 진가운이 급히 부엌 한복판에 지핀 모닥불로 달려갔다.

그의 시선이 고정된 곳은 나뭇가지에 꿰진 채 몸을 사르고 있는 짐승이다.

'뭐야? 개잖아.'

진가운의 입에서 자기도 모르게 침이 줄줄 흘러나왔다.

'그나저나 어디서 난 거지?

튼실하게 익어가는 개를 보아하니 침이 흐르기는 하는데 이 개가 어떤 개인지 알 수가 없어서인지 조금은 불안했다.

"무슨 개야?"

강시가 자리에서 벌떡 일어나더니 대문을 살짝 열고 밖으로 나왔다. 그러고 보니 강시는 키가 칠 척도 넘는 어마어마한 거구였다.

"케액!"

숨이 막혔다.

강시가 손으로 가리킨 곳.

그곳은 맞은편에 있는 장의사 허영면의 집이다.

"저… 저 집에서 잡아왔어?"

"……"

말없이 고개를 끄덕이는 강시.

눈앞이 캄캄하다. 다른 사람은 몰라도 진가운은 허영면이 자기 개를 얼마나 좋아하는지 알고 있었다.

자식 하나 없이 외롭게 살아가는 허영면에게 자식과 다름없는 존재가 바로 지금 허망하게 껍데기가 홀랑 벗겨진 채 불에 그슬리고 있는 낭호(狼虎)였다.

"낭호야!"

시간이라도 맞춘 듯 낭호를 부르는 장의사 허영면의 목소리가 들려왔다.

후닥닥!

진가운은 급히 칠 척 거한 강시의 손을 잡고 집 안으로 들어온 다음 대문을 닫아걸었다.

"낭호야! 낭호야~!"

낭호를 찾는 허영면의 애절한 목소리가 점점 커졌다.

'우와, 미치겠네. 어떻게 하지?'

어깨가 태산을 진 것처럼 무거웠다. 걱정이 물밀듯 밀려와 진가운의 가슴에 쌓인다.

"낭호야!"

허영면의 목소리가 조금씩 작아지고 있는 것으로 보아 낭호를 찾아 남창 시내 방향으로 움직이는 모양이다.

"휴우~"

일단 허영면이 멀어지고 있다는 사실에 안도의 한숨을 내쉬었다.

그러나 앞으로 어찌해야 할지 그것이 걱정이었다.

진가운은 눈을 부라리며 예하령의 방을 향해 버럭 소리를 질렀다.

"나와!"

스륵!

방문을 열고 고개를 삐죽 내미는 예하령!

"너 제정신이야?"

"왜? 무슨 일 있어?"

"왜? 무슨 일 있어? 지금 그런 소리가 나와! 그래, 산적이었던 놈에게 밥을 시키는 게 정상이야? 도대체 계집애는 어디다 써먹으려고 사내자식, 그것도 산적에게 부엌일을 시켜?"

"지금 소연이는 내 방 청소하고 있는데……."

소연, 병삼, 춘삼은 예하령이 강시들에게 붙여준 이름이다.

무당이었던 여자 강시는 소연, 마당을 쓸던 육 척 신장의 다소 마른 듯한 강시는 병삼, 그리고 오늘 앞집 장의사 허영면의 개를 훔쳐 모닥불에 불살라 일을 저지르고 있는 칠 척 거한 강시는 춘삼이다.

"네 방 청소는 네가 해야지, 왜 강시를 시켜? 소연아!"

쏘옥!

분위기가 심상치 않다는 것을 알았는지 무당 강시, 소연이 손에 걸레를 든 채 문틈으로 모습을 드러냈다.

"나와!"

후닥닥!

소연이 급히 밖으로 나왔다.

예하령의 얼굴이 일그러졌다. 자신이 주인인 소연에게 진가운이 명령을 내린다는 것 자체가 약이 올랐다.

"넌 들어가서 청소해!"

후닥닥!

소연이 다시 예하령의 방으로 들어갔다.

'나와! 들어가!' 가 반복되며 소연이 부지런히 문을 들락날락했다.

"들어가. 그리고 또 나오라고 하면 허리에 있는 칼로 자살해 버려!"

'제길!'

예하령의 한마디에 진가운은 말문이 막혔다.

'내가 그렇게 말할걸' 하는 생각이 들었지만 이미 늦었다.

의기양양한 표정을 짓고 있는 예하령.

"네 강시니까 네 마음대로 해. 그렇지만 사고나면 네가 책임겨!"

그렇게 소리치고 예하령을 잠시 쏘아보던 진가운은 몸을 획 하고 돌려 그대로 자기의 방으로 들어갔다.

쾅!

"네 맘대로 해. 나중에 허영면 그 인간에게 먹살이 잡히든 땅바닥에 패대기를 당하든 난 책임없어."

방 안에 들어오자마자 진가운은 방바닥에 벌러덩 드러누웠다.

"호호호호!"

"허허허허!"

예하령과 장 서방의 웃음소리가 들렸다.

"이것들이 진짜!"

자리에서 팅기듯 일어난 진가운이 문을 박차고 나갔다.

"지금 뭐 하는 거야?"

예하령과 장 서방이 몸을 흠칫거리며 진가운을 향해 고개를 돌렸다.

그들의 손에 들려 있는 낭호의 뒷다리가 진가운의 눈에 들어왔다.

"주인님! 안 드세요?"

당장에 버리라고 말하려 했지만 먹음직스러운 다리를 보자 저절로 꿀꺽하고 침이 넘어갔다.

'이러면 안 된다. 안 된다'를 몇 번이고 머리 속에서 되뇌고 또 되뇌었지만 어느새 낭호의 다리 하나를 집어 든 진가운의 입 안에는 침이 가득하다.

'그래, 먹자. 설마 개 한 마리 먹었다고 죽이기야 하겠어. 나중에 들키면 그깟 개 값 물어주면 되지 뭐.'

일단 결심을 하고 나니 용기가 솟았다.

진가운은 두 눈을 질끈 감고 한 입 가득 낭호의 다리 살을 베어 물었다. 코끝을 향해 전해지는 달콤한 향기. 입 안에 부드럽게 젖어드는 고기의 고소한 맛. 정말이지 일품이다.

"크하, 죽인다."

저절로 탄성이 터졌다.

그것이 신호였다.

진가운과 예하령, 그리고 장 서방의 손과 입이 정신없이 움직였다.

사흘.

병삼, 춘삼, 소연이 완성된 지 벌써 사흘이 흘렀다.

쓱쓱쓱!

벌써 날이 밝은 모양이다.

마당 청소를 담당하는 병삼이 벌써 싸리비를 들고 마당을 쓰는 소리가 귀에 들린다.

'오늘은 조금 이른데…….'

평상시보다 조금 이른 시간이다.

아직도 밖은 어두컴컴한데 무슨 일인지 병삼은 그렇게 마당을 쓸고 있다.

드르륵!

진가운은 문을 조심스럽게 열고 슬쩍 밖을 내다보았다.

묵묵히 마당을 쓸고 있는 병삼이 보인다.

부엌에서도 불빛이 흘러나오고 있는 것으로 보아 춘삼 역시 밥을 짓고 있는 모양이다.

진가운은 고개를 슬쩍 쳐들어 예하령의 방을 바라보았다.

'해가 서쪽에서 뜨겠군.'

잠이라면 해가 중천에 뜰 때까지 자야 한다는 신념을 가진 예하령의 방에서도 불빛이 흘러나오고 있었다.

"아하~"

너무 일찍 일어나서인지 하품이 그치지 않는다.

스르륵!

조심스럽게 문을 닫은 진가운은 다시 침상으로 걸어갔다.

"이… 이게 무슨 소리야?"

그러고 보니 아침이 환히 밝은 모양이다.

문의 제법 두꺼운 종이를 뚫고 강한 햇살이 방 안에 들어왔다.

눈이 부시다.

유난히 피곤한 아침이지만 쏟아지는 햇빛에 눈이 부셔 더 이상은 잠을 잘 수가 없었다.

잠시 침상에서 몸을 움츠리고 있던 진가운은 꼼지락거리며 침상에서 몸을 일으켰다.

주섬주섬 옷을 챙겨 입은 진가운이 슬쩍 문을 열고 밖을 내다보았다.

양손을 허리에 척 얹은 채 앞에 선 소연, 병삼, 춘삼을 바라보는 예하령의 태도가 제법 당당하다.

'제법인데……'

진가운은 예하령이 무엇을 하는지 좀 더 지켜볼 요량으로 문을 조금 열고 계속 예하령을 주시했다.

"똑바로 서."

척!

예하령의 한마디에 소연, 병삼, 춘삼 이렇게 세 강시가 손을 바짝 붙이고 부동자세를 취했다.

"지금부터 우리들은 철시혼이라는 아주 나쁜 영감이 있는 몽환장으로 간다. 영감쟁이를 혼내주러 가는 거야. 알았지?"

"……"

세 강시가 고개를 끄덕였다.

전직이 무당이었던 소연은 아무런 표정의 변화를 보이지 않았지만 전직 산적인 병삼과 춘삼의 입가에는 희미한 미소가 번지고 있었다.

진가운이 고개를 갸웃거린다.

'몽환장?'

분명 어디선가 들어본 소린데 그곳이 어딘지 기억이 나지 않았다.

진가운은 고개를 갸웃거리며 침상에서 일어나 문밖으로 나갔다.

"말도 못하는 강시들 데리고 지금 뭐 해?"

뒤에서 들려오는 진가운의 목소리에 한참 으쓱거리던 예하령의 입이 살짝 떨렸다.

'얄밉게 꼭 중요한 순간에 나타나서 산통을 깬다니까.'

획.

예하령은 고개를 돌렸다.

언제 방에서 나왔는지 진가운이 우습다는 표정으로 마당에 꼼짝 않고 서 있는 춘삼을 비롯한 세 강시에게 다가왔다.

"그나저나 몽환장이 어디야?"

"철시혼, 그 때려죽일 영감쟁이가 있는 곳."

"아~!"

그제야 진가운이 알겠다는 듯 고개를 끄덕였다.

"잠깐만 기다려."

후닥닥!

진가운은 급히 방 안으로 들어갔다 손에 보따리를 들고 다시 밖으로 나왔다.

획!

진가운이 손에 들고 있던 보따리를 예하령에게 던졌다.

"뭐야?"

"풀어봐!"

'푸헤헤헤. 선물이구나.'

예하령은 진가운이 자신에게 선물을 주는 것이라 생각하며 재빨리 보따리를 풀었다.

"이… 이게 뭐야?"

예하령의 얼굴에 실망이 가득하다.

"어, 그거? 잘 봐!"

진가운은 자신의 품에서 금산장에 몰래 들어갈 때부터 사용하던 광목으로 만든 검은 복면을 꺼내 머리에 둘러썼다.

"혹 모르니까 이렇게 하는 게 좋잖아."

진가운의 말이 일리가 있다고 생각했는지 예하령이 고개를 끄덕였다. 예하령은 손에 든 네 개의 복면을 조심스럽게 골랐다.

"뭐 해?"

"예쁜 복면 고르잖아."

뾰로통한 얼굴로 한마디를 건넨 예하령은 그중에 마음에 드는 복면을 골라 얼굴에 뒤집어썼다.

어느새 예하령의 앞으로 걸어온 진가운이 복면을 둘러쓴 예하령을 찬찬히 살피더니 빙긋 미소를 짓는다.

"기가 막히게 어울린다."

"그게 칭찬이야?"

"나도 몰라!"

그 한마디를 장난처럼 툭 던지고 어느새 예하령의 뒤로 천천히 걸어가는 진가운. 그런 진가운을 바라보는 예하령의 몸이 바르르 떨리는 것으로 보아 칭찬이 아니라고 생각한 모양이다.

"그런데 너는 왜?"

"당연히 함께 가야지."

"안 돼. 이건 우리 집 일이야."

"그래서?"

"내 손으로 해결할 거야."

"그렇지만……."

"걱정 마. 병삼이하고 춘삼이, 그리고 소연이가 있으니까 충분해."

"그래도……."

"분명히 말했어. 이 일은 우리 집 일이라고. 그러니까 나서지 마."

진가운이 입을 열 시간도 주지 않고 예하령은 몸을 돌려 방으로 들어갔다.

그런 예하령을 넋을 잃고 바라보는 진가운.

그렇게 시간이 흘렀다.

잠시 후.

처음 진가운을 만났을 때와 마찬가지로 깨끗한 꽃무늬 치마를 차려입은 예하령이 방문을 열고 나왔다.

예하령의 뒤를 병삼과 춘삼, 그리고 소연이 따랐다.

"정말 가는 거야?"

"……."

"……."

서로를 바라보며 서 있는 진가운과 예하령 두 사람의 얼굴에 아쉬운 표정이 가득하다.

미운 정도 정인지 그야말로 알 수 없는 야릇한 느낌이었다.

씨익!

분위기가 어색했는지 예하령이 슬쩍 미소를 지었다.

"이 치마 예쁘냐?"

"누가 그거 물어봤어? 정말 가는 거냐고?"

"응!"

'제길!'

이상했다.

예하령이 옆에 있을 때는 빨리 돌아가서 자신이 필요로 하는 만년교룡의 내단을 내주기를 기다리고 기다렸는데 막상 돌아간다고 하니 섭섭했다.

"잘 있어! 만년교룡의 내단은 꼭 찾아줄게."

왠지 쓸쓸하게 느껴지는 한마디.

진가운은 몸을 돌렸다.

"잘 가!"

진가운이 등을 돌린 채 내뱉은 '잘 가'라는 한마디. 더 이상 다른 말이 생각나지 않았다.

"아저씨도 잘 계세요. 그동안 고마웠어요."

"아… 아가씨!"

떨리는 장 서방의 목소리를 들으니 진가운의 마음도 흔들렸다.

'제길, 내가 왜 이러는 거지?'

진가운은 급히 방 안으로 뛰어들어 갔다.

"잘 있어."

예하령의 목소리가 또다시 방 안에 있는 진가운의 귀로 들어왔다.

'가! 인사 같은 거 안 해도 되니까 빨리 가. 그리고 만년교룡의 내단 꼭 가져와.'

진가운이 들어간 방을 잠시 바라보는 예하령.

'나쁜 놈!'

그래도 마지막 한마디는 할 줄 알았다. 그러나 아무런 말도 없었다. 예하령은 공연히 화가 솟구쳤다.

이유?

모른다.

왜 자신이 화를 내고 있는지 알 수가 없었다. 처음부터 진가운과는 거래로 만난 사이였다. 그 거래가 끝나 자신은 목표로 한 강시를 만들어 돌아가는데도 왠지 모르게 허전하다. 대답없는 진가운이 야속하다.

'나쁜 놈! 내가 다시 너를 생각하면 예하령이 아니다.'

"소연, 병삼, 춘삼. 가자!"

유난히 큰 소리로 한마디를 던진 예하령은 문밖으로 천천히 걸어갔다.

"아가씨!"

장 서방의 목소리에 몸이 흠칫거린다. 왜 그런지 예하령 자신도 모른다.

주르륵!

볼을 타고 흘러내리는 눈물.

왜 흘러내리는지 예하령으로서도 알 길이 없었다. 그렇지만 볼을 타고 눈물이 흘러내린다. 당장에라도 몸을 돌려 장 서방에게 허리 숙여 인사라도 하고 싶었다. 하지만 그렇게 몸을 돌렸다가는 다시는 이 문을 나갈 수 없을 것만 같았다.

'돌아보면 안 된다.'

예하령은 다시 입술을 꽉 깨물었다. 입술 사이로 볼을 타고 흘러내린 눈물이 조금씩 흘러 들어갔다.

저벅!

한 발을 내디뎠다.

"아가씨! 꼭 다시 들르세요."

부르르.

장 서방의 한마디를 뒤로하고 예하령과 세 강시가 진가운의 집에서 천천히 멀어졌다.

"제기랄!"

방 안에서 꼼짝도 하지 않던 진가운이 벌떡 자리에서 몸을 일으켰다.

드르륵!

문을 열고 마당으로 걸어나온 진가운.

"장 서방!"

"예, 주인님!"

"어디로 갔어요?"

장 서방이 손을 들어 예하령이 사라진 방향을 손으로 가리켰다.

후닥닥!

장 서방이 가리킨 곳을 향해 진가운이 재빨리 달려나갔다.

발이 보이지도 않을 정도의 빠른 움직임. 진가운을 바라보는 장 서방의 입가에 미소가 번졌다.

"어이!"

턱!

예하령이 걸음을 멈추고 뒤를 돌아보았다. 분명 진가운의 목소리를 들었는데 진가운의 모습은 보이지 않는다.

'뭐야? 왜 가운이의 목소리가 들리는 거야?'

고개를 갸웃거리던 예하령이 다시 발을 움직였다.

"어이!"

또다시 들려오는 목소리.

예하령은 다시 걸음을 멈추고 고개를 돌렸다.

"……!"

예하령의 눈이 커졌다.

멀리서 한 사내가 달려오는 모습이 보였다.

예하령의 입이 자신도 모르게 살짝 벌어졌다.

예하령은 급히 벌어진 입을 악물고 애써 무표정한 얼굴을 하고 달려오는 진가운을 바라보았다. 그사이에 진가운이 점점 가까이 다가왔다.

"헥헥헥! 아이고, 죽겠다."

"혀만 내밀면 완전히 한여름 만난 똥개다."

"뭐?"

진가운이 얼굴을 잔뜩 찡그렸다.

"그나저나 웬일이야?"

"이거!"

진가운이 예하령에게 손을 내밀었다.

진가운의 손에 작은 꾸러미가 들려 있다.

"뭐야?"

"은자."

"은자?"

"그래, 은자. 동업자가 떠나는데 그동안 번 것에서 이익금은 나누어야지. 안 그래?"

예하령이 고개를 끄덕였다.

"그래, 고마워!"

예하령은 진가운이 건넨 은자를 받아 들었다. 제법 묵직한 것이 오십 냥은 넘어 보였다.

"가봐!"

"뭐?"

"줄거 줬으니 이제 가보라고."

"무슨 사람이 그러냐?"

"뭐가?"

"사람이 돈이 생겼으면 뭐 음식이라도 한번 사고 그래야 되는 거 아니야?"

"일없네!"

예하령이 그대로 몸을 돌리더니 길을 따라 걸어갔다. 그런 예하령의 뒤를 진가운이 따랐다.

휙!

한참 동안 앞서 걸어가던 예하령이 갑작스럽게 몸을 돌렸다.

"너 언제까지 따라올 거야?"

"네가 점심 살 때까지."

"웃기고 있네. 차라리 해가 서쪽에서 뜨기를 바래라."

예하령은 다시 몸을 돌렸다. 하나 처음 진가운의 집을 나설 때의 쓸쓸한 모습은 보이지 않았다.

예하령이 찾아간 곳은 남창에서 남서쪽에 위치한 남성(南城)이라는 작은 마을이다.

천하제일루(天下第一樓)!

이름만 들으면 그야말로 중원제일의 으리으리한 주루처럼 보이지만 그 거창한 이름과는 너무도 다른 초라한 모습이다.

주루라고 하기에는 부끄러울 정도의 그런 작은 술집 겸 음식점이지만 그래도 이름 하나만은 천하제일루다.

"풋. 정말 웃기는 곳이네."

천하제일루라는 간판을 보며 헛웃음을 터뜨린 예하령이 조심스럽게 소연 등 세 명의 강시와 함께 주루 안으로 들어갔다.

"어서 옵쇼!"

주루가 떠나갈 듯한 우렁찬 목소리에 문을 들어서던 예하령이 놀라 흠칫거렸다.

'주인 아저씨 목소리 하나는 천하제일이네.'

웬일인지 그런 천하제일루 주인의 모습이 밉지가 않다. 예하령은 텅 빈 주루의 한쪽 탁자에 앉았다.

"무엇으로 드시겠습니까?"

역시나 사람의 간을 떨어뜨리고도 남을 우렁찬 목소리.

"동파육 돼요?"

"안 됩니다."

"그럼 웅장(熊掌)은 되나요?"

"그야 물론 안 됩니다."

안 된다는 말치고는 너무 뻔뻔하다. 보면 볼수록 이곳 천하제일루의 주인은 특이한 사람이다.

"그럼 무엇이 되는 거죠?"

"사슴 다릿살 볶음 됩니다."

"다른 것은 없나요?"

"없습니다."

여전히 당당한 모습이다.

도대체 무엇을 믿고 이렇게 당당한 모습인지 알다가도 모를 일이다.

"그럼 그것으로 사인 분, 아니, 오인 분이오."

"여기야!"

예하령이 주루 안으로 들어오는 진가운을 향해 손을 흔들었다.

"동행이십니까?"

"아닙니다."

주인의 물음에 답한 진가운은 자신을 부르는 예하령을 외면하고 예하령의 옆에 있는 빈 탁자에 앉았다.

"뭐 해? 이리로 와! 벌써 주문했어."

"싫어! 어차피 내 돈 내고 먹는데 나도 주문 좀 하자."

예하령이 알겠다는 듯 고개를 끄덕인다.

"모처럼 점심이나 한번 사주려고 했는데……."

후닥닥!

예하령의 말이 미처 끝나기도 전에 진가운이 급히 자리를 옮겼다.

잠시 후.

주인이 음식 그릇을 들고 진가운과 예하령, 그리고 세 강시가 앉아 있는 곳으로 다가왔다.

물론 주인이 들고 온 그릇에 담겨 있는 것은 이곳 천하제일루에서 되는 유일한 요리, 사슴 다릿살 볶음이다.

제법 먹음직스럽게 보이는 요리 접시.

예하령을 비롯한 다섯이 열심히 젓가락을 놀렸다.

음식을 잘 먹지 않는 소연, 병삼, 춘삼도 맛을 아는지 부지런히 입으로 음식을 가져갔다.

그렇게 식사가 끝났다. 식사를 마치자마자 예하령은 미리 준비한 것으로 보이는 봉투 한 장을 진가운에게 내밀었다.

"이거 몽환장(夢幻莊)에 가서 철시혼 그 늙은이에게 좀 전해줘!"

"뭔데?"

"몰라도 돼."

"내가 왜? 병삼이도 있고 춘삼이도 있잖아."

"게네들은 말을 못하잖아."

'그러고 보니 그렇네. 그런데 복면은 왜 받은 거야?

"알았어. 다녀올게."

진가운은 자리에서 일어났다.

"절대 보면 안 돼!"

진가운은 예하령에게 고개를 한번 끄덕이고는 급히 밖으로 나왔다.

몽환장을 찾는 것은 어려운 일이 아니었다.

남성에서 가장 큰 장원.

물론 낙양에 있는 천하만물총점의 본부인 금산장에 비하면 작지만 그래도 안에서 생활하는 사람들의 숫자가 얼마나 되는지가 궁금할 정도로 거대한 장원이다.

쓰윽.

몽환장을 향해 걸어가던 진가운은 급히 주머니에서 예하령이 전해 준 봉투를 꺼냈다. 서찰에 뭐라 적혀 있는지 궁금해서 견딜 수가 없었다.

진가운은 급히 봉투를 열고 서찰을 꺼내 들었다.

얼굴이 씰룩거리는가 싶더니 햇빛을 받아 여물어가는 과일처럼 진가운의 얼굴이 조금씩 조금씩 빨개졌다.

보면 안 된다고 했지. 돌아와! 진가운.

"이게 정말……."

휙!

진가운은 서찰을 그대로 바닥에 팽개치고 객잔으로 돌아갔다.

쾅!

천하제일루의 문을 힘껏 열었다.

"어라! 이것들이 다 어디 갔어?"

예하령을 비롯한 일행의 모습이 보이지 않았다.

획!

진가운은 그대로 몸을 돌렸다.

"아, 손님 돌아오셨군요."

귀를 찢는 고함.

목소리 하나만은 천하제일인 이곳 천하제일루 주인이었다.

진가운이 다시 몸을 돌렸다.

씨익!

진가운을 보며 미소를 지어 보이는 천하제일루 주인장.

"그렇지 않아도 돌아오시면 이것을 전해달라고 부탁하셨습니다."

주인이 내민 손에 두 통의 서찰이 들려 있다.

하나의 서찰에는 자신의 이름이 다른 하나의 서찰에는 몽환장 장주라 적혀 있다.

진가운은 급히 자신의 이름이 적혀 있는 서찰을 꺼내 들었다.

내가 보지 말라고 그랬지. 이번에는 제대로 전달해 줄 것이라고 믿어. 진가운! 내 일은 내가 처리할 자신이 있어. 그리고 만년교룡의 내단은 반드시 구해줄게. 이곳 점심은 내가 계산했어. 이제 점심 샀으니 집으로 잘 돌아가길 바래.

—예하령.

"훗!"

쓴웃음이 터졌다.

'자신? 내가 그 말을 믿을 것 같아, 계집애야. 믿음을 갖게 하려면 평소에 믿을 수 있게 행동을 했어야지.'

진가운은 몽환장주에게 전해달라는 서찰을 품속에 집어놓고 다시 몽환장이 있는 곳으로 달려갔다. 이번에는 예하령이 말한 대로 서찰을 제대로 전할 생각이다. 그렇지만 예하령 혼자 놔두고 돌아갈 생각은 전혀 없었다.

만년교룡의 내단도 내단이지만 이대로 예하령을 혼자 두고 가는 것이 마음에 내키지 않았다.

몽환장(夢幻莊).

금색의 현판이 햇빛에 반짝이는 것이 거대한 장원의 위용을 더욱 빛내주는 듯하다.

쓰윽!

현판을 한번 바라본 진가운은 천천히 장원의 정문으로 다가갔다.

"멈춰라!"

한기가 풀풀 날리는 차가운 음성.

진가운은 슬쩍 고개를 돌렸다.

검인지 도인지 모를 무기를 등 뒤에 멘 비쩍 마른 사내 한 명이 그의 수하들로 보이는 사내 네 명을 대동하고 진가운에게 다가왔다.

'자식이 멋은 엄청 부리네.'

"무슨 일이냐?"

"몽환장 장주께 전할 서찰이 있소."

"서찰?"

"그렇소."

사내가 진가운을 향해 손을 내밀었다.

"내게 주거라!"

"당신이 장주요?"

사내의 얼굴이 일순 구겨지더니 이마 한복판에 깊은 골을 만들었다.

"닥치고 내놔!"

"장주께 전하겠소. 안내하시오."

"이… 이런 처… 쳐 죽일……."

획!

사내의 손이 진가운의 가슴을 노리고 날아왔다.

휘익!

진가운의 몸이 제자리에서 솟구쳐 하늘 높이 떠올랐다. 솟구쳐 오른 진가운의 몸은 공중을 비행하며 몽환장 정문을 향해 맹렬히 부딪쳐 갔다.

콰광!

진가운의 주먹에 맞은 몽환장의 정문에 구멍이 뚫렸다.

진가운에게 시비를 걸던 사내의 몸이 부들부들 떨렸다.

"이… 이… 이런 죽일 놈을 보았나. 애들아!"

채쟁!

사내의 뒤에 있던 수하들과 정문을 지키던 수문 무사들이 일제히 검을 빼 들었다.

"쳐라!"

"합!"

일체의 망설임없는 날랜 몸놀림.

몽환장의 무사들이 일제히 진가운을 향해 검을 휘두르며 달려들었다. 진가운은 한 발로 땅을 슬쩍 박차며 공중으로 몸을 띄워 올렸다.

공중에 떠오른 진가운이 몽환장 정문을 향해 다시 주먹을 내뻗었다.

쿠구궁!

몽환장의 정문에 다시 구멍이 뚫렸다.

턱!

진가운은 정문 앞에 서서 자신을 포위하고 있는 몽환장의 무사들을 둘러보았다.

사사삭!

검을 든 채 서서히 진가운에게 다가서는 몽환장 무사. 진가운의 몸에 힘이 들어가자 몸속의 내력이 서서히 솟아올랐다.

"후우."

진가운이 큰 숨을 내쉬며 우선 몸의 긴장을 풀었다. 잘못 내력을 사용해 이곳 무사 가운데 죽는 자들이 발생하면 그야말로 낭패다.

"멈추거라!"

진가운에게 다가가던 몽환장 무사들이 일제히 검을 땅에 박으며 머리를 숙였다.

"장주님을 뵙습니다."

노인.

장원 안쪽에서 노인 한 명이 뒷짐을 진 채 당당하게 걸어나오고 있었다. 선풍도골(仙風道骨)의 풍채에 인자한 용모를 한 노인.

'저 사람이 철시혼?'

진가운은 슬쩍 고개를 흔들었다. 몽환장 무사들의 태도로 보아 분명 눈앞에 있는 이 노인이 철시혼이 분명하건만 그 외모가 상상했던 것과는 전혀 달랐다.

'하긴 양두구육(羊頭狗肉)의 인간도 많은 법이지.'

"그래, 젊은이, 무슨 일인가?"

"서찰을 전하러 왔소이다."

"서찰?"

진가운은 급히 품에서 예하령의 서찰을 꺼내 철시혼에게 건넸다.

서찰을 받아 든 철시혼의 눈동자가 가볍게 흔들렸다.

"아가씨는 어디에 계시는가?"

'아가씨?'

이것 역시 의외다. 철시혼은 아직도 예하령을 아가씨로 부르고 있었다.

"모르오. 단지 부탁을 받았을 뿐."

"고맙네!"

"그럼 이만."

진가운은 천천히 몸을 돌렸다.

"젊은이, 보아하니 월담하여 서찰을 전할 실력이 충분한 것 같은데 왜 소란을 일으켜 자칫 욕을 보려 하였는가?"

"월담은 도둑이나 하는 짓. 노인은 어떨지 몰라도 난 도둑이 아니오. 손님이오."

제12장

진가운 처음으로 싸움다운 싸움을 벌이다

진가운 처음으로 싸움다운 싸움을 벌이다

마고산(麻姑山)!

강서성에 위치한 명산이라면 누구든 주저치 않고 여산(廬山)을 꼽는다. 그렇지만 여산에 못지않은 산이 있으니 그것이 마고산이다. 마고산이 여산에 비해 많이 알려지지 않은 것은 사람들의 왕래가 적기 때문이다. 사람이 적은 이유는 간단하다. 그것은 마고산이 그만큼 험한 악산(惡山)이기 때문이다.

강서성 사람이라면 누구든 그것을 알고 있다. 그 험한 산줄기에 질린 강서성 사람들은 좀처럼 그 산을 오르지 않는다.

예하령.

진가운과 천하제일루에서 헤어진 예하령은 소연, 병삼, 춘삼과 함께 그 험하기로 소문난 마고산을 오르고 있었다.

이미 해가 떨어지는 시각이다.

더구나 이곳은 산이다.

마을은 아직 약간의 빛이 남아 있지만 산림이 울창한 이곳 마고산은 벌써 짙은 어둠이 깔려 있었다.

씨익!

무슨 좋은 일이라도 있는지 이마에 비 오듯 땀을 흘리면서도 예하령은 입가에 미소를 짓고 있다.

이제 오늘만 지나면 자신의 철천지원수인 철시혼을 사로잡을 수 있다는 생각에 미소가 떠날 줄 몰랐다.

철시혼 그 늙은이를 잡으면 먼저 자신의 용모를 회복할 수 있는 방법을 찾아 낙양 금산장에 남아 자신의 가짜 노릇을 하고 있는 그년부터 박살 낼 생각을 하니 무거웠던 가슴이 시원하게 뚫린다.

"저기다!"

예하령의 눈에 마고산 정상이 보였다.

"가자!"

소연과 춘삼, 병삼을 재촉한 예하령은 입술을 한번 꼭 깨물고는 정상을 향해 바삐 걸음을 움직였다.

턱!

마침내 마고산의 정상에 올랐다.

널찍한 산마루.

마고산의 정상은 올라올 때의 가파르고 험한 길과는 달리 울창한 숲이었다.

"기다리고 있었습니다, 아가씨!"

노인 한 명이 이미 정상에 올라서 예하령을 맞았다.

노인을 바라보는 예하령의 몸이 부르르 떨린다. 그와 동시에 예하령의 눈이 붉게 변하더니 길게 옆으로 찢어졌다.

철시혼.

마고산의 널찍한 산마루에서 예하령을 기다리고 있는 것은 천하만물총점 강서성 책임자 철시혼이다.

"철시혼(鐵屍魂), 네 이놈~!"

예하령의 입에서 한기가 펄펄 날리는 차가운 한마디가 흘러나왔다.

몽환장 장주, 철시혼의 입가에 야릇한 미소가 흘렀다.

"흐흐흐, 이거 아무리 아가씨라 해도 듣기 거북합니다. 그래도 한때는 이 철시혼을 의숙이라 부르며 주인어른보다 더 따르던 아가씨가 아니었습니까?"

"닥쳐!"

"그러지요. 닥치라 하시니 닥치지요. 그런데 이렇게 모습을 드러내신 것을 보니 나름대로 자신이 있으신 모양입니다."

"물론."

씨익!

철시혼을 향해 미소를 지어 보이는 예하령.

예하령은 급히 자신의 좌우에 있는 소연, 병삼, 춘삼을 힐끔 바라보았다.

"……!"

몽환장주 철시혼의 눈동자가 슬쩍 흔들렸다.

하나 그것도 잠시, 몽환장주 철시혼이 이내 침착함을 되찾고 천천히 서너 번 고개를 끄덕였다.

"허허허, 강시로군요. 역시 그때 암굴에 침입해 그자를 죽인 것은 아가씨였군요."

철시혼이 예하령의 뒤에 서 있는 소연과 병삼, 춘삼을 찬찬히 둘러보았다.

"제법 쓸 만한 놈들입니다. 하나 지금 내 눈에는 편안한 잠을 구걸하는 불쌍한 귀신처럼 보입니다."

철시혼이 슬쩍 손을 들어 올렸다.

획! 획!

철시혼의 옆으로 몽환장의 무사들이 모습을 드러냈다.

그중 한 명.

진가운이 몽환장에서 예하령의 서찰을 전해주러 갔다가 시비가 붙었던 비쩍 마른 사내의 모습도 보였다.

"쳐라!"

철시혼의 고함과 동시에 모습을 드러낸 무사들이 일제히 검을 휘두르며 소연에게 다가갔다.

채재쟁!

언제 도를 빼 들었는지 병삼과 춘삼이 허리에 두르고 있던 거도를 꺼내 들고 달려드는 몽환장 무사들을 향해 휘둘렀다.

소연은 예하령의 보호 임무를 맡은 듯 예하령과 함께 급히 뒤로 물러나 싸움을 살폈다.

"크허헉!"

몽환장 무사들 댓 명이 신음을 흘리며 그대로 바닥에 쓰러졌다.

획!

동료를 잃고 눈이 벌게진 몽환장의 무사들이 병삼과 춘삼을 향해 들개 떼처럼 달려들었다.

캉!

몽환장 무사의 검에서 불꽃이 튀어 올랐다.

"크흑!"

신음을 토하며 뒤로 물러나던 몽환장 무사들이 자신의 검신을 들여다보았다. 마치 강철을 때린 듯 검신의 이곳저곳에서 날이 빠져 있었다.

도검불침(刀劍不侵).

병삼과 춘삼의 몸은 강철과 같았다.

휙!

병삼과 춘삼이 얼굴을 일그러뜨리며 몸을 휙 하고 돌렸다.

움찔.

몽환장 무사들이 몸을 움찔거리며 뒤로 슬금슬금 물러났다.

쓰읍!

예하령의 입가에 만족의 미소가 번졌다.

타다닥!

몽환장 무사들을 향해 천천히 다가들던 병삼과 춘삼이 그대로 전력을 다해 달려들었다.

쉬익!

병삼, 춘삼의 오 척이 넘는 거도가 몽환장 무사들을 휘감고 지나갔다.

"흩어져라!"

몽환장 입구에서 진가운과 한바탕 드잡이질을 벌였던 비쩍 마른 사내의 명령에 한곳에 몰려 있던 몽환장 무사들이 일제히 사방으로 흩어졌다.

서걱!

"크허헉!"

미처 몸을 움직이지 못한 몽환장 무사 두 명의 입에서 동시에 신음이 흘러나왔다.

병삼, 춘삼의 도에 의해 갈라진 가슴에서 붉은 피가 뿜어져 나왔다.

털썩!

바닥에 널브러진 두 사람을 지켜보던 병삼과 춘삼이 고개를 한 바퀴 돌려 자신들을 포위하고 있는 몽환장의 무사들을 바라보았다.

두려움이라고는 눈을 씻고 찾아봐도 없었다.

미소.

눈여겨보지 않으면 알아챌 수 없는 희미한 미소가 병삼과 춘삼의 입가에 언뜻 배어 나왔다. 이들이 날이면 날마다 가운장의점의 마당을 쓸던 병삼, 부엌에서 모닥불을 지피던 춘삼이라는 사실이 믿기지 않는 모습이었다.

산적의 본능.

강시가 되기 전 낙화채의 산적이었던 병삼과 춘삼의 본능이 두 강시의 살기를 깨우고 있는 듯했다.

휘릭!

한 발로 땅을 박차고 몸을 날린 춘삼의 거도가 앞으로 불쑥 튀어나오더니 전면에 있는 몽환장의 무사를 향해 날아갔다.

푸욱!

몽환장 무사의 가슴에 춘삼의 거도가 박혔다.

눈으로 보기 힘들 정도의 엄청난 쾌도(快刀)다.

그 모습을 본 몽환장 무사들의 몸이 일제히 움직거렸다.

진가운을 바라보며 당당한 자세를 보였던 비쩍 마른 사내의 몸 역시 작은 진동을 일으켰다.

"이… 이럴 수가?"

부하들의 죽음에 몽환장주 철시혼이 부르르 몸을 떨었다.

철시혼의 손이 슬쩍 머리 위로 올라갔다.

휙! 휙! 휙!

"……!"

이제껏 미소까지 지으며 춘삼과 병삼의 활약을 뒤에서 지켜보기만 하던 예하령의 눈이 살짝 부풀었다.

다섯 명.

철시혼의 손동작과 함께 전방에 모습을 드러낸 다섯 명의 괴인.

"가… 가… 강시."

철시혼의 입가에 슬쩍 미소가 번졌다.

"그렇습니다. 아가씨께서 비급을 가지고 가시기 전에 이미 마련되어 있던 자들입니다. 이미 제작된 지 오래된 놈들이지요. 그동안 이놈들에게 꾸준히 무공을 가르쳤습니다. 쉬운 일은 아니었지만 이제 어지간한 수준은 되었으니 보실 만할 것입니다, 주하령 아가씨."

"닥치거라!"

예하령의 고함이 산 전체를 울렸다.

"그러지요. 귀하신 분이 명하시니 따르지요. 하나 오늘은 찾아가야 겠습니다. 아가씨께서 가지고 계신 그것을 말입니다."

철시혼이 뒤에 있는 강시들을 향해 고갯짓을 했다.

저벅!

다섯 명의 사내 강시가 철시혼을 향해 고개를 한 번 숙이고 예하령의 앞으로 다가갔다.

병삼, 춘삼을 포위하고 있던 몽환장 무사들이 슬쩍 뒤로 물러나며 원을 넓혔다.

병삼과 춘삼이 뒤에 있는 예하령에게 고개를 한 번 끄덕이고는 성큼 앞으로 걸어나가 자신들을 향해 다가오는 다섯 구의 강시를 바라보았다.

획!

망설임없는 움직임.

병삼, 춘삼에게 천천히 걸음을 옮기던 다섯 강시가 일제히 몸을 날리며 달려들었다.

병삼, 춘삼의 눈이 슬쩍 흔들렸다.

하나 그것도 잠시, 일제히 달려들던 다섯 강시는 병삼을 비롯한 두 명에게 일제히 주먹을 내뻗었다.

스르륵!

병삼과 춘삼은 도를 들어 올려 앞에 모은 채 자신들을 향해 다가드는 다섯 명을 무섭게 노려보았다.

회익!

병삼과 춘삼의 모습에도 다섯 강시의 얼굴 표정에는 전혀 변화가 없다. 도리어 손에 더욱 힘을 주며 그대로 주먹을 내뻗었다.

그러고 보니 철시혼의 강시는 무기를 들고 있지 않았다.

'미친놈들…….'

예하령은 그렇게 생각했다.

아무리 같은 강시라고는 하지만 맨손으로 도를 휘두르는 병삼과 춘삼에게 달려드는 것은 그야말로 만용이라 생각했다.

카강!

날카로운 소리와 함께 도를 휘두르던 병삼과 춘삼의 몸이 크게 휘청거렸다.

획!

그 틈을 놓치지 않고 두 명의 강시가 병삼을 향해 주먹을 내뻗었다.

퍼엉!

뱃가죽이 터지는 소리와 함께 병삼의 몸이 공중으로 높게 솟았다가 바닥에 떨어졌다. 춘삼이 그 모습을 보고 병삼이 쓰러진 곳을 향해 급히 발을 내디뎠다.

샤샥!

춘삼이 발을 움직이자마자 다른 강시들이 일제히 춘삼에게 달려들었다.

휘익!

병삼에게 다가가던 춘삼은 급히 걸음을 멈추고 자신을 향해 날아오는 강시를 향해 거도(巨刀)를 휘둘렀다.

카강!

또다시 터지는 쇳소리.

춘삼의 거도와 부딪쳤지만 철시혼의 수하 강시들은 전혀 부상을 입지 않았다. 오히려 여유있는 미소까지 지으며 힘겹게 서 있는 춘삼을 바라보고 있었다.

"흐흐흐. 아가씨, 보셨습니까? 아가씨가 만든 강시는 그야말로 장난감에 불과합니다. 이제 그것을 내주십시오."

철시혼의 느물거리는 미소가 예하령의 두 눈에 들어왔다.

철시혼의 목소리에 예하령이 고개를 획 하고 돌렸다.

"닥치거라. 아버님께서는 단 한 번도 네놈에게 서운하게 하신 적이 없으셨다."

"그렇습니다. 서운하지 않았습니다. 아니, 제게는 과분한 은혜를 베
푸셨습니다. 그렇지만 그분과 저는 갈 길이 다릅니다. 이것이 주군과
저의 운명입니다. 아가씨와의 옛정을 생각해 마지막으로 말씀드리지
요. 그것을 내놓으십시오."

"닥쳐!"

예하령의 고함에 철시혼의 눈동자가 슬쩍 흔들렸다.

"흐흐흐. 그렇다면 뺏을 수밖에. 죽여라!"

이제껏 부상당한 병삼과 춘삼을 노려만 보던 철시혼의 수하 강시들
입가에 미소가 번졌다.

"클클클클!"

다섯 강시의 입에서 괴이한 웃음소리가 흘러나왔다.

믿을 수 없는 일이다. 강시가 웃다니…….

예하령의 눈이 튀어나올 듯 부풀어 올랐다.

"화… 활강시!"

"흐흐흐, 네년이 가지고 있는 그 책이 없어서 아직 활강시는 만들지
못했다. 그와 비슷할 뿐."

슈욱!

병삼은 급히 몸을 일으켜 예하령에게 달려드는 강시들을 향해 도를
휘둘렀다. 병삼도 지금이 위기라는 사실을 알고 있는 듯 그야말로 전
력을 다하는 모습이다.

예하령에게 다가가던 강시 하나가 몸을 돌리더니 손을 들어 올려 병
삼의 도를 막았다.

캉~!

병삼의 도와 강시의 팔이 부딪치자 전과 마찬가지로 불똥이 튀어 올랐다. 그와 함께 뒤에 있던 또 하나의 강시가 병삼에게 달려들며 번개처럼 주먹을 내뻗었다.

빠각!

강시의 주먹이 병삼의 귀에 정확히 떨어졌다.

"……!"

병삼의 입이 '쩍' 하고 벌어졌다.

비틀거리는 병삼.

흔들리는 몸을 바로잡기 위해 이를 악물었지만 병삼의 몸은 계속 흔들렸다. 마치 술에 취한 듯 그렇게 중심을 잡지 못하고 몸을 비틀거리는 병삼!

그렇게 한참을 비틀거리던 병삼이 풀썩 하고 바닥에 쓰러졌다. 일어나 보려고 몸을 꿈틀거렸지만 보는 이를 더욱 안타깝게 할 뿐이었다.

"벼~ 병삼아!"

예하령의 한마디를 끝으로 꼼지락거리던 병삼의 몸이 축 늘어졌다.

빡!

또 다른 소리에 예하령이 급히 얼굴을 돌렸다.

춘삼!

그 역시 병삼과 마찬가지인 모습이었다. 귓구멍에서 피를 흘리며 비틀거리는 모습. 이내 바닥에 쓰러진 춘삼의 몸이 꿈틀거렸다.

"흐흐흐, 다른 놈들은 몰라도 이 철시혼은 잘 알고 있다. 저들 강시의 조문(罩門)이 귓구멍이라는 사실을……."

"……."

유구무언(有口無言)!

예하령은 더 이상 할 말이 없었다.

강시만 있으면 철시혼을 사로잡아 자신의 지위를 손쉽게 되찾을 수 있다고 단순하게 생각한 것이 화근이었다. 후회막급. 하나 이미 뒤늦은 일. 어떻게든 이 위기를 넘겨야 한다.

주르륵!

볼을 타고 땀이 흘러내린다.

'어떡하지? 어떻게 해야 되는 거야?'

걱정이 밀려왔지만 예하령으로서는 지금의 위기를 해결할 방법이 없었다.

딸랑딸랑!

이제 곧 예하령을 잡아 자신이 원하는 물건을 찾을 수 있으리라는 생각에 잔뜩 기대를 걸고 있는 철시혼의 귀로 야릇한 방울 소리가 들렸다.

'어떤 잡놈이!'

철시혼이 짜증스러운 얼굴로 고개를 들었다.

"저건 또 뭐야?"

무당 소연.

소연이 어느새 빼 들었는지 자신의 허리춤에 차고 있던 칼 두 개를 꺼내 든 채 다섯 명의 강시 앞으로 서서히 다가갔다.

소연의 칼, 그것은 무당의 칼이다.

뒤에 수실을 달고 그 수실의 끝에는 방울이 연결되어 있는 무당의 칼. 소연은 칼을 휘두르는 대신 칼의 끝에 매달린 방울을 흔들고 있었다.

방울 소리.

다섯 명의 강시가 자신들을 향해 방울을 흔들며 다가서는 소연을 피해 주춤주춤 뒤로 물러섰다. 소연 역시 얼굴을 잔뜩 찡그리고 있는 것이 괴로워하고 있는 것이 분명했지만 이를 꽉 깨물고 있다.

'역시 강시들도 귀신의 일종이라 무당을 무서워하는구나.'

예하령의 얼굴이 다시 밝아졌다. 어쩌면 지금의 위기를 극복할 수도 있지 않을까 하는 희망이 마음속에서 솟구쳤다.

콩콩콩.

도망치듯 물러서는 다섯 강시의 모습에 소연이 힘이 났는지 발로 땅을 구르며 무당이 굿을 하듯 살짝살짝 튕겨 올랐다.

소연의 몸이 점점 빨라질수록 다섯 강시의 몸이 더욱 빠르게 떨렸다.

전직 무당의 실력을 유감없이 보이는 소연.

처음에는 한 자 정도 슬쩍슬쩍 떠오르던 소연의 몸이 이제는 신기(神氣)가 통했는지 거의 일 장 가까이 떠오르고 있다.

털썩!

다섯 구의 강시가 일제히 바닥에 머리를 조아리더니 양손을 앞으로 내밀고 무엇을 갈구하듯 열심히 비빈다.

"저… 저… 저런 한심한 것들!"

획!

철시혼의 얼굴이 시뻘겋게 달아오른 것과 동시에 뒤쪽에서 인영(人影) 하나가 소연에게 날아들었다.

펑!

폭발음과 함께 무당 칼을 손에 쥐고 신나게 굿을 하던 소연의 몸이 바닥에 떨어졌다.

그 앞에서 쓰러진 소연을 보며 빙긋 미소를 짓고 있는 사내.

황의경장을 말끔히 차려 입은 오십대 중반의 사내의 입가에 흡족한 미소가 번졌다.

"소… 소연아!"

바닥에 쓰러진 소연을 보고 예하령이 급히 몸을 움직였다. 눈을 부릅뜨고 예하령을 바라보는 소연의 입에선 일반인의 붉은 피와는 다른 검은 피가 흘러나왔다.

"소… 소연아."

예하령이 악을 쓰며 소연에게 다가갔다.

"뭐 하느냐. 쳐라."

"예!"

이제껏 구경하듯 서 있던 몽환장의 무사들이 예하령을 향해 일제히 달려들었다.

채재재쟁!

소연에게 다가가던 무사들이 일제히 뒤로 밀려났다.

복면사내.

소연의 앞에 복면사내 한 명이 서 있었다.

"가……!"

예하령이 놀란 듯 복면사내를 향해 입을 열려는 찰나.

"입 다물어."

예하령의 귀로 전음이 들렸다. 급히 입을 다물었다.

"웬 놈이냐?"

몽환장 장주 철시혼이 놀란 듯 복면사내를 바라보았다.

"말하기 싫어!"

"뭐?"

"말하기 싫다고. 이 강시대장 자식아!"

획!

어느새 철시혼에게 다가갔는지 복면사내의 주먹이 철시혼의 얼굴에 떨어졌다.

빠각!

"크아악~!"

철시혼이 비명과 함께 바닥을 뒹굴었다.

척!

복면사내가 바닥에 떨어진 철시혼의 뒷덜미를 움켜잡고는 재빨리 예하령이 있는 곳으로 돌아왔다.

마고산에 몰려 있는 몽환장 무사들이 엉거주춤 복면사내와 예하령의 주변으로 몰려들었다. 그중에는 조금 전 소연을 일격에 무너뜨린 황의경장 사내의 모습도 포함되 있었다.

황의경장 사내의 얼굴이 일그러졌다.

당장에 달려들어 작살을 내고 싶었지만 복면사내의 손에 잡혀 있는 철시혼 때문에 이러지도 저러지도 못하고 있는 것이 분명했다.

씨익!

예하령의 입가에 미소가 번졌다. 복면사내가 진가운이라는 것을 알고 있었기 때문이다.

"웃지 마! 정 들어."

진가운의 한마디에 입을 삐쭉 내미는 예하령.

"저… 저년……."

빠각!

예하령의 주먹이 철시혼의 얼굴에 떨어졌다.

"어디서 이년 저년이야!"

그제야 자신의 처지를 깨달은 철시혼이 얼굴 가득 비굴한 표정을 지었다.

"죄… 죄… 죄송합니다, 아… 아가씨!"

푸욱!

이번에는 진가운의 주먹이 철시혼의 배에 박혔다.

철시혼이 인상을 잔뜩 쓰고 진가운에게 고개를 돌렸다. 마치 그 모습이 '넌 왜 때려?' 하고 묻는 모습이다.

"난 하극상(下剋上)을 제일 싫어하는 사람이야. 알아들어?"

"……."

철시혼의 얼굴이 벌겋게 달아올랐다. 그렇지만 더 이상 말을 하지는 않았다. 입을 잘못 놀렸다가는 복면사내가 자신에게 무슨 짓을 할지 알 수 없었기 때문이다.

"빨리 이곳을 빠져나가."

예하령이 고개를 가로저었다. 진가운을 이곳에 버려두고 혼자서 빠져나갈 수는 없었다.

"까불지 말고 빨리 나가! 너만 나가면 이까짓 놈들 뚫고 가는 것은 일도 아니야. 어서!"

잠시 생각에 잠겼던 예하령이 결심이 선 듯 입술을 슬쩍 깨물며 고개를 끄덕였다.

척!

예하령의 지둔륜이 바닥에 닿았다.

그와 함께 맹렬한 회전을 일으키는 지둔륜.

"먼저 가 있을게."

"어딜?"

"집!"

"왜?"

"강시 만들어야 되잖아."

"뭐?"

예하령이 혓바닥을 쏙 하고 내밀더니 지둔륜이 뚫어놓은 굴속으로 쑥 들어갔다.

슈욱!

예하령이 땅속으로 몸을 감추는 것과 동시에 진가운은 발로 슬쩍 땅을 차 올렸다. 그러자 진가운의 몸이 하늘 높이 솟아올랐다. 그와 함께 진가운에게 손이 잡혀 있는 철시혼의 몸도 하늘 높이 치솟았다.

"으아악!"

철시혼의 입에서 비명이 터졌다.

"시끄러워! 입 다물어!"

진가운의 호통!

철시혼으로서는 불만이 가득했지만 어쩔 수가 없었다. 일단 진가운의 손에서 무사히 풀려나기 전까지는 진가운의 말을 들을 수밖에……

철시혼의 얼굴엔 불안이 가득했다. 이를 아는지 모르는지 진가운은 계속 공중에 몸을 띄운 채 재빨리 포위망을 뚫기 위해 앞으로 나갔다.

탁! 탁!

나뭇가지를 슬쩍슬쩍 밟으며 그렇게 지상에 발 한번 내리지 않고 공중에서 몸을 움직이는 진가운.

척!

산 중턱에 이른 진가운은 나무 위에서 잠시 걸음을 멈추고 사방을 둘러보았다. 포위망을 벗어난 듯 몽환장 무사들의 모습은 더 이상 볼 수 없었다.

진가운의 입가에 스치는 미소.

"이보시오. 이제 포위망도 벗어났으니 이제 그만 나를 놓아주시오."

쓰윽!

진가운은 철시혼을 슬쩍 바라보았다. 무엇이 그리 두려운지 사시나무 떨 듯 몸을 떨고 있는 노인, 철시혼.

이렇게 담이 작은 자가 어떻게 자신의 주인이었던 예하령의 부친을 배신하고 예하령에게 그리 무시무시한 일을 저질렀는지 그야말로 알다가도 모를 일이다.

"그래. 알았어."

스륵!

진가운은 철시혼을 붙잡고 있던 손을 슬쩍 풀었다.

나무 위에서 중심을 잡지 못하고 비틀거리는 철시혼.

슈아앙!

그의 몸이 그대로 나무 아래를 향해 곤두박질쳤다.

쿵!

"아이고, 머리야!"

"원망 마! 놓아달래서 놓아줬으니까. 그리고 그렇게 떠는 것 보니까 죽지는 않겠네. 수고하쇼, 영감!"

진가운은 아래에서 눈을 끔뻑이며 자신을 노려보는 철시혼을 향해 미소와 함께 손을 한번 흔들더니 그대로 산 아래를 향해 달려갔다.

"잡아! 저 새끼 잡아!"

사방을 향해 악을 쓰던 철시혼은 급히 품에서 무엇인가를 꺼내 들더니 하늘 높이 집어 던졌다.

펑!

하늘 높이 올라간 물체가 폭죽처럼 터졌다.

공중에서 퍼지는 폭죽을 바라보는 철시혼의 입가에 느끼한 미소가 번졌다.

"이 새끼 걸리면 죽는다."

"휴우."

안도의 한숨이 터져 나왔다.

멀리 산 아래에 있는 마을의 모습이 시야에 들어왔다. 그래도 혹시나 하는 생각에 진가운은 슬쩍 고개를 돌렸다. 다행히 뒤를 따르는 놈들은 없었다.

안도의 한숨을 내쉬던 진가운의 얼굴이 일그러졌다. 그러고 보니 예하령을 치료할 방법을 묻지 않았다.

"젠장."

뒤늦게 후회했지만 늦은 일이다. 잠시 이같이 중요한 일을 잊은 자신의 머리를 원망할 수밖에…….

"흐흐흐, 이곳까지 오느라 고생이 많았다."

귀를 파고드는 음산한 목소리.

모골이 송연하다.

획!

진가운은 걸음을 멈추고 급히 고개를 돌렸다.

전방.

언제 나타났는지 세 명의 사내가 자신을 노려보며 웃고 있다.

"누구냐?"

"흐흐흐. 그것은 우리들이 묻고 싶은 말이다. 네놈은 누구냐?"

획!

진가운은 대답 대신 몸을 먼저 움직였다.

세 명의 사내가 흠칫하더니 급히 몸을 돌려 피했다. 처음부터 진가운이 노린 것은 지금과 같은 상황이었다. 어차피 사람을 죽여서는 안 되는 입장, 그런 자신이 택할 수 있는 것은 일단 도주뿐이다.

"차앗!"

진가운의 몸이 기합과 함께 급히 앞으로 달려갔다.

"어딜!"

획!

진가운을 향해 물체 하나가 날아들었다.

진가운의 입이 슬쩍 일그러지는가 싶더니 날아오는 물체를 향해 그대로 주먹을 앞으로 뻗었다.

챙!

금속음과 함께 진가운의 손에서 불똥이 튀었다.

턱!

진가운은 급히 달음박질을 멈추고 전방을 노려보았다.

강시.

조금 전 병삼, 춘삼을 농락하며 죽인 다섯 구의 강시가 진가운을 노려본 채 그렇게 서 있다. 강시 뒤에는 몽환장 무사들로 보이는 무사들이 검을 빼 든 채 자신을 노려보고 있다.

진가운은 급히 고개를 돌렸다.

뒤에선 조금 전 자신과 마주친 세 명의 사내가 천천히 다가오고 있었다.

더 이상은 망설일 이유가 없었다.

사문 무공의 저주로 인해 사람의 목숨을 해(害)할 수는 없지만 강시는 사람이 아니다. 이미 죽은 목숨인 이들에 대한 공격은 얼마든지 가능하다. 더구나 이들은 병삼과 춘삼을 죽인 자들이다.

비록 살아 있는 사람은 아니었지만 자신의 수하들이었다. 그들에 대한 원수라도 갚아줄 생각에 진가운은 슬쩍 내력을 끌어올려 손으로 몰아넣었다.

뒤에서 다가오는 세 명.

'고수다.'

물론 이것은 느낌일 뿐이다. 그리고 자신이 물리치지 못할 정도의 고수도 아니다. 하나 적어도 이들을 죽이지 않도록 안배할 수 있을지는 장담할 수 없는 인물들이었다.

'속전속결(速戰速決)!'

진가운이 마음속으로 다짐하며 한 발을 슬쩍 앞으로 내디뎠다.

"차앗!"

한 발이 땅에 닿는 것과 동시에 진가운의 입에서 기합이 터졌다.

쿠아앙!

주먹이 날아가는 주변으로 굉음이 일었다.

다섯 구의 강시가 놀란 듯 눈을 부릅뜨더니 급히 주먹을 휘두르며 진가운에게 달려들었다.

진가운으로서는 차라리 잘된 일이다. 강시들이 도망이라도 간다면 오히려 일이 복잡해진다.

퍼벙!

진가운을 공격하던 강시들의 주먹이 그대로 벽에 부딪친 듯 멈춰 서며 불꽃을 일으켰다.

파바박!

진가운의 주먹이 강시들의 복부에 파고들었다.

"커헉!"

세 강시의 입에서 비명이 흘러나왔다.

세 강시의 복부에 커다란 구멍이 난 것으로 보아 진가운의 주먹이 이들의 복부를 뚫고 지나간 모양이다.

획! 획!

동료의 죽음에 두 구의 강시가 본능적으로 몸을 돌려 몽환장 무사들 사이로 몸을 움직였다.

"어림없어!"

진가운은 강시의 뒤를 따라 몸을 공중으로 띄워 올리며 강시를 향해 급히 주먹을 뻗었다.

퍽!

쏴아아!

강시의 머리가 박살나며 뇌수인 듯 보이는 검은 액체가 사방으로 튀었다.

이제 남은 강시는 하나.

진가운은 왼발을 슬쩍 튕기며 오른쪽으로 움직였다.

몽환장 무사들 사이로 숨어들려는 강시.

진가운의 주먹이 남은 한 강시의 뒤통수를 노리고 날아갔다.

회릭!

강시가 재빨리 몸을 돌렸다.

"헉!"

진가운의 눈동자가 점점 부풀어 올랐다.

어느새 강시가 몽환장 무사 한 사람을 움켜잡고 자신의 방패막이로 삼고 있는 것이다.

진가운이 급히 손에 집어넣었던 내력을 풀었다.

눈이 동그랗게 된 채 자신을 바라보는 몽환장 무사.

"이 자식아, 피하지 않고 뭐 해!"

진가운의 고함에도 몽환장의 무사는 몸 하나 까닥이지 못하고 있다.

비록 내력을 풀었다고는 하지만 이대로 때렸다가는 무사의 절명은 불을 보듯 뻔한 일이었다.

진가운이 슬쩍 팔을 옆으로 틀었다.

빠직!

"크아악!"

무사의 입에서 비명이 흘러나왔다.

다행이 진가운이 때린 곳은 머리가 아니었다. 무사가 움켜잡고 있는 것은 좌측 쇄골(鎖骨)이었다.

턱!

진가운은 급히 쓰러진 무사의 허리를 잡았다.

일단 즉사는 아니라 하더라도 상태는 살펴야 했다.

고통으로 일그러진 얼굴. 이미 얼굴이 파랗게 변한 것이 이대로 방치했다가는 목숨을 장담할 수 없는 상황이었다.

"아… 아… 안 돼! 죽으면 안 돼!"

진가운은 무사를 들어 어깨에 걸쳤다.

물론 치료만 받으면 산다는 것은 진가운도 알고 있다.

하나 몽환장 장주 철시혼이라는 놈이 이 무사를 치료할지 어떨지는 알 수 없는 일이다. 솔직히 지금 자신에 대한 일로 눈이 뒤집혀 있는 철시혼을 생각할 때 수하 하나의 목숨에는 관심도 없을 것 같았다.

'만약 그렇게 돼서 이 녀석이 죽기라도 한다면……'

진가운의 얼굴이 부상당한 무사보다도 더 파랗게 질렸다.

획!

진가운은 급히 공중으로 몸을 띄워 올렸다.

순간, 막 발을 박차고 오르려는 진가운의 앞에서 작은 섬광이 일었다.

퍽!

"크흑!"

진가운의 얼굴이 순간적으로 일그러졌다.

손으로 잡고 있던 몽환장의 부상당한 무사는 바닥을 구르고 있었다.

어느새 다가왔는지 정체를 알 수 없는 세 명의 무사가 자신의 앞을 가로막고 있었다.

그중의 한 녀석이 자신의 왼쪽 가슴에 손바닥을 대고 있었다.

마치 벼락에 맞은 듯한 전율이 느껴졌다.

'이… 이것은……'

뇌전일섬!

분명 뇌전일섬이다. 한 번도 이 수법에 당한 적은 없지만 마치 벼락을 맞은 듯 찌릿한 감촉이 가슴부터 시작해 머리 꼭대기까지 전해졌다.

진가운은 급히 내력을 끌어올려 한 바퀴 돌렸다. 운기(運氣) 덕분인지 지독한 고통이 사라졌다.

획!

진가운은 고개를 들어 눈앞에 있는 세 명의 사내를 노려보았다.

진가운에게 공격을 가한 무인의 얼굴이 슬쩍 일그러졌다.

뽀드득!

이를 갈며 무사를 바라보는 진가운의 눈에서 불꽃이 일었다.

당장에라도 놈들을 때려죽이고 싶은 마음이 굴뚝같았다. 춘삼과 병삼, 그리고 소연이 바닥에 쓰러진 채 꿈틀거리던 모습이 뇌리에 파고들었다. 진가운의 눈이 점점 붉게 물들었다.

'죽인다. 네놈들을 죽이고 만다.'

"크흑!"

진가운의 입에서 신음이 흘렀다. 살심과 함께 단전에서부터 무럭무럭 솟아오르는 억제할 수 없는 거대한 기운이 혈도를 터뜨릴 기세로 밀려오더니 진가운의 양손으로 모여들었다.

진가운이 이를 꽉 깨물었다.

자신이 다스리며 운기하던 그런 내기가 아니다. 미친 듯 스스로 솟아오르는 정체 모를 기운.

'이… 이건 뭐야? 갑자기 왜 이러는 거야.'

진가운이 이를 꽉 깨물었다.

주르륵.

꽉 다문 진가운의 입술에서 핏물이 흘러내렸다. 부르르 떨리는 진가운의 몸뚱이.

'후우!'

진가운이 한숨을 내쉬며 몸에서 이는 뜨거운 열기를 밖으로 내보냈다.

"오… 오늘은 바빠서 참는다."

진가운이 오른 발등을 왼발로 디디며 몸을 더욱더 높이 공중으로 띄워 올렸다.

"누구 맘대로?"

슈슉!

진가운의 뒤를 따라 세 명의 사내가 몸을 날렸다.

파바바박!

공중에 뛰어오른 네 사람의 손과 발이 쉴 새 없이 움직였다.

슈슉!

진가운의 몸통을 노리고 날아오는 발. 진가운이 공중에서 큰 원을 그리며 몸을 회전시켜 피하고는 급히 바닥에 내려섰다.

운룡대팔식 제이식(第二式), 신룡선무(神龍旋霧).

"곤륜의 인물이냐?"

어느새 바닥에 내려선 세 사내 가운데 소연을 죽인 황의경장 사내가 앞으로 나서며 물었다.

"몰라. 합!"

진가운은 기합을 지르며 양손을 앞으로 쭉 뻗었다.

흠칫!

황의경장 사내가 흠칫하며 뒤로 한 걸음 물러났다.

턱!

그 틈에 진가운이 바닥에 쓰러진 부상당한 몽환장 무사의 어깨를 손으로 잡았다.

슈우웅!

비조(飛鳥)!

진가운의 몸이 그렇게 한 마리 새처럼 훨훨 날았다.

"쫓아라."

어느새 나타난 철시혼의 명에 몽환장 무사들이 몸을 움직였다.

철시혼이 세 명의 사내에게 쪼르르 달려왔다.

"아니, 어찌하여 세 분께서는 저놈을 쫓지 않으십니까?"

획!

고개를 돌려 철시혼을 노려보는 황의경장의 사내.

찌리릿!

황의경장 사내의 눈에서 무시무시한 안광이 쏟아졌다.

사내를 보는 철시혼의 얼굴이 파랗게 질렸다.

"왜… 왜 그러십니까?"

"한심한 놈! 곤륜파의 운룡대팔식을 뛰어넘는 신법은 없다. 알겠느냐?"

획!

몸을 돌린 세 사람이 몽환장을 향해 걸어갔다.

남창 명의 복환용의 집.

쾅! 쾅! 쾅!

요란한 소리.

대문이 부서질 듯 요란한 소리가 들렸건만 이 집 사람들은 귀가 먹었는지 아무런 대답이 없었다.

쾅!

주먹질 한 번으로 대문에 구멍을 낸 진가운은 구멍 사이로 손을 집어넣고 안에 걸린 빗장을 풀었다.

끼기긱!

급하게 문을 열어젖힌 진가운은 어깨에 축 늘어진 사내 하나를 걸치고 황급히 안채를 향해 달려갔다.

"영감! 영가~ 암!"

"……."

목젖이 밖으로 튀어나올 듯 그렇게 고함을 질렀지만 방 안에서는 아무런 반응이 없다.

"이놈의 영감쟁이가."

잠시 입술을 좌우로 서너 차례 씰룩거리던 진가운이 더 이상 참지 못하고 방 앞으로 걸어갔다.

획!

방문을 향해 그대로 주먹을 내뻗는 진가운.

쾅앙!

풍비박산(風飛雹散). 주먹 한 방에 방문이 그대로 산산조각이 되어 날아가 버렸다.

"쿨~ 쿠울~"

방문이 박살 났다는 것도 모르고 여전히 두 눈을 꼭 감은 채 편안한 얼굴로 곯아떨어진 복환용의 모습에 진가운은 말문이 막혔다.

"영감! 영감!"

진가운의 고함에도 복환용은 여전하다.

'망할 영감. 어디 이래도 버티나 보자.'

진가운이 숨을 크게 들이키고는 있는 힘을 다해 악을 썼다.

"불이야~!"

후닥닥!

"어디야?"

진가운의 고함에도 불구하고 전혀 일어날 기색이 보이지 않던 복환용이 덮고 있던 이불을 그대로 양 발로 걷어차더니 벌떡 자리에서 일어났다.

불이라는 말에 놀라서 허둥거리는 복환용.

"어… 어디야? 부… 불… 불난 곳이 어디야."

'늙은이. 꼭 자기 편리한 것만 듣는다니까.'

부산을 떠는 복환용을 잠시 들여다보던 진가운이 복환용에게 천천히 다가가 어깨를 잡았다.

"영감! 나야."

파르르르.

복환용의 몇 가닥 되지도 않는 수염이 떨렸다.

그 전율이 퍼지기라도 하는지 얼굴이 떨리는가 싶더니 이내 진가운을 바라보는 복환용 의원의 몸 전체가 마치 학질에 걸린 사람처럼 떨렸다.

"이 망할 놈아! 그러다 내가 경기 일으켜서 죽기라도 하면 네놈이 책임질 거야?"

노인의 음성이라고는 생각되지 않는 쩌렁쩌렁한 소리가 방 안에 가득하다.

"그나저나 날씨가 왜 이래."

쌀쌀한 한기.

복환용이 몸을 한번 움찔거리더니 방문, 아니, 조금 전까지 방문이 있었던 곳으로 고개를 돌렸다.

"너… 너… 너 이 자식!"

얼굴 전체가 빨개진 채 숨까지 몰아쉬는 복환용. 곧 숨이라도 넘어갈 듯한 모습에 진가운이 먼저 입을 열었다.

"영감! 걱정하지 마. 고쳐 줄게."

벌게진 복환용의 얼굴이 이내 안정을 되찾았다.

'늙은이, 좌우간 돈은 무지하게 밝힌다니까.'

"그래. 네가 은자 오십 냥을 낸다고 하니 내 참으마!"

"오십 냥? 아니, 이 영감이……."

"이놈아! 됐어. 내가 도둑놈이냐? 백 냥을 받게. 그냥 오십 냥만 내. 그나저나 이 꼭두새벽에 무슨 일이야?"

복환용의 말에 진가운은 정신이 번쩍 들었다. 어깨에 걸쳐 놓은 몽환장의 무사를 바닥에 조심스럽게 내려놓았다.

"안 보여. 불이나 켜!"

복환용의 한마디에 진가운은 급히 등잔이 있는 곳으로 걸어가 등잔 옆에 있는 부싯돌로 등불을 밝혔다.

조심스럽게 몽환장의 무사를 살피는 복환용.

그런 복환용을 바라보는 진가운의 얼굴에 초조함이 가득하다. 물론 어깨뼈가 부서졌다고 사람이 죽지는 않을 거라고 생각하지만 재수없는 놈은 뒤로 넘어져도 코가 깨진다고 부러진 뼈 조각이 장기를 찌르기라도 하면 정말 큰일이기 때문이다.

"영감! 어떻게 됐어?"

"아가리 닥쳐! 이 잡놈아. 아직 어두워서 안 보여. 얼른 등불이나 더 켜!"

'망할 늙은이, 보이지도 않는데 왜 그렇게 쳐다봐! 쳐다보길…….'

마음속으로야 불만이 가득했지만 그래도 지금 칼자루를 쥐고 있는 것은 복환용이다.

진가운은 급히 방 안에 있는 등잔 모두에 불을 밝혔다.

"그만 켜! 등잔 기름은 땅 파면 나오는 줄 알아?"

한마디를 내뱉은 복환용이 천천히 몽환장 무사의 상태를 살피기 시작했다.

그렇게 한참을 살피던 복환용이 슬쩍 손목을 잡더니 맥을 짚었다.

이내 무사의 손을 내려놓는 복환용.

"됐어. 치료만 잘하면 목숨에는 지장이 없겠어."

복환용의 말을 들은 진가운의 얼굴에 모처럼 혈색이 돌았다.

"노인네, 잘 부탁해."

진가운은 툭 하고 한마디를 내던지고는 자리에서 일어났다.

"이놈아!"

복환용의 고함.

진가운이 그럴 줄 알았다는 듯 몸을 돌리며 한 손을 자신의 품으로 집어넣었다.

"자~!"

은자가 든 주머니를 내미는 진가운.

"누가 이거 달랬어?"

복환용의 말이 의외라 진가운은 의아한 표정을 지었다.

"이게 아니야?"

진가운이 민망한 듯 자신의 손을 다시 품속으로 집어넣으려는 순간, 복환용의 손이 번개처럼 움직이며 진가운의 손에 있던 은자 주머니를 낚아챘다.

"썩을 놈! 일단 내놓았으면 그만이지 집어넣기는 왜 집어넣어. 그리고 이놈 당장 네놈 집으로 데려가."

'이 늙은이가…….'

얼굴을 서서히 일그러뜨리며 복환용을 바라보는 진가운.

"노인네! 지금 진료 거부를 하겠다 이 말이야? 의사가 아픈 환자를 보고 집으로 데려가라니 그게 할 소리야. 누가 그깟 진료비 떼먹을까 봐 그래? 나야, 나. 천하제일 장의사 진! 가! 운!"

얼마나 악을 쓰며 말하는지 진가운의 입에서 비가 내리듯 침이 튀겼다. 잠시 진가운이 내뱉는 침을 피하기 위해 얼굴을 돌리고 있던 복환용이 천천히 고개를 돌렸다.

조금 전 진가운에게서 받은 침 세례를 복수하겠다는 생각인지 복환용의 입에서도 무수한 파편들이 튀어나왔다.

"이런 잡놈을 보았나. 이놈아, 천하의 복환용이 그런 파렴치한으로 보여! 이놈아, 이게 다 네놈 때문이야. 지금 이 환자한테는 체온 유지를 위한 보온이 생명이야. 그런데 네놈이 이렇게 문짝을 박살 냈으니 네놈 집에 머물러야 하는 게야. 알았어? 그러니 문짝 고칠 때까지 헛소리하지 말고 시키는 대로 해!"

"쩝!"

입맛을 한번 다시는 진가운.

잠시 무사를 바라보다가 조심스럽게 두 손으로 안아 들고 방을 나섰다.

"장 서방!"

진가운의 고함과 함께 집 안에서 분주한 발소리가 들렸다.

참으로 이상한 일이다.

저녁잠이라면 세상에서 둘째가라면 서럽게 많은 장 서방이 아직까지 잠을 자고 있지 않다니…….

미리 예하령으로부터 언질이라도 받은 모양이다.

"주인님이십니까?"

"응."

문이 열리며 장 서방이 얼굴을 내밀었다. 한참 동안 진가운의 손에 안겨 있는 몽환장 무사를 바라보는 장 서방.

"누굽니까?"

"불청객(不請客)."

손에 안고 있는 사람이 누군지 궁금한 듯 묻는 장 서방에게 한마디를 툭 던진 진가운은 무사를 안고 전에 병삼과 춘삼이 사용하던 방으로 들어갔다.

"장 서방! 방에 불 좀 넣어요."

"예, 주인님!"

장 서방은 이유도 묻지 않고 나무를 쌓아둔 뒷마당으로 달려갔다.

드르륵!

무사를 방에 누인 진가운은 문을 열고 자신의 방으로 들어왔다. 지금까지 표현은 하지 않았지만 진가운 역시 정상적인 상태가 아니었다.

생면부지(生面不知)의 고수에게 기습적으로 맞은 왼쪽 가슴이 따끔거리는 것이 여간 신경이 쓰이는 게 아니었다.

방 안에 들어오자마자 윗옷을 벗어젖혔다.

고개를 숙이고 자신의 왼쪽 가슴을 바라보는 진가운.

뇌전 문양!

예상했던 대로 의문의 죽음을 당한 사람들 사이에 희미한 흔적으로 남아 있던 뇌전 문양이 자신의 왼쪽 가슴에 남겨져 있었다.

진가운은 고개를 끄덕였다.

흑사방 책사 호청지의 죽음으로 뇌황문에 관한 단서를 완전히 놓쳤다고 생각했는데 새로운 단서를 찾게 된 것이다.

몽환장의 무사를 안고 복환용의 집을 들락거린 지 벌써 나흘이 지났다.

언제나 내일이면 방문을 고치겠다고 말을 하면서도 복환용은 나흘이나 걸려서야 문을 고쳤다.

아니, 문을 새로 다는 것은 반나절도 걸리지 않았다. 고쳐 달라고 목수에게 말하는 데 사흘이 넘게 걸렸을 뿐이다.

"망할 늙은이."

문을 고치는 데 나흘이나 걸렸다는 사실에 일단 화가 치솟았다.

사실 몽환장의 무사가 자신의 집에 있는 동안 모든 고생은 진가운의 몫이었다.

혹 무사가 예하령을 알아본다면 큰일이라는 생각에 무사가 머무는 나흘간 예하령은 밖에 모습을 드러내지 않았다.

예하령은 그저 주는 밥을 먹으면서 헛간 지하 광장에서 몸을 뒹굴었을 뿐이다.

집에 도착하자마자 진가운이 찾아간 곳은 역시 지하 광장이다.

"나와!"

잠시 후.

예하령이 천천히 지하 광장에서 모습을 드러냈다.

지하 광장에만 숨어서 생활한 탓에 세수조차 하지 못해 꾀죄죄한 모습이다. 그렇지만 눈만은 여전히 맑은 호수와 같이 반짝였다.

"이제 어떡할 거야?"

"뭘 어떻게 해? 강시를 만들어야지."

"그걸 만들어서 뭐 해! 지난번에도 만들기만 하면 모든 게 다 해결될 것처럼 말하더니 그 철시혼인가 뭔가 하는 놈이 만든 강시에게 한주먹에 날아갔는데……."

예하령의 눈썹이 꿈틀거린다. 하긴 가슴 아픈 기억을 새삼스럽게 들추어내는 진가운이 곱게 보이지는 않을 것이다.

예하령이 어금니를 꽉 깨문다.

"이번에는 활강시(活殭屍)를 만들 거야."

"활강시?"

활강시라는 말을 들은 진가운은 얼마나 놀랐는지 얼굴이 하얗게 질릴 정도로 변했다.

"그래, 활강시!"

"너 돈 있어?"

"없어!"

"그런데 어떻게 활강시를 만들어?"

"네가 빌려줄 거잖아."

"뭐?"

아무리 낯이 두꺼워도 이렇게 두꺼울 수가 있는가?

한 구 만드는 데 오백 냥의 은자가 든다는 활강시를 만드는 돈을 당연하다는 듯 요구하다니 이게 무슨 배짱인지 모를 일이다.

"너무 좀스럽게 그러지 마. 내가 금산장에 다시 들어가면 만년교룡의 내단은 물론이고 지금 도움받은 것, 열 배 스무 배로 갚아줄게."

"……."

이제는 아예 자신을 치사한 인간으로 몰아붙인다. 예하령의 몰염치에 진가운은 말문은 물론 숨이 막힐 지경이다.

진가운은 침착함을 되찾기 위해 마른침을 꿀꺽하고 삼켰다.

생각을 해보니 못해줄 일도 아니다.

더구나 몽환장에 숨어 있는 뇌황문 인물들을 생각하면 그 정도의 은 자는 내줄 수도 있는 문제다. 아니, 사문 무공의 약점 때문에 직접 움직이기 곤란한 자신으로서는 활강시라는 것을 통해 자신의 약점을 보완하고도 싶다. 그러나 문제는 예하령이다.

활강시라는 말을 들어보면 평범한 강시는 아닌 것이 분명하다. 기존의 병삼과 춘삼, 그리고 소연과는 비교도 되지 않을 정도일 것이다. 하나 예하령의 말을 액면 그대로 받아들일 수는 없는 일이다.

"활강시가 그렇게 센 놈이야?"

"……."

확신에 찬 듯 말도 하지 않고 힘차게 고개를 끄덕이는 예하령.

"거짓말 아니야?"

진가운의 말에 기분이 상했는지 예하령의 눈썹이 다시 꿈틀거린다.

'그렇게 보지 마. 언제 네가 믿음이 가게 행동했어?'

예하령이 자리에서 벌떡 일어나더니 버럭 소리를 지른다.

"일반인이라 해도 활강시가 되면 도검불침(刀劍不侵)이래. 살아서 고수라고 깝죽대는 놈들 한두 명 정도는 모가지 비트는 것은 일도 아니래. 거기에 지능도 기억도 유지된대. 그래서 무공도 익힐 수 있대."

"살아생전 고수라는 소리를 듣던 사람이 활강시가 되면……."

"천하제일인! 아니, 그보다 더 강한 천하제일 강시가 된다고 하던데."

"정말이야?"

"너, 사람을 어떻게 보고!"

"……."

'어떻게 보긴 도굴꾼으로 보지.'

목구멍까지 이 말이 올라왔지만 진가운은 꾹 눌러 참았다. 이런 진가운의 속마음을 알 리 없는 예하령은 여전히 얼굴이 시뻘겋게 달아올라 진가운을 노려본다.

"누가 그래?"

"책에 그렇게 적혀 있었어."

지금까지와는 달리 약간은 자신없는 목소리.

'내가 여지껏 돌지 않은 게 신기하다.'

진가운은 정말이지 어이가 없었다.

그깟 누가 지었는지도 모르는 활강시라는 잡서(雜書) 하나를 이렇게 철석같이 믿고 있는 예하령이 순진한 건지, 아니면 단순한 건지 알 수가 없다.

"휴우."

저절로 한숨이 흘러나왔다.

더 이상 이곳에 있어봐야 도움이 될 것 같지는 않았다.

"꼼짝 말고 지하 광장에 숨어 있어."

진가운은 자신의 방으로 다시 돌아왔다.

고민이다.

예하령이 말한 것처럼 활강시가 그렇게 강하다면 문제는 없다. 그렇지만 예하령의 말에는 신뢰성이 눈곱만큼도 없다.

더구나 지금은 뇌황문이 나타난 상황이다.

뇌황문이 나타났으니 머지않아 비류성이 모습을 드러낼 것이다. 그렇다면 비류성 성주 은하대제는 먼저 자신을 찾을 것이다. 사람인 이상 사문의 복수를 꿈꾸는 것이 당연하니 말이다.

앞으로 중원에 불어 닥칠 피바람을 생각하니 몸이 떨릴 지경이다.

'제길, 이걸 왜 나 혼자 고민해야 하는……'

무슨 생각이 들었는지 진가운이 자리에서 벌떡 일어났다. 그러고 보니 뇌황문의 문제는 자신만이 고민할 문제가 아니다. 중원의 문제다.

"소림으로 가야겠어. 마음에 드는 소리는 아니지만 그곳이 강호의 태산북두라며."

잠시 서 있던 진가운이 급히 방문을 열고 밖으로 나왔다.

예하령에게 가려던 진가운이 걸음을 멈췄다.

"뭐… 뭐야? 이 자식이 어디로 간 거야."

몽환장 무사 녀석이 머물러 있는 방문이 활짝 열려져 있었다.

"이런 제길."

후닥닥.

진가운은 급히 문이 열린 방으로 들어갔다.

텅 빈 방 안 어디에도 몽환장 무사 녀석의 코빼기조차 보이지 않는다.

"하령아~"

진가운의 절규에 가까운 목소리에 예하령이 헛간 문을 열고 얼굴을 내밀었다.

"뭐야?"

"짐 싸!"

"뭐?"

"짐 싸라고. 몽환장 그 녀석이 튀었어. 그러니 빨리 짐 싸."

탁! 탁!

진가운이 집 대문 옆에서 못을 박고 있다.

성질 같아선 손으로 못을 쑥 눌러 박아버리고 싶었지만 이곳에서 진가운은 그저 일류 장의사로 살아왔을 뿐이라 그렇게 할 수는 없는 노릇이었다.

그렇게 못에 걸린 나무판에 쓰여진 글은 간단했다.

가운장의점 당분간 휴업!
후일 장서방장의점으로 다시 문을 열겠습니다.

몽환장의 무사가 이곳을 빠져나갔으니 놈들이 이곳으로 자신을 찾아올 것은 불을 보듯 뻔한 일이다. 놈들이 이곳을 찾아오기 전 진가운은 먼저 이곳을 떠나야 한다고 생각했다.

"망했냐?"

'저 망할 놈의 늙은이가……'

진가운은 고개를 획 하고 돌려 옆집 복환용의 집을 바라보았다.

언제 나타났는지 귀머거리 명의 복환용이 재미있다는 얼굴로 진가운을 바라보고 있다.

"쯔쯔쯔……. 하긴 성질머리가 그렇게 더러우니 어떤 미친놈이 네놈에게 장례를 부탁하겠냐."

당연하다는 듯 고개를 끄덕이는 복환용.

복환용의 그러한 모습에 진가운의 얼굴이 시뻘겋게 달아올랐다.

"늙은이! 망하긴 뭘 망해. 일이 있어서 잠시 쉬는 거지."

고개를 갸웃거리는 복환용.

"뭐? 아예 산으로 들어가서 중이 되기로 했다고? 생각 잘했다. 공양할 때 없으면 내게 와라. 그래도 미운 정이 있으니 쌀 몇 되는 공양하마."

"시끄러워! 영감 귀나 고쳐!"

진가운의 고함에 복환용의 얼굴이 환해지는가 싶더니 입이 슬쩍 벌어지며 찢어진다.

"고마운 것은 아니 다행이다. 대신 내 극락왕생 빌어줘. 하긴 너 같은 놈이 빈다고 그게 될 것 같지는 않지만……."

'내 미친다 미쳐!'

꽝!

진가운은 문을 부술 듯 닫고서는 집 안으로 들어왔다.

집 안에는 이미 예하령이 작은 보따리 하나를 등에 메고 기다리고 있었다.

예하령의 옆에 있는 장 서방의 얼굴에 아쉬움이 가득하다.

"장 서방, 걱정하지 마. 곧 돌아올게. 그동안 이곳 장의점의 주인은 장 서방이야."

"주인님!"

"괜찮아. 잘하고 있어. 곧 여기 있는 하령이가 장 서방한테 그럴듯한 장의점 하나 차려줄 거야. 건강히 잘 있어."

한마디를 던진 진가운은 예하령의 팔을 잡고 황급히 가운장의점을 나섰다.

진가운이 갖고 가는 것은 벽에 있는 비밀함에 모아둔 것들을 담은 작은 등 보따리 하나였다.

제13장

백정 천수, 산적 반후벽

백정 천수, 산적 반후벽

"어디로 가는 거야?"

"천하제일의 고수를 구하러……."

진가운의 한마디를 예하령은 이해할 수 없었다. 갑자기 천하제일고수를 구하겠다니 이게 무슨 뜬금없는 소리란 말인가?

"천하제일고수가 어디에 있는데?"

"여기."

진가운이 등 보따리를 손으로 슬쩍 두드렸다.

그런 진가운을 보며 예하령은 다시 고개를 갸우뚱거렸다. 그렇지만 진가운은 이미 나름대로 계획이 있는 듯 그런 예하령을 보며 빙긋 미소를 지었다.

턱!

한참 동안 길을 걷던 진가운이 급히 걸음을 멈추었다.

전방을 바라보는 진가운.

진가운의 그런 행동을 이해하지 못하고 있던 예하령이 눈을 동그랗게 뜨고 전방을 바라보았다.

사람들.

그것도 경장을 차려입은 무인들이 저 멀리에서 달려오고 있다.

"몽환장."

예하령의 무심한 한마디와 동시에 진가운은 예하령의 손을 잡고 즉시 길옆으로 몸을 숨겼다.

우루루루!

길옆에 숨은 진가운과 예하령을 뒤로하고 몽환장의 무사들이 부리나케 가운장의점이 있는 연강 소로를 향해 달려갔다.

"휴우~"

안도의 한숨.

그렇게 그들의 모습이 사라지자 진가운은 예하령과 함께 슬쩍 머리를 들고 길로 나왔다. 예하령 역시 굳은 얼굴로 멀리 달려가는 몽환장의 무사들을 바라보았다.

"가자!"

진가운이 급히 예하령의 손목을 잡고 몸을 날렸다.

휘익!

진가운과 그의 손에 잡혀 있는 예하령의 몸이 하늘 높이 날아올랐다. 그와 함께 두 사람의 모습이 순식간에 남창의 도로에서 사라졌다.

남성!

진가운과 예하령이 모습을 다시 드러낸 곳은 뜻밖에도 남성이었다.

천하제일루.

목소리 하나만 천하제일인 천하제일루를 지나친 두 사람은 천천히 몽환장이 있는 곳으로 다가갔다.

"뭐야? 여기는 몽환장이잖아?"

"응."

"여기는 왜? 천하제일고수를 구하러 간다면서?"

"그래, 맞아."

"여기에 천하제일고수가 있단 말이야?"

"아니. 여기는 천하제일고수가 아니라 천하제일 잡놈이 있지."

"그런데 왜?"

여전히 이해할 수 없다는 표정의 예하령을 슬쩍 바라보는 진가운의 입가에 모처럼 미소가 번졌다. 처음 집을 나설 때만 해도 진가운은 이곳 몽환장에 다시 돌아올 생각을 하지 않았다.

그가 가고자 했던 곳은 이곳 몽환장이 아니라 하남성 등봉현에 있는 소림사였다. 그렇지만 몽환장의 거의 전 무사들이 자신과 예하령을 잡기 위해 자신의 장의점으로 달려가는 것을 보고 한 가지 생각을 떠올렸다.

먼저 그 일을 하고 나서야 이곳을 떠날 수 있을 것 같았다.

잠시 그렇게 서로를 바라보는 사이 저 멀리 몽환장의 거대한 모습이 두 사람의 시야에 들어왔다.

"그만!"

멀리 몽환장이 보이는 곳까지 도착한 진가운이 예하령을 보며 몽환장 뒤편을 슬쩍 손으로 가리켰다.

작은 산.

몽환장의 뒤에는 그리 높지 않은 아담한 산이 자리 잡고 있었다.

"……."

예하령은 진가운이 무엇을 말하는지 몰랐다. 그저 눈만 말똥말똥하게 뜨고 진가운을 바라보았다.

"답답하기는……."

진가운이 예하령의 손을 잡고 몽환장을 우회해 몽환장 뒤쪽에 있는 산으로 몸을 숨겼다.

"파!"

"뭘?"

"파라고. 여기서부터 몽환장까지 땅속으로 들어가는 거야."

"무사들이 있……."

입을 열려던 예하령은 급히 입을 다물었다. 그제야 진가운이 이곳을 찾은 이유를 알 수 있었다.

손자병법 제십이계 순수견양(順手牽羊).

기회를 틈타 양을 슬쩍 끌고 간다.

진가운은 지금 몽환장 무사들이 가운장의점을 찾아가는 틈을 이용 이곳 몽환장에서 이익을 남기려 하는 것이다.

턱!

허리에 차고 있던 지둔륜을 꺼내 든 예하령이 급히 바닥에 대고 땅을 파기 시작했다.

휘리리링!

지둔륜이 회전하며 산 바닥에 한두 사람이 들락거리기에 충분한 굴이 파졌다.

쓰윽!

슬쩍 고개를 치켜든 예하령이 조심스럽게 주변을 둘러보았다.

텅 빈 장원.

정문 뒤에서 문을 지키는 두 명의 무사를 제외하고 몽환장은 텅 비어 있었다.

쏘옥!

예하령의 뒤를 이어 진가운이 슬쩍 머리를 내밀었다.

조심스럽게 몽환장에 발을 디딘 진가운과 예하령은 급히 몽환장 안채를 향해 다가갔다.

한참을 달려가던 진가운이 급히 걸음을 멈췄다.

텅 빈 다른 곳과는 달리 몽환장 무사 서너 명이 삼엄한 경비를 서고 있는 곳이 보였다.

"어디야?"

"몰라. 처음 보는 곳이야."

진가운이 고개를 끄덕였다.

예하령이 처음 보는 곳이라 하니 이곳은 철시혼 그 망할 늙은이가 예하령을 해한 이후 세운 곳이 분명하다. 거기에 장주실 앞에서도 보이지 않는 경비 무사들이 정문보다 많이 서 있는 것으로 보아 장주실이나 정문보다 중요한 곳인 게 분명했다.

'무얼 하는 곳이지.'

호기심이 일었다.

"넌 여기 숨어 있어."

타다닥!

예하령에게 한마디를 건넨 진가운이 그대로 신법을 펼치며 경비 무사들을 향해 달려갔다.

파박!

번개처럼 빠른 손놀림.

경계를 서던 두 명의 경비 무사가 진가운에게 혈도가 제압되어 제대로 손 한번 움직이지 못하고 바닥에 고꾸라졌다.

휙!

나머지 두 명의 무사가 급히 몸을 돌렸다.

순간, 진가운의 주먹이 두 명의 무사에게 떨어졌다.

"커헉!"

눈을 까뒤집으며 바닥에 쓰러지는 무사.

잠시 바닥에 쓰러진 몽환장 무사를 살핀 진가운은 놈들이 지키고 있던 건물의 문이 있는 곳으로 다가갔다.

끼… 이… 익!

천천히 문이 열렸다.

건물에 들어간 진가운은 통로 옆에 슬쩍 달라붙어 안쪽으로 움직였다.

진가운의 눈에 넓은 광장이 보였다.

광장에서 부지런하게 움직이고 있는 한 사람. 사람임에 분명하지만 핏기없는 파리한 얼굴 하며 그 음산함이 보는 이의 오금을 저리게 만든다.

턱!

급히 몸을 공중으로 띄운 진가운은 천장에 달라붙었다. 그렇게 천장에 달라붙은 채 진가운은 광장 한복판으로 다가갔다.

거대한 통!

마치 호수를 연상시킬 정도로 어마어마한 나무통이 우선 진가운의 눈에 들어왔다.

진가운은 안력을 슬쩍 돋우었다.

'저… 저게 뭐야?'

진가운의 눈이 커졌다. 물론 안력을 돋운 것이 원인이기도 했지만 그것보다 통 안에 있는 모습이 진가운의 눈을 더욱 부풀게 만들었다.

사람!

통 안에 쪽박처럼 둥둥 떠다니던 물건, 그것은 사람의 머리였다.

통에 몸을 담근 채 둥실둥실 떠다니는 인간들.

진가운은 그것이 무엇인지 잘 알고 있었다.

언젠가 지하 광장에 있는 자신의 목욕통에 몸을 담그고 있던 병삼, 춘삼, 소연의 모습이 바로 지금과 같은 모습이었기 때문이다.

'저런 쳐 죽일 새끼들!'

수백에 이르는 시신이 강시로 변해가고 있는 것이다.

그제야 진가운은 모든 것이 이해가 되었다.

몽환장 장주 철시혼이 왜 예하령을 그렇게 만들었는지…….

은자!

이렇게 많은 강시를 만들기 위해서는 많은 은자가 필요했을 것이다. 그래도 예하령이 도착할 때까지는 강시를 이렇게 많이 만들지는 않았을 것이다. 그것은 예하령이 이곳 몽환장에 왔을 때 철시혼이 보유한 강시가 다섯 구에 불과하다는 것이 증명한다.

그렇지만 그것은 시험에 가까운 일이었다.

철시혼이 계획한 것은 수백, 수천의 강시를 만드는 것이었다. 그러기 위해서는 몽환장의 은자로는 턱도 없이 부족했던 것이다. 그래서 노린 곳이 금산장.

철시혼은 이를 노리고 예하령의 대역까지 준비하며 예하령, 아니, 주하령을 그렇게 만든 것이다.

'그렇다면……'

진가운의 머리 속으로 한 가지 사실이 떠올랐다.

금산장 장주, 주금천.

그의 병이 평범한 병이 아닐 수도 있다는 점이다.

부르르.

진가운의 몸이 떨렸다.

뇌황문, 아니, 비류성이 떠올랐다.

철시혼 그자의 뒤에는 뇌황문, 비류성이 있다.

'죽일 놈들.'

그 와중에 광장에 있던 한 녀석이 광장의 한구석으로 다가가더니 쌓여 있는 수백 개의 자루 가운데 한 개를 어깨에 걸치고 통이 있는 곳으로 걸어갔다.

"제길, 그 책만 있으면 활강시를 만들 수 있는데."

아쉬운 한마디를 내뱉은 음산한 몰골의 사내가 자루를 풀었다.

풀어진 자루에서 나온 것은 시신이었다. 그것도 무복을 입은 무사.

죽은 지 상당한 시간이 흘렀는지 얼굴색이 검게 변해 있었다.

검게 변한 시신을 보고도 음산한 몰골의 사내의 표정에는 아무런 변화가 없다. 하긴 이렇게 많은 강시를 만들고 있는 놈이 그깟 시신 하나에 얼굴색이 변할 리가 없다.

획!

급히 바닥에 내려선 진가운이 막 통에 시신을 집어넣으려는 사내의 수혈을 짚었다.

간단히 사내를 제압한 진가운은 천천히 광장을 빠져나갔다.

"정말이지? 거짓말 아니지?"

"그렇다니까."

예하령의 얼굴색이 어두워졌다.

수백 구의 강시.

만약 진가운이 말한 대로 몽환장의 철시혼이 수백 구의 강시를 완성시킨다면…….

아무리 진가운이 천하제일의 고수를 자신에게 붙여준다 해도 자신이 금산장을 되찾기는 불가능했다.

"가자!"

예하령이 자리에서 일어서며 진가운의 팔을 잡고 건물 안으로 들어갔다.

예하령과 함께 광장에 도착한 진가운이 천천히 연못처럼 거대한 나무통이 있는 곳으로 걸어갔다. 여전히 약재에 몸을 담근 채 나무통 위를 둥둥 떠다니는 시신들.

"이… 이게 다 뭐야?"

놀란 눈으로 나무통을 바라보는 예하령.

조금 전 진가운의 말을 듣고 어느 정도 짐작을 하고 있었음에도 광장에 펼쳐진 모습에 놀라기는 마찬가지였나 보다.

"말했잖아."

예하령은 고개를 끄덕였다. 진가운의 말을 듣고서도 솔직히 반신반의(半信半疑)했다. 그런데 이곳에 펼쳐진 광경은 조금 전 진가운이 자신에게 했던 말이 모두 사실이라는 것을 말해 주고 있었다.

정말이지 믿을 수 없는 광경이었다.

'만약 이들이 모두 강시로 완성되었다면……'

예하령이 생각만 해도 끔찍하다는 듯 머리를 흔들었다.

후닥닥!

예하령이 급히 광장의 한쪽으로 달려갔다.

강시를 만드는 약재들이 산더미처럼 쌓여 있는 곳이다. 약재들을 이리저리 들추던 예하령의 입가에 미소가 번졌다.

"이것 좀 옮겨줘."

"왜?"

"이들이 모두 강시가 되게 할 수는 없잖아."

예하령의 말에 진가운은 고개를 끄덕였다. 진가운은 급히 약재가 쌓여 있는 곳으로 달려가 약재들을 가져왔다.

타닥!

예하령이 급히 약재를 향해 부싯돌을 가져갔다.

불꽃이 튀며 약재에 불이 붙었다.

잘 말려진 탓인지 불이 붙자마자 활활 타오른다.

씨익!

불붙은 광장을 바라보는 예하령의 입가에 미소가 번진다.

"가자! 장의점으로 갔던 놈들도 지금쯤 이곳으로 돌아오고 있을 거야."

"응!"

예하령이 고개를 끄덕였다.

밖으로 나오는 진가운의 눈에 바닥에 쓰러진 음산한 몰골의 사내가 보였다.

놈을 죽여야 한다. 만약 이놈이 불에 타 죽는다면 모를까 그전에 정신을 차린다면 이미 금산장을 점령한 것이나 다름없는 철시혼, 뇌황문, 비류성은 이자를 이용, 다시 강시를 만들 것이다. 그러나 진가운은 이자를 죽일 수가 없었다. 그랬다가는 자신 역시 생명을 유지할 수 없다.

'제길, 이런 쓰레기도 죽일 수 없다니…….'

한참 동안 바닥에 쓰러진 사내를 바라보던 진가운이 어쩔 수 없다는 얼굴로 급히 건물을 빠져나왔다.

"부… 불이야!"

땅굴로 들어서는 진가운의 귀에 몽환장 정문을 지키던 무사들의 다급한 음성이 들렸다.

*   *   *

"제길 이놈의 더러운 팔자."

불만이 가득한 한마디.

중년인.

불만 가득한 얼굴로 손을 번쩍 치켜들고 있는 사람. 그 중년인이 번쩍 치켜든 손에 들고 있는 것은 백 근은 족히 나갈 듯한 서슬 시퍼런 날을 자랑하는 거대한 도끼다.

불꽃을 튀기듯 날카롭게 무엇인가를 응시하며 바라보는 것은 머리 위로 치켜든 도끼가 아니다.

소!

왕방울만하게 큰 눈을 이리저리 굴리며 두려운 듯 몸을 떨고 있는 소였다.

"미안해. 그렇지만 이것도 다 네 팔자야."

혼잣말을 지껄이던 중년인이 손에 든 도끼를 재빨리 내렸다.

슈욱!

바람을 가르며 번쩍 들려 있던 도끼가 중년인을 두려운 듯 바라보는 소를 향해 날아들었다.

팍!

정확히 소의 정수리 위로 떨어지는 거대한 도끼.

조금 전까지 몸을 떨던 황소 한 마리가 외마디 한번 지르지 못하고 그대로 바닥에 쓰러졌다.

쩌저적!

바닥에 쓰러진 황소의 머리가 반으로 갈라졌다.

잠시 헐떡거리며 거친 숨을 몰아쉬던 소의 몸이 일순간 동작을 멈췄다.

쩌벅!

어느새 빼 들었는지 중년인이 도(刀) 한 자루를 들고 바닥에 쓰러진 황소를 향해 다가간다.

호북성(湖北省) 마성(麻城)!

비록 무한(武漢)에는 미치지 못하지만 호북성에서는 알아주는 제법 큰 마을이다. 마성의 대로를 걷던 사람들이 일제히 얼굴을 일그러뜨리며 길 양 옆으로 몸을 피했다.

사람들의 불쾌한 시선을 받으며 나타난 한 사람.

조금 전 황소를 간단히 때려잡은 중년인이다.

등에 커다란 자루 하나를 들고 천천히 마성의 대로를 걷는 사내. 이미 사람들의 그런 시선에 익숙해진 듯 얼굴에는 조금의 변화도 없다.

중년인이 길을 지나갈 때마다 사람들은 흠칫거리며 더러운 똥이 발 아래에 있는 듯 몸을 움직여 피했다.

뚝! 뚝! 뚝!

자루에서 방울지며 떨어지는 액체.

피다.

자루에 무엇이 들었는지 선홍색의 붉은 피가 방울져 떨어지며 대로(大路)를 적신다.

사람들의 얼굴이 더욱 일그러졌다.

"에이, 더러워서……. 백정 놈들 다니는 길은 따로 만들던지 하지."

중년인을 피해 길옆으로 몸을 움직이는 비단옷을 입은 청년의 한마디에 중년인의 얼굴이 일그러졌다.

회익!

청년을 향해 고개를 돌리는 중년인.

씨익!

조금 전 일그러진 얼굴은 어디로 사라졌는지 중년인의 얼굴에는 웃음이 가득하다.

어딘지 모르게 조금은 비굴해 보이는 웃음.

중년인의 모습에 청년의 얼굴이 더욱 일그러졌다.

"이놈 천수! 썩 사라지지 못할까?"

중년인이 더욱 허리를 숙였다.

"아이고, 도련님. 알겠습니다."

후닥닥!

한마디 말과 함께 천수의 다리가 보이지 않을 정도로 빠르게 움직여

대로를 달린다.

시장.

그렇게 많은 사람들의 얼굴을 일그러뜨리며 마성의 대로에서 사라진 천수가 다시 모습을 드러낸 곳은 마성의 시장이다.

시장 가운데에서도 고깃간들이 늘어선 곳이다.

"이봐, 천수. 다음에는 우리 집일세."

"무슨 소리야. 우리 집이야."

지나가는 천수를 향해 고깃간 주인들이 한마디씩을 내뱉는다. 그렇지만 천수라는 중년인은 그런 사람들의 소리에 아랑곳하지 않고 묵묵히 길을 걸었다.

천수!

그 이름을 어떻게 쓰는지는 모르지만 사람들은 지금 고깃간이 늘어선 마성의 시장을 걷는 중년인을 그렇게 불렀다.

어떤 이는 하늘에서 내린 신의 손이라 하여 천수(天手)라 부르기도 했고 어떤 이는 그의 손놀림이 마치 천 개의 손이 움직이듯 빠르다 하여 천수(千手)라 부르기도 했지만 대부분의 사람들은 천한 손이라 하여 천수(賤手)라 불렀다.

백정(白丁).

천수가 천한 손이라 불리는 이유는 그의 직업이 소, 돼지를 때려잡는 백정이기 때문이다.

호북제일백정. 그것이 바로 천수다.

수도 없이 많은 백정이 호북성에 존재하지만 그중 제일이 천수라는 사실에 이의를 다는 사람은 아무도 없다.

백정인 천수를 가까이 하려는 마성 사람들은 거의 없다.

하루도 빠지지 않고 살생을 저지르는 천수와 가까이 하면 그 살기가 자기에게도 미친다고 생각하기 때문이다. 그렇지만 천수가 잡은 고기는 천수와는 전혀 다른 대접을 받는다.

천수가 잡은 고기가 도착한 고깃간은 그야말로 인산인해(人山人海)다.

같은 소를 잡아도 천수가 잡은 고기와 다른 백정이 잡은 고기는 천양지차다. 오늘 천수는 이곳 마성의 가장 작은 고깃간에 자신의 고기를 전할 생각이다. 지금까지 천수가 지킨 원칙은 그것이었다. 가장 작은 고깃간에 자신이 잡은 고기를 준다.

허름한 건물.

아직까지 무너지지 않고 있다는 사실이 놀라울 정도의 작은 건물이다.

"천숩니다."

드르륵!

문이 열리며 한 노인이 밖으로 나왔다.

"아이고, 이게 뉘신가? 천수 아닌가? 어서 안으로 드시게."

천수가 아니라는 듯 고개를 가로저었다.

"됐습니다. 물이나 한 바가지 주십시오."

"오! 그럼세. 무거울 텐데 내려놓으시게."

"예!"

천수가 등에 있는 자루를 내려놓는 것과 동시에 노인은 급히 건물 안으로 들어갔다.

이내 밖으로 나온 노인이 바가지 하나를 천수에게 내밀었다.

"감사합니다."

노인에게 바가지를 받아 든 천수가 시원하게 물을 들이켰다.

"……!"

놀란 얼굴로 노인을 바라보는 호북성 제일 백정 천수.

"어르신, 꿀물입니다."

노인이 당연하다는 듯 고개를 끄덕였다.

"그래. 자네 덕분에 먹고사는데 맹물을 대접할 수야 있겠는가?"

노인의 말에 천수가 입가에 슬쩍 미소를 지었다. 어딘지 모르게 어두운 웃음이다.

"잘 마셨습니다."

꿀물 한 바가지를 다 마신 천수가 노인을 향해 허리를 숙였다.

노인이 그런 천수의 손에 고기 값으로 은자를 쥐어주며 덥석 잡았다.

"그래, 내 죽어도 자네의 은혜는 잊지 않겠네."

천수가 슬쩍 미소를 지으며 노인을 향해 다시 한 번 허리를 숙이더니 이내 몸을 돌렸다.

몸을 돌린 천수의 얼굴에 처연한 미소가 번진다.

'흐흐흐. 노인장, 이제껏 이곳에 있는 고깃간 주인들이 모두 노인장과 같은 말을 내뱉었소이다. 하나 지금까지 자기가 말한 대로 이 천수를 대한 인간들은 단 한 명도 없었소이다.'

천수는 이미 알고 있다.

지금 자신의 손을 잡으며 허리를 숙이는 이 노인도 머지않아 조금 전 대로를 오면서 자신을 피하던 그 인간과 같은 인간이 될 것이라는 사실을……

그리되면 자신은 조금이나마 자신을 인간처럼 대하는 다른 고깃간으로 옮겨갈 거라는 사실까지도 알고 있었다.

운명!

그것이 백정으로 태어난 자신의 운명이라고 천수는 생각했다. 그나마 솜씨가 좋아 잠깐이나마 인간 취급을 해주는 작은 고깃간을 자신이 고를 수 있다는 것에 천수는 감사할 뿐이다. 잠시나마 자신이 인간이라는 사실을 확인할 수 있으니 말이다.

*　　　*　　　*

호북성의 객잔 한 귀퉁이.

강서성 집을 떠난 진가운은 그곳 탁자 앞에 앉아 있다.

진가운의 목적지는 소림사다. 강서성에서 하남성에 있는 소림사로 가기 위해서는 호북성을 거쳐야 한다.

'제길, 어디서 이따위 괴팍스러운 사문의 제자가 되어서…….'

일승문.

정말이지 이 사문은 진가운에게 있어서 짐 이상도 이하도 아니다. 왜 자신이 이런 더러운 사문의 유일한 제자가 되었는지…….

언제 비류성의 잡놈들이 자신의 목을 노리고 달려들지 모르는 진가운으로서는 그야말로 하루하루의 삶이 불안하다.

망할 놈의 조사가 남긴 망할 놈의 사문 무공, 파천광선검의 비밀을 언제 풀 수 있을지 모르지만 그때까지 살아남는 것이 문제였다. 죽기 살기로 자신의 목을 노릴 것이 분명한 놈들의 공격을 어떻게 살인없이 막아낼지 그 생각에 머리가 아팠다.

일단 소림사에 도착할 때까지 어떻게 살아남느냐가 문제였다.

쓰윽!

진가운이 슬쩍 고개를 틀었다.

"짭짭짭!"

요란한 소리를 내며 방금 나온 음식을 열심히 먹고 있는 예하령의 모습. 지금 자신이 어떠한 위기에 처했는지 모르는 듯 예하령은 그저 맛있게 음식을 먹을 뿐이다.

'너 참 단순하게 살아서 좋겠다.'

그런 예하령이 부럽다는 생각이 들었다.

"뭐 해. 음식은 식으면 맛없어."

예하령의 한마디에 진가운이 빙긋 미소를 지으며 접시에 젓가락을 가져갔다.

우당탕!

막 입에 음식을 가져가려는 순간.

갑자기 탁자가 뒤집어지는 소리가 들리는가 싶더니 한 명의 사내가 자리에서 벌떡 일어났다.

진가운은 급히 고개를 들고 방금 소동이 벌어진 곳을 바라보았다.

어느 문파 소속인지는 모르지만 흰색 무복을 멋지게 차려입은 청년 한 명이 자리에서 벌떡 일어선 채 고함을 지르고 있었다.

"이런 더러운 놈의 백정 새끼가 어딜 감히 자리를 차지하고 앉아 있는 게야!"

'백정?'

호기심이 동했다. 진가운은 계속 청년을 바라보았다.

예하령 역시 진가운과 마찬가지로 호기심이 동했는지 눈을 동그랗게 뜨고 청년을 바라보았다.

흰색 무복을 입은 청년 앞에서 백정 천수가 살기 가득한 눈으로 무인을 노려보고 있었다.

"이놈의 자식이 그래도……."

청년의 손이 머리 위로 올라갔다. 당장에라도 자신을 노려보는 천수의 머리를 내려칠 기세다.

찌리릿!

그런 청년의 살벌한 움직임에도 백정 천수는 몸을 조금도 움직이지 않았다. 그저 살벌한 표정을 지으며 무인을 노려볼 뿐이다.

휘익!

더 이상 참을 수가 없었는지 청년의 주먹이 천수의 머리를 향해 날아들었다.

천수가 얼굴을 한번 일그러뜨리고는 슬쩍 손을 들어 올렸다.

빠각!

천수의 팔과 청년의 팔이 부딪치며 요란한 소리를 냈다.

청년의 주먹을 막은 천수가 자리에서 벌떡 일어났다.

자신의 공격을 더러운 백정이 막았다는 사실이 믿어지지 않는지 천수를 노려보는 청년은 몸을 부들부들 떨었다.

'이… 이런……. 천한 백정 놈이 감히 나, 장표상(張表象)의 주먹을 간단히 막아내다니……'

이곳 마성에서 제법 힘깨나 쓰는 호룡장(虎龍莊)의 소가주 장표상으로서는 믿을 수 없는 일이었다.

"백정도 사람입니다."

천수가 한마디를 내뱉고는 객잔 밖으로 나갔다.

"저, 저런 천한 놈이."

잠시 멍하게 서 있던 장표상이 천수를 따라 객잔 밖으로 나갔다.

회익!

진가운은 급히 장표상의 뒤를 따라 객잔을 나섰다.

"같이 가."

예하령이 황급히 진가운을 따라 나섰다.

"네 이놈!"

장표상의 부름에 한참을 걸어가던 천수가 몸을 획 하고 돌렸다.

장표상을 바라보는 천수의 눈이 이글이글 불타고 있다.

스르릉!

천수를 향해 달려가던 장표상이 허리에 차고 있던 검을 빼 들었다. 검을 들고 다가오는 장표상을 보고도 천수의 얼굴에는 전혀 변화가 없다.

"네 이놈! 당장에 이곳에서 무릎을 꿇고 죄를 청하지 못할까?"

"죄요?"

"그래. 감히 천한 백정 놈 주제에……."

"천한 백정이 도련님께 무슨 죄를 저질렀습니까?"

천수의 말에 장표상의 입이 막혔다.

사실 천수가 자신에게 잘못한 것은 아무것도 없었다. 단지 자신이 식사를 하는 곳 앞에 천한 백정이 앉아 심기를 어지럽혔을 뿐이다. 그렇지만 이렇게 된 이상 억지로라도 눈앞에 있는 천수의 죄를 만들어야 했다.

호룡장의 체면이 있지 '그냥 기분이 나빴네' 하고 얼버무릴 수는 없는 노릇이다.

"흠, 이놈! 네놈의 몸에서 먼지가 피어올라 내 음식을 먹을 수 없었다."

"그렇습니까? 죄송하게 되었습니다. 앞으로는 천한 백정 천수, 옷을 잘 빨아 입고 다니겠습니다."

장표상을 향해 허리를 한번 숙인 천수가 그대로 장표상을 한번 노려본 후 몸을 돌렸다.

나뒹구는 술병.

얼마나 마셨는지 그 병을 세기조차 숨이 가쁠 지경이다. 그런 가운데 방 안을 인사불성이 되어 뒹굴던 천수가 벌떡 몸을 일으켰다.

간신히 몸을 일으킨 천수가 비틀거리면서 방구석, 술병이 있는 곳으로 다가가더니 손을 뻗었다.

술병을 들자마자 입으로 가져갔다.

벌컥벌컥.

천수의 목젖이 꿈틀거리며 병 안에 있는 술이 단숨에 천수의 뱃속으로 들어갔다.

"크아~"

한 소리와 함께 천수가 얼굴을 돌렸다.

천수가 찾는 것은 안주. 그렇지만 조금 전 잡았던 닭 한 마리는 뼈만 앙상하게 남아 있을 뿐이다.

"제길, 안주가 떨어졌군."

천수가 몸을 비틀거리며 문을 열고 밖으로 나왔다.

천수의 모습에서 죽음의 냄새를 맡은 듯 마당을 한가롭게 거닐던 닭들이 소리를 지르며 이곳저곳으로 도망을 다녔다.

"그래, 네 녀석들도 이 천수의 더러운 피 냄새가 싫다 이 말이냐?"

혼잣말을 지껄인 천수가 소를 잡을 때 사용하는 커다란 도끼를 들고 이리저리 피해 다니는 닭을 노려보았다.

닭을 잡기에는 너무나 큰 도끼. 그렇지만 천수는 아무렇지도 않은 듯 움직이는 닭들을 바라보며 머리 위로 거대한 도끼를 번쩍 들어 올렸다.

찌리릿!

도끼를 든 천수는 조금 전 술에 취해 비틀거리던 천수가 아니었다.

흔들림없는 눈에서 쏟아지는 안광(眼光). 그야말로 평생을 수련한 고수의 모습이었다.

이리저리 몸을 피하던 닭들이 발이 얼어붙기라도 한 것처럼 움직임을 멈춘 채 몸을 사렸다.

"타앗!"

머리 위로 치켜들었던 천수의 거대한 도끼가 바람을 갈랐다.

떼구르르.

그와 동시에 닭 한 마리의 목이 잘리며 바닥을 굴렀다. 천수가 비릿한 미소를 지으며 목이 잘린 닭을 잡아 들고 부엌으로 보이는 곳으로 들어갔다.

'고수다!'

언제부터 지켜보고 있었는지 천수의 움직임을 지켜보던 진가운이 고개를 끄덕였다.

비록 사람이 아닌 닭을 향한 공격이지만 천수의 움직임은 평범한 것이 아니었다. 비록 술이 취해 몸이 흔들렸지만 날아드는 도끼는 한 치의 흔들림도 없었다.

뇌성이 떨어지듯 빠르게 날아드는 도끼. 마치 종이를 벤 듯 깨끗이 잘린 채 아직도 마당을 뒹구는 닭의 모가지가 천수가 평범한 백정이 아니라는 것을 말해 주고 있었다.

어느새 닭을 다 구웠는지 천수가 닭 한 마리를 들고 자신의 방으로 들어갔다.

'대단해. 죽이는 일 하나만은 타고났구먼.'

진가운은 고개를 끄덕였다.

천수를 생각하니 어쩌면 자기와 그렇게 반대일까 하는 생각이 들었다. 천하제일의 무공을 익혔으면서도 살인을 하지 못하는 자신이 보기에는 타고난 도살자(屠殺者)인 천수의 모습이 부럽기 그지없었다.

"무… 무서워."

진가운의 옆에서 한마디를 던지는 예하령.

예하령의 말에 몸을 흠칫하던 진가운이 천수의 방으로 급히 달려갔다.

턱!

방으로 들어가려는 진가운을 예하령이 잡았다.

"어디 가?"

"저 사람 만나러."

"왜?"

"내 대신 쓰레기를 없애줄 사람이거든."

예하령은 진가운의 말을 이해할 수 없었다. 그런 예하령을 잠시 바라보던 진가운이 급히 천수가 들어간 방을 향해 달려갔다,

드르륵!

"누구야!"

진가운이 방문을 여는 것과 함께 천수의 고함이 터졌다.

"술 좀 줘."

"뭐?"

"술 좀 같이 먹자고."

철퍼덕.

천수가 무어라 말하기도 전에 진가운이 방에 그대로 주저앉았다.

천수 역시 그런 진가운이 싫지는 않은 듯 빙긋 미소를 짓더니 방구석에 있는 술병 하나를 들어 진가운에게 건넸다.

벌컥벌컥!

술병을 받아 들자마자 진가운이 병을 입에 대고는 술을 배에 집어넣었다. 얼마 만에 먹어보는지 모르겠다.

남창에 있는 집을 나선 이후 처음으로 마시는 술이다.

"푸하하하. 너 아주 마음에 든다."

진가운을 보며 웃음을 터뜨린 천수가 역시 술병을 들어 자신의 입에 댔다.

권커니 잣커니 얼마나 마셨는지 모른다. 그렇게 말없이 술병을 비우던 천수가 슬쩍 고개를 들어 진가운을 바라보았다.

"흐흐흐. 옷을 보니 너도 무인이구나. 무인, 사람 백정. 우헤헤헤. 정말 웃기는 세상이야."

"뭐가?"

"너는 사람 백정. 나는 소 백정. 죄로 따지면 네놈의 죄가 나와는 비교도 되지 않게 무거울 텐데 사람들은 그렇지를 않잖아. 사람 백정인 너 같은 무인은 강호의 영웅으로 존경을 받고 나 같은 소 백정은 살기가 풍기는 천한 놈 대접을 받으니 이게 웃기는 세상 아니고 뭐야. 젠장,

이럴 줄 알았으면 애초에 소 대가리가 아니라 인간 쓰레기들의 목을 베야 하는 건데……. 그래야 백정 천수도 인간 대접을 받는 건데. 떨그럭……!"

진가운의 입가에 미소가 번졌다.

천수의 말 한마디. 이제껏 진가운이 기다리고 기다렸던 말이었기 때문이다.

"사람 목을 벨 자신은 있고?"

"그럼, 소, 돼지만도 못한 놈들의 모가지 베는 거야 식은 죽 먹기지. 어떻게 베어졌는지도 모르게 깨끗이 베어주지. 암 그렇고말고."

"그럼 그렇게 하면 되잖아."

"……."

천수가 놀란 듯 눈을 동그랗게 뜨고 진가운을 바라보았다.

"누가 자기 목 베어가라고 놔둔데……?"

"내가 그렇게 만들어주지."

"뭐?"

"이놈아, 덩치는 태산만한 놈이 뭔 의심이 그리 많아."

"너 같으면 목숨이 달린 일인데 확인도 안 하고 그냥 그러마 하고 말하겠냐?"

서로의 나이 차이에도 불구하고 말다툼을 하며 어디론가 걸어가는 두 사람. 물론 진가운과 천수다.

그런 두 사람을 재미있다는 듯 바라보고 있는 것은 물론 예하령이다.

천수의 허리에는 어디서 구했는지 장검 한 자루가 메어져 있었다. 걸음을 걸으면서도 이따금 허리에 메어진 장검을 훔쳐보는 천수의 얼굴에는 미소가 가득하다.

어쩌면 천한 백정에서 벗어나 강호에 위명이 쟁쟁한 무인으로 다시 태어날 수도 있다는 생각에 가슴이 벌렁거렸다.

그렇게 소란을 떨며 세 사람이 도착한 곳은 귀봉산(龜峯山)!

진가운은 이곳에서 천수의 시험을 받기로 했다.

잠시 귀봉산을 살피던 진가운이 성큼성큼 귀봉산을 향해 발을 내디뎠다. 마음 같으면 경공을 펼쳐 단숨에 이곳 귀봉산을 뒤지고 싶었지만 무공이라고는 오직 번개 같은 도끼질이 전부인 천수와 지둔류으로 땅을 뚫는 것이 전부인 예하령이 옆에 있으니 그저 걸을 수밖에 다른 방법이 없었다.

'망할 것들! 제일 먼저 경공부터 가르쳐야지.'

천수와 예하령을 힐끔 바라본 진가운이 정상을 향해 더욱 걸음을 빨리했다. 그렇게 걷기를 얼마, 진가운과 예하령, 그리고 천수는 산속 깊은 곳까지 들어왔다.

길을 벗어난 지는 이미 오래였다. 이제 산을 누비고 다니면 되는 것이다. 귀봉산 관광이라도 나온마냥 진가운 일행은 그렇게 귀봉산을 돌아다녔다.

어스름한 저녁.

천수의 옆에서 천천히 걷던 진가운이 걸음을 멈추더니 그대로 고개를 돌렸다.

"나와!"

"……."

예하령과 천수가 이상하다는 듯 진가운을 한번 살피고는 고개를 갸웃거렸다. 그런 두 사람은 거들떠보지도 않고 진가운이 전방 풀숲을 향해 더욱 목소리를 높였다.

"그렇게 엎어진 채 뒈지고 싶지 않으면 당장 나와!"

스스슥!

풀숲이 흔들리며 가죽으로 몸을 감싼 사내 예닐곱 명이 모습을 드러냈다.

천수가 놀란 듯 몸을 흠칫거렸다. 예하령은 벌써 진가운의 뒤쪽으로 달려와 몸을 숨겼다.

나타난 사내.

어디가 성한 곳인지 구별이 안 될 정도로 흉터 가득한 얼굴. 오 척에 이르는 거대한 도 하나씩을 어깨에 걸치고 있는 모습.

묻지 않아도 산적이라는 것을 한눈에 알 수 있었다.

"귀 하나는 밝은 놈이군."

그중에 우두머리인 듯 얼굴 전체를 기다란 수염으로 덮은 사내 한 명이 한 발 앞으로 나서며 입을 열었다.

"죽이지는 않겠다. 있는 것 다 내놔!"

"왜?"

진가운의 반문에 산적 녀석이 고개를 갸웃거렸다. 그 얼굴 표정으로 보아 '뭐 이런 자식이 다 있나' 하는 뜻이다.

"왜 내가 네놈에게 내가 가진 것을 다 내놓아야 하느냐고?"

진가운의 목소리가 높아졌다. 그와 동시에 산적 녀석의 얼굴도 붉게 변했다.

"고얀 놈! 관(棺)을 봐야 눈물을 흘릴 놈이로구나. 감히 이곳 귀봉산의 대왕인 우리 형님의 구역에서 그따위 소리를 지껄이다니……. 여봐라!"

치라는 말도 하지 않았음에도 귀봉채의 녹림 무리는 두 손으로 들기에도 무겁지 않을까 싶은 큰 칼을 들고 진가운 일행을 향해 일제히 달려들었다.

"잘 봐!"

진가운이 다가오는 귀봉채 산적 놈들을 향해 마주 걸어나갔다. 급할 것 없다는 듯 느긋하게 산적들을 향해 걸어가는 진가운.

그런 진가운을 걱정이 가득한 얼굴로 바라보던 천수가 허리에 걸려 있는 검을 풀어 양손으로 꽉 움켜잡고 예하령을 보호하듯 그녀의 앞으로 다가와 멈춰 섰다.

그동안 수도 없이 많은 소를 잡아왔지만 사람을 향해 검을 뽑아보기는 처음이다.

'젠장, 도끼면 더 좋았을 텐데……'

무기점에서 도끼[斧]를 고르라는 진가운의 말을 무시하고 무인은 모름지기 검이 최고라고 하며 검을 고른 것이 후회되었다.

왠지 모르게 움켜잡은 검병이 낯설게 느껴졌다.

그렇게 긴장한 채 진가운을 바라보는 가운데 귀봉채 산적들의 공격이 시작되었다.

휘리링!

바람 가르는 소리가 조금 떨어져서 지켜보는 천수의 귀에도 뚜렷이 들릴 정도로 산적들의 기세가 흉흉했다. 혹 진가운이 위험에 처할 경우 나서겠다는 생각으로 검병을 잡고 있는 천수의 양손에서 땀이 흘러내렸다.

"타앗!"

거리가 되었다고 생각했는지 산적 가운데 한 녀석이 기합을 지르며 큰 칼을 휘둘렀다.

'저, 저런 미친놈!'

천수가 놀라 몸을 움직거렸다.

휙!

고개를 돌려 뒤에 있는 예하령을 바라보았다.

예하령. 그녀는 위기에 처한 진가운을 보고도 빙긋 미소를 짓고 있었다.

'뭐 이런 계집애가 다 있어.'

예하령의 모습에 천수가 얼굴을 잔뜩 찡그렸다. 함께 다니는 것으로 보아 동료가 분명하건만 위기에 빠진 동료를 보고도 도울 생각은 않고 빙긋 미소를 짓고 있는 예하령의 모습이 이해가 되지 않았다.

천수는 급히 싸움이 벌어지고 있는 곳으로 고개를 돌렸다.

당장에 목이 잘릴 위기에 처했음에도 진가운은 아무런 움직임 없이 산적의 칼을 노려보고 있다.

"야! 이 미친……."

소리를 지르던 천수의 입이 닫혔다.

분명 조금 전까지 검에 목을 내맡긴 채 미소를 짓고 있던 진가운의 모습이 눈에 보이지 않았다.

"이 새끼 어디 갔어?"

막 진가운을 칼로 베려던 산적이 넋이 나간 듯 입을 벌리고 조금 전까지 진가운이 있던 곳을 바라보았다.

턱!

누군가 어깨를 두드리는 소리에 산적 녀석이 고개를 돌렸다.

빠악!

어느새 나타났는지 진가운이 미소와 함께 자신에게 칼을 휘두르던 산적을 향해 주먹을 날렸다.

"커허헉!"

칼을 들고 덤비던 산적 녀석의 눈동자에 초점이 사라지며 입이 턱 하고 벌어졌다. 진가운이 산적의 복부에 주먹을 박은 채 천수를 향해 한쪽 눈을 깜박거렸다.

'이제 시작해 볼까.'

간단히 산적 한 녀석의 배를 때리는 것으로 몸을 푼 진가운이 본격 적으로 몸을 움직였다.

진가운은 급히 손을 회수하며 머리를 숙였다.

휘이익!

간발의 차이로 진가운의 목을 노린 칼이 머리 위를 스치고 지나갔 다.

타닥!

진가운은 급히 자신에게 검을 휘두른 산적에게 다가갔다. 급히 검을 회수해 가슴으로 가져가는 산적.

"틀렸어."

회익!

진가운이 그런 산적의 가슴에 그대로 주먹을 날렸다. 산적 녀석이 바짝 긴장한 채 자신의 검을 두 손으로 꽉 움켜잡았다. 그러거나 말거 나 진가운의 주먹이 산적을 향해 날아들었다.

챙!

금속음이 들린 것으로 보아 진가운의 주먹이 가슴 앞에 있는 산적의 칼을 때린 것이 분명하다.

자신의 칼로 진가운의 주먹을 막았다는 사실에 잠시 안도하던 산적의 얼굴이 일그러졌다.

"크흐흑!"

자신도 모르게 신음이 흘러나왔다. 산적은 급히 고개를 숙여 가슴을 바라보았다. 반으로 조각난 칼. 진가운의 주먹이 어느새 왼쪽 가슴에 박혀 있었다.

슈우웅!

그와 함께 산적의 몸이 붕 하고 떠오르더니 삼 장 밖에 처박혔다.

간단히 두 녀석을 해치운 진가운이 몸을 휙 하고 돌렸다.

번쩍!

빛이 흘러나오며 아랫배를 향해 물체 하나가 날아들었다.

"타앗!"

진가운이 기합을 지르며 내공을 슬쩍 끌어올렸다가 몸 밖으로 내뿜었다.

카강!

날카로운 쇳소리와 동시에 칼을 휘두르며 달려들던 산적 한 놈이 달려들 때보다 더 빠르게 뒤쪽으로 날아갔다.

"흡!"

진가운이 급히 나머지 산적이 몰려 있는 곳으로 몸을 날렸다.

"……!"

귀봉채 부두목 이초연(李草戀)이 놀란 듯 입을 쩍 하고 벌렸다.

분명히 자신들을 향해 몸을 날리는 것을 보았는데 진가운의 모습이 보이지 않았다.

파바박!

귀를 파고드는 낯선 소리.

이초연은 급히 고개를 돌려 수하들이 서 있던 곳을 바라보았다. 배를 움켜잡은 채 바닥을 뒹구는 수하들의 모습이 눈에 들어왔다.

'젠장, 잘못 건드렸다.'

그제야 귀봉채 부두목 이초연은 일이 잘못되었다는 것을 깨달았다. 겉으로 보기에는 빌빌해 보이는 젊은 놈이 감당할 수 없는 고수라는 사실을 깨달은 것이다.

'어떻게 하지?'

잠시 생각하던 이초연이 몸을 획 하고 돌리더니 그대로 수하들도 팽개치고 산속으로 달아나기 시작했다.

"저… 저… 저런 치사한 놈!"

멀리서 싸움을 구경하던 천수가 달아나는 이초연을 보며 몸을 움직거렸다. 수하들을 버리고 달아나는 이초연의 행동을 자신의 상식으로는 받아들일 수가 없었다.

턱!

이초연을 따라가려는 천수를 말린 것은 진가운이다.

진가운이 빙긋 미소를 지어 보이더니 천수와 예하령의 손을 잡고 공중으로 몸을 날렸다.

어두운 방 안.

한 사내가 어두운 방 안에서 물건들을 이리저리 만지며 미소를 짓고 있다.

은괴.

사내는 손에 은괴(銀塊)를 들고 있다.

이틀 전 이곳을 지나는 이름 모를 사내에게서 강제로 양도받은 은괴.

이곳 귀봉산에서 사업소를 차린 이후 가장 큰 성과물이다. 어제도 하루 종일 만지고 만진 은괴지만 오늘 또 만져도 입이 절로 벌어지는 것은 어쩔 수 없는 노릇이다.

귀봉대왕(龜峯大王) 반후벽(潘侯璧).

바로 이곳 귀봉산의 주인으로 자처하는 귀봉채 채주가 지금 은괴를 들고 미소를 짓고 있는 이 사내다. 한참 동안 입이 찢어져라 웃음을 흘리던 반후벽의 입이 좌우로 갈라지더니 얼굴에 깊은 골을 만들었다.

어디선가 자신을 부르고 있는 부채주 이초연의 찢어질 듯한 목소리가 들려왔다.

'저 새끼가 아주 죽으려고 작정을 했구나.'

반후벽이 급히 은괴를 자신의 침상 밑에 숨기고 밖으로 나왔다.

"채주님~! 채주님~!"

무엇이 그리 급한지 물에 빠진 놈 지나가던 사람 발견한 듯 악을 쓰며 이초연이 산채를 향해 달려오고 있었다.

'망할 놈! 아예 관에 가서 이곳이 귀봉채 산채라고 광고를 해라.'

채주의 그런 마음도 모르고 이초연이 반후벽을 보고 죽어라고 달려왔다.

"헉헉헉!"

잠시 숨을 고르려는 듯 몰아쉬던 이초연이 고개를 들었다.

빠악!

막 입을 열려던 이초연의 얼굴에 반후벽의 거대한 주먹이 날아들었다.

부웅~!

끈 떨어진 연처럼 그렇게 솟아올랐던 이초연의 몸뚱이가 먼지를 일으키며 바닥에 떨어졌다.

"이 새끼야, 포졸이라도 들으면 어떡하려고 그렇게 떠들어."

"크… 큰일 났습니다. 지금 애들이 개박살났습니다. 어디서 굴러먹다 온 개뼈다귀 같은 놈이 우리 애들을 개 패듯 패고 있습니다."

"뭐야?"

반후벽이 놀란 얼굴로 이초연을 바라보았다.

바닥을 뒹굴던 이초연이 즉시 자리에서 일어나 반후벽에게 다가왔다.

"채주, 지… 지금 가지 않으면 애들 다 반병신 되게 생겼다니까요."

"……."

반후벽의 얼굴이 일시에 구겨졌다.

휘익!

반후벽의 주먹이 이초연의 얼굴에 또다시 떨어졌다.

"아이고~"

다시 한 번 바닥을 뒹구는 이초연.

이초연이 억울하다는 표정으로 반후벽을 노려보았다.

"이 새끼야, 그러면 네가 구해야 할 거 아냐. 애들 쥐어 터지는데 혼자 살겠다고 튀어? 그러고도 네가 부두목이야! 이 망할 새끼야."

이초연에게 한바탕 퍼부은 반후벽이 급히 집으로 들어가더니 일반 도끼와는 달리 자루가 기다란 거대한 월(鉞)을 들고 나타났다.

"그 새끼들 지금 어디 있어?"

"관음애(觀音崖)… 쾌액!"

장소를 미처 다 말하기도 전에 반후벽이 이초연의 몸뚱이를 밟고는 산채 한복판으로 달려갔다.

"집합!"

우루루루!

반후벽의 한마디와 함께 산채 곳곳의 목옥에서 귀봉채 소속의 산적들이 거대한 칼을 어깨에 걸치고 모여들었다.

"우리의 동료를 구하러 우리는 죽기를 각오하고 나선다. 살고자 하면 죽을 것이요, 죽고자 하면 살······."

"거참, 말 많은 놈일세."

반후벽의 얼굴이 붉다 못해 검게 변했다.

한참 자기 흥에 겨워 수하들에게 두목으로서 일장 연설을 펼치려는 마당에 갑자기 말을 자른 버릇없는 놈의 상판이 궁금했다.

획!

반후벽이 그대로 소리가 들려온 산채 정문을 향해 고개를 돌렸다.

'저 새끼들이······.'

반후벽의 몸이 부르르 떨렸다.

예하령은 이미 몸을 숨겼는지 진가운과 천수가 뒷짐을 진 채 어슬렁거리며 산채로 들어서고 있었다.

"네놈이냐?"

"그래."

"이유가 뭐냐?"

"이유?"

"그렇다. 우리 아이들을 그렇게 만든 이유가 뭐냐?"

진가운이 알겠다는 듯 고개를 끄덕였다. 하기야 귀봉채 녀석들에게는 마른하늘에 날벼락도 이런 날벼락이 없다. 갑자기 나타나 자신들을 보리 타작하듯 작살내고 있으니 말이다. 그렇지만 진가운이 이렇게 귀봉채를 찾은 데에는 아주 중요한 이유가 있다. 그것은 바로 자신의 실력을 천수에게 시범 보이기 위한 것이다.

천수로서는 진가운의 제의가 생명을 건 일이다.

자신이 진가운을 도우면서 강호의 영웅으로 다시 태어날 수 있을지, 아니, 생명이라도 부지할 수 있을지가 천수에게는 다른 무엇보다 중요했다.

사실 천수는 이미 진가운의 실력에 만족하고 있었다.

일곱 명의 귀봉채 산적들을 간단히 제압했으니 그 모습 하나만으로도 천수가 꿈꾸던 강호의 영웅으로 불리기에 부족함이 없어 보였다.

귀봉채 채주 귀봉대왕 반후벽의 질문에 진가운은 미소로서 대신했다. 이유라면 마성에서 가까운 녹림채(綠林寨)라는 것이 전부인데 그것을 이유로 삼기에는 무엇인가 부족해 보였다.

반후벽의 얼굴이 슬쩍 이지러졌다.

대답없는 진가운이 자신을 무시하고 있다고 생각했다.

'망할 자식. 한가락 한다고 감히 귀봉산의 주인인 귀봉대왕 반후벽을 무시해.'

반후벽이 슬쩍 자신의 뒤에 있는 부하들을 바라보며 눈을 끔벅거렸다. 자신이 나서서 싸움을 벌이기에 앞서 우선 부하들로 하여금 앞에 있는 진가운의 힘을 뺄 작정이다.

반후벽의 눈짓을 받은 귀봉채의 산적들이 알겠다는 듯 고개를 슬쩍 끄덕이더니 어깨에 걸친 도를 양손으로 부여잡고는 즉시 진가운을 향해 용감하게 앞으로 달려들었다.

아직 진가운의 실력을 본 적이 없는 이들로서는 진가운을 그저 자신들의 사냥감으로만 생각했다.

턱!

진가운이 급히 천수의 손을 잡고 힘껏 공중으로 집어던졌다.

자신의 후원자가 될 천수가 이번 싸움에 공연히 끼여들어 다치거나 인질이라도 되면 큰일이기 때문이다. 진가운에게서 던져진 천수의 몸이 공중으로 획 하고 날아오르더니 귀봉채가 한눈에 내려다보이는 고목 위에 얹혀졌다.

'뭐야? 뭐가 어떻게 된 거야?'

영문을 모르는 천수가 눈을 이리저리 돌리며 귀봉채 한복판을 바라보았다.

귀봉채 산적들과 어울리는 진가운의 모습이 두 눈에 들어왔다.

'귀신이군.'

진가운을 본 천수의 생각은 그것이었다.

눈에 보이지도 않을 정도로 빠르게 움직이며 귀봉채 산적을 하나둘 고꾸라뜨리는 것이 가히 귀신의 솜씨다.

강호의 무인들은 날아다닌다고 하더니 그 말이 거짓이 아니었다.

간간이 발로 땅을 박찰 때마다 진가운의 몸이 하늘을 날아다녔다. 그와 동시에 귀봉채 산적 녀석들은 미처 손에 든 큰 칼을 제대로 휘둘러 보지도 못하고 바닥을 뒹굴었다.

진가운의 눈앞으로 제법 단단해 보이는 산적 녀석이 커다란 칼을 휘두르며 다가왔다.

그동안 빠른 움직임으로 산적들의 칼을 피하며 공격하던 진가운이 이번에는 무슨 생각인지 움직이지도 않고 다가오는 칼을 멀거니 바라보았다.

'흐흐흐. 이놈도 지쳤구나.'

뒤에서 수하들과 진가운의 싸움을 지켜보던 반후벽의 입가에 처음으로 미소가 보였다.

"타앗!"

진가운이 드디어 지쳤다고 생각한 반후벽은 기다란 월을 머리 위로 치켜들고 맹렬하게 달려들었다.

적진을 정면에서 돌파해 가는 용장(勇將)의 모습. 지금 반후벽의 모습이 그러했다. 반후벽의 그 모습을 기다리고 있었다는 듯 진가운의 입가에 옅은 웃음이 흘렀다.

"타앗!"

싸움을 시작한 이후 말 한마디 없었던 진가운의 입에서 기합이 터지더니 그의 주먹이 허공을 갈랐다.

진가운의 얼굴 가까이 이른 산적의 대도(大刀).

마치 태산이라도 무너뜨릴 듯한 맹렬한 기세로 다가드는 산적의 대도에도 불구하고 진가운의 주먹은 아무렇지도 않다는 듯 날카로운 칼날을 향해 그대로 마주쳐 갔다.

탱!

"헉!"

진가운에게 칼을 휘두르던 산적의 입에서 외마디가 터졌다. 당연히 진가운의 주먹을 가르고 진가운에게 전진해 나가야 할 자신의 칼이 반으로 부러졌다.

휘잉!

나머지 반 자루의 칼이 그대로 허공을 가르는 순간에도 자신의 칼을 반 토막으로 만든 진가운의 주먹은 계속 얼굴을 향해 날아왔다.

점점 커지며 다가오는 진가운의 주먹.

귀봉채 산적 녀석이 진가운의 주먹을 피하기 위해 급히 허리를 숙였다.

쐐애앵!

바람 가르는 소리와 함께 진가운의 `주먹이 산적의 머리 위로 계속 날아갔다.

'휴우, 다행이다.'

산적 녀석이 안도의 한숨을 내쉬었다. 바람 소리를 들어보건대 만약 눈앞에 있는 녀석의 주먹이 자신의 얼굴로 떨어졌다면 적어도 자신의 잘생긴 코는 풀썩 주저앉았을 것 같았다.

빠악!

"크에엑!"

'어라?'

산적 녀석이 이상하다는 듯 고개를 갸웃거리더니 고개를 슬쩍 뒤로 돌렸다. 언제 달려왔는지 두목 반후벽이 얼굴에서 피를 흘리며 바닥을 뒹굴고 있었다.

"힘들 텐데 너도 누워서 구경해라."

획!

한마디와 함께 진가운의 무릎이 허리를 숙인 산적의 아랫배를 향해 올려졌다.

푸욱!

"커억!"

산적의 눈이 커지는가 싶더니 그대로 무너지듯 제자리에 고꾸라졌다.

회리릭!

진가운의 기습에 얼굴을 맞은 귀봉채 채주 반후벽이 바닥에서 몸을 한 바퀴 굴리며 벌떡 일어났다.

반후벽은 급히 산채를 빙 둘러 살폈다.

싸움을 시작한 지 불과 일 다경(一茶頃)이 지났을 뿐인데 자신의 수하들은 모두 바닥에 고꾸라져 있다. 수하들의 한심스러운 모습. 반후벽의 눈에 핏발이 일었다.

'이 새끼들. 이번만 넘기면 열두 시진 내내 바닥을 기어 다닐 줄 알아.'

찌리릿.

주변을 한번 살핀 반후벽이 고개를 돌리며 정면에 서 있는 진가운을 노려보았다.

지금껏 보아온 반후벽의 모습이라고는 생각되지 않는 진지한 모습.

진가운이 의외라는 듯 몸을 세우고 반후벽을 바라보았다.

"흐흐흐. 대단하구나. 귀봉대왕 반후벽, 오늘 좋은 상대를 만났어."

어느새 말투마저 바뀐 반후벽이 월을 천천히 들어 올렸다.

그와 동시에 반후벽의 몸 뒤에서 은은한 후광(後光)이 비쳤다.

"……!"

그 모습에 진가운도 긴장한 표정을 지으며 두 발을 어깨 넓이로 살짝 벌렸다. 지금까지 귀봉채의 산적들을 상대로 했던 마구잡이 주먹질로는 반후벽을 쉽게 제압할 수 없다는 것을 무사의 본능으로 깨달았다.

휘리리링!

양손으로 월을 잡은 반후벽의 손이 움직이는 것과 함께 월이 빙글빙글 돌아가며 바람을 일으켰다. 바람이 점점 거세지더니 진가운의 무복을 슬쩍슬쩍 움직이게 만들었다.

진가운은 더욱 긴장한 채 몸에서 조금씩 내력을 끌어올리기 시작했다. 산적과 싸우면서 자신이 내력을 끌어올리리라고는 미처 생각지 못했다. 그저 주먹질 몇 번이면 간단히 놈들을 제압할 것으로 생각했다.

내력이 모이면서 진가운의 무복이 천천히 부풀어 올랐다.

순간!

반후벽이 손을 멈추며 앞으로 쭉 뻗었다.

동시에 월이 앞으로 튀어나왔다.

달!

반후벽의 월(鉞)에서 달빛과 같이 은은한 광채가 퍼지며 진가운에게 날아들었다.

"차압!"

기합과 함께 진가운의 정면에 있던 반후벽의 모습이 바람에 사라지는 연기처럼 희미해지더니 서너 개로 갈라졌다.

'이런!'

진가운이 당혹스러운 표정으로 안력을 돋우었다.

반후벽의 얼굴이 밝아졌다. 눈앞에 보이는 진가운의 모습은 당황하고 있는 것이 분명했다. 반후벽이 입술을 다시 한 번 굳게 깨물고는 진가운에게 맹렬히 다가갔다.

진가운을 비치고 있는 은은한 월광을 목표로 전력을 다해 발을 움직였다.

'됐다.'

반후벽이 급히 월을 머리 위로 치켜들었다. 진가운의 모습으로 보아

아직 자신의 모습을 발견하지 못한 것이 분명했다.

'뜻밖이었다. 나 반후벽이 월영일단(月影一斷)을 펼치리라고는 생각도 못했다.'

슈숙!

반후벽의 월이 진가운의 어깨를 노리고 번개처럼 떨어졌다. 반후벽 역시 진가운을 이렇게 죽이고 싶지는 않았다.

카가가강!

"크흐흑!"

진가운의 입에서 흐릿한 신음이 터졌다.

정말이지 산적 두목 녀석이 이렇게 강한 무공을 가지고 있으리라고는 상상도 못했다. 이미 삼성에 달하는 내공을 끌어올려 몸을 지키고 있었건만 몸으로 전해지는 압력에 저절로 신음이 터졌다.

너무 적을 과소평가해 삼성의 내공만을 끌어올린 것이 후회스러웠다. 진가운은 이를 꽉 깨물며 몸에 있는 내공을 더욱 끌어올렸다.

오성!

오성을 끌어올리고 나서야 전해지는 압력을 견딜 수 있었다.

진가운은 더욱 안력을 돋우었다.

달!

진가운의 눈에 반달 모양의 그림자가 자신의 어깨 부위를 파고드는 것이 보였다.

"홉!"

기합과 함께 진가운이 월영(月影)을 향해 손을 쭉 뻗었다.

별무리.

진가운의 몸에서 무수한 별들이 쏟아지며 달 그림자를 향해 뿜어져

나갔다.

은하천강신공(銀河天罡神功)!

종남파 최대 절학으로 알려진 은하천강신공이 진가운을 통해 그 모습을 드러낸 것이다.

쿠구구궁!

별과 달이 부딪치며 그 폭음이 귀봉채 산채를 뒤흔들었다. 몸을 바닥에 깐 채 언제부턴가 구경꾼이 되어 그들의 두목인 반후벽과 침입자인 진가운의 싸움을 구경하던 귀봉채 산적들이 일제히 두 손으로 머리를 감싸 쥐고 바닥에 바짝 엎드렸다.

슈우욱!

누군가의 몸뚱이가 바람에 날려갔다.

반후벽!

월영일단을 펼친 반후벽이 폭풍에 견디지 못하고 끈 떨어진 연처럼 뒤로 날아간 것이다.

'제기랄, 이게 무슨 망신이란 말인가.'

반후벽은 죽을지도 모른다는 걱정보다는 수하들 앞에서 망신을 당했다는 생각에 얼굴이 붉어졌다. 그렇지만 그것도 잠시, 점점 빨라지는 자신의 몸뚱이에 죽음에 대한 공포가 밀려왔다.

'뭐야? 이대로 인생 종치는 거야?'

반후벽은 급히 몸속에 있는 내공을 있는 힘껏 짜내며 끌어 모았다. 그렇지만 아무리 내공을 끌어 모으고 또 모아도 튕겨지는 자신의 몸을 멈춰 세울 수가 없었다.

반후벽의 뇌리에 머리가 바위에 부딪쳐 뇌수를 흘리며 바둥거리는 자신의 모습이 스치고 지나갔다.

몸이 오싹해지는 것과 함께 머리카락이 한 올 한 올 일어섰다.

순간, 급격히 튕겨지던 몸의 속도가 서서히 느려졌다.

'어라?'

반후벽의 눈이 다시 커졌다.

어찌해 볼 수도 없이 뒤로 튕겨져 나가던 자신의 몸이 이번에는 반대로 급속하게 눈앞의 사내 녀석을 향해 빨려 들어가고 있었다.

반후벽은 급히 고개를 들고 전방을 바라보았다.

조금 전 자신의 월영일단을 간단히 막아낸 젊은 녀석이 손을 쭉 뻗은 채 자신의 몸을 끌어당기고 있었다.

입가에 미소까지 머물고 자신의 몸을 끌어당기고 있는 녀석. 그제야 정신이 들었는지 반후벽이 다시 이를 악물었다. 이대로 젊은 놈에게 잡혔다가는 뼈도 못 추릴 것 같았다. 하나 아무리 힘을 짜내도 끌려 들어가는 자신의 몸을 막을 수가 없었다.

턱!

어느새 진가운의 손에 자철(磁鐵)에 달라붙은 쇳가루처럼 잡혀든 반후벽을 보며 빙긋 미소를 짓던 진가운이 한 발로 땅을 힘차게 차올렸다.

슈숙!

진가운의 몸이 공중으로 까마득하게 치솟아오르더니 빠르게 원을 그리기 시작했다.

곤륜파(崑崙派)에 내려져 오는 전설의 신법 운룡대팔식(雲龍大八式)이 펼쳐진 것이다.

진가운의 손에 잡힌 반후벽의 얼굴이 파랗게 변했다. 머리가 어지럽고 속이 뒤틀려서 견딜 수가 없었다.

속이 울렁거리기 시작하는 것이 이대로 계속 돌다가는 아침에 먹은 음식물이 밖으로 쏟아져 나올 것만 같았다.

"어… 어… 어지러워, 이 망할 자식아."

"임마! 어지러우라고 일부러 하는 짓이야."

매정한 한마디와 함께 진가운의 몸이 더욱 빨리 원을 그렸다. 그나마 있던 의식이 가물거리기 시작했다.

"우왜액!"

촤르르…….

뱃속 역시 더 이상 견딜 수 없기는 마찬가지인 듯 드디어 아침에 먹은 음식물이 입 밖으로 쏟아져 나왔다.

그제야 진가운이 만족스러운 표정을 지으며 몸의 움직임을 조금씩 늦추기 시작했다.

턱!

땅에 발을 내리자마자 진가운이 손으로 잡고 있던 반후벽의 몸을 내려주었다. 잠시 술 취한 듯 비틀거리던 반후벽이 산채 한복판에 푹 하고 고꾸라졌다.

"이제 볼 것 다 봤으면 일어나."

진가운의 말에 산채 이곳저곳에 머리를 박은 채 엎드려 있던 귀봉채의 부두목 이초연을 비롯한 산적 녀석들이 자리에서 일어나며 진가운을 향해 허리를 숙였다.

진가운이 고개를 들어 나무 위에 있는 천수를 바라보았다.

"이봐! 천수. 이 정도면 합격이냐?"

그런 진가운을 바라보며 천수가 씨익 하고 웃음을 지어 보였다.

천수가 진가운의 제안을 받아들이는 순간이다.

휘익!

천수가 있는 나무 위로 올라간 진가운이 천수의 몸을 잡고 바닥으로 내려왔다. 어느새 땅굴에 몸을 숨기고 있던 예하령도 모습을 드러내 진가운과 천수의 옆으로 다가왔다.

"꿇어!"

진가운의 명령에 비틀거리며 몸을 일으킨 귀봉채 산적들이 진가운, 예하령, 천수를 향해 무릎을 꿇었다.

"이제부터 너희들의 우두머리는 내 옆에 있는 천수다. 잠시 그와 어디를 다녀올 것이니 천수가 돌아오면 그를 우두머리로 잘 섬기도록. 알았나?"

"예!"

귀봉채 산적들이 일제히 머리를 숙이며 대답했다.

'저 자식이!'

귀봉채 산적들을 돌아보던 진가운의 얼굴이 일그러졌다.

반후벽.

조금 전까지만 해도 이들의 우두머리였던 반후벽이 불만 가득한 얼굴로 자신의 옆에 있는 천수를 노려보고 있었다.

저벅저벅!

반후벽에게 다가가는 진가운.

"불만이냐?"

"그렇소."

진가운이 반후벽을 보며 빙긋 미소를 지었다.

반후벽!

사실 그의 실력은 단순한 산적으로 있기에는 아까운 실력이다. 사실 천수보다 반후벽이 더 믿음직스럽다.

진가운이 입가에 빙긋 미소를 지으며 고개를 끄덕였다.

"너는 우리와 함께 간다."

제14장

한 번의 비무와 초절정고수 두 사람의 죽음

한 번의 비무와 초절정고수 두 사람의 죽음

하늘을 바라보는 노인.

몸에 황금 가사를 두르고 있는 것이 그가 불제자임을 말해 주고 있다.

"저… 저것은……."

어떤 감정도 없어 보이는 무표정한 얼굴. 세상을 달관한 듯 그렇게 무심하게 하늘을 바라보던 노인의 눈동자가 슬쩍 흔들렸다.

그와 함께 노인의 몸이 비틀거렸다.

"사조(師祖)님!"

비틀거리는 노인의 모습을 보고 급히 소리를 지르며 달려오는 사내. 그의 몸 역시 황금 가사를 두른 것이 불제자임을 말해 준다.

"사조님! 괜찮으십니까?"

자신을 부축하는 젊은 승을 힐끔 쳐다본 노승이 빙긋 미소를 짓고는 다시 몸을 일으켜 하늘을 바라본다.

무수히 떠 있는 별들.

하늘을 바라보는 노승은 조금 전 그 노승이 분명했지만 얼굴에는 수심이 가득했다.

"아미타불(阿彌陀佛)!"

분명 모습으로 보아 대각(大覺)한 고승의 풍모가 엿보였건만 불호에서 느껴지는 것은 어쩐지 을씨년스럽다.

조금 전 노인을 부축하던 젊은 승려 역시 노인의 모습에서 이상을 느낀 듯 고개를 들어 하늘을 바라보았다.

여느 때와 다름없이 별이 총총한 하늘.

그렇게 하늘을 바라보는 사이 시간은 무심히 계속 흘러 두 사람을 스쳐 지나갔다. 젊은 승려와 함께 하늘을 바라보던 노승의 입가에 조금씩 미소가 번지기 시작했다.

조금 전 수심에 가득한 얼굴과는 전혀 반대의 환한 미소. 잠시 그렇게 미소를 지으며 하늘을 바라보던 노승이 자신의 옆에서 하늘을 바라보고 있는 젊은 승려에게 고개를 돌렸다.

"그래, 무엇을 보았느냐?"

"사조님, 죄송합니다. 소승의 눈에는 아무것도 보이지 않습니다."

부끄러운 듯 고개를 숙이는 젊은 승려를 보며 노승이 고개를 끄덕였다.

"무치야, 네게 할 말이 있구나. 안으로 들자."

"예, 사조님!"

노승이 발을 옮기자 젊은 승려가 그 뒤를 따랐다.

한데 지금 노승이 젊은 승려에게 무치라 하였는가?

무치(無致)!

소림의 신룡(新龍).

소림 탄생 이래 다섯 손가락 안에 든다는 천하의 기재.

처음 소림사에 들어와서는 십여 년이 넘도록 반야심경 하나 외우지 못해 소림의 골칫거리였던 인물. 소림의 모든 승려가 그런 무치를 보며 소림의 수치라 하였던 인물. 그의 사부조차 그 우둔함에 머리를 내저으며 사부의 연을 끊자고 했던 인물.

무치는 그렇게 소림의 수치라 불리며 스님들의 방에 불이나 때우는 불목하니의 일을 하며 십 년을 보냈다. 그런 무치가 어느 날 소림사 제일의 기재가 되었다.

한 권의 책.

이것이 소림의 수치라며 손가락질을 받던 무치의 모습을 완전히 바꾸어놓은 것이다.

혜능심득(慧能心得)!

불목하니 무치를 소림제일신룡으로 바꾸어놓은 책 이름이다.

소림의 육조인 혜능 대사가 썼다는 한 권의 책.

소림사 탄생 이래 최대의 선승이라 칭해지는 혜능. 불목하니로 지내다 어느 한순간 깨달음을 얻어 대선사가 되었다는 신비의 인물. 물론 소림사 하면 떠오르는 인물은 달마대사다. 하나 그 달마를 능가할 수 있는 또 하나의 인물이 바로 혜능이다.

'달마가 없었다면 소림사는 없었다. 그렇지만 혜능이 없었다면 지금의 소림사는 없다' 라고 말할 정도의 대선사(大禪師).

그가 말년에 남긴 책이 바로 혜능심득이다.

소림사의 승려치고 혜능심득을 접하지 않은 자는 없었다. 그러나 그것을 읽고 실망하지 않은 자도 없었다.

알 수 없는 횡설수설. 그것이 혜능심득을 읽은 소림 제자들의 공통적인 감상문이다.

무치에게 혜능심득을 건넨 사람은 그의 사조인 명운(明運) 선사였다.

명운 대선사!

현 소림 방장(方丈), 묘학(妙鶴) 방장의 사숙이 되는 소림 최고의 배분을 가진 인물.

아무도 명운 선사의 무공에 대해 아는 사람은 없다. 그것은 명운 대선사가 무공을 펼치는 것을 단 한 번도 본 제자가 없기 때문이다.

그럼에도 불구하고 소림의 제자 그 누구도 명운 대선사를 무시하거나 만만하게 생각하는 사람은 없다. 물론, 소림사에서 활동하는 최고 배분이라는 점도 있다. 하나 그것만이 전부는 아니다. 비록 무공을 펼치지는 않았지만 그의 몸에서는 사람을 주눅 들게 하는 알 수 없는 기가 있었다.

그런 명운 선사가 처음 무치에게 혜능심득을 건네줄 때만 해도 사람들은 명운 선사의 행동을 이해하지 못했다. 그때까지도 바보에게 건네준 의미없는 책, 이것이 어떤 결과를 낳을지는 아무도 알지 못했다.

그러나 이 년.

이 년 동안 하루도 빼놓지 않고 혜능심득을 읽은 무치는 더 이상 소림의 수치, 불목하니 무치가 아니었다.

그 무치가 방금 노승의 뒤를 따른 젊은 승려다.

사조!

무치는 분명 노승을 사조라 불렀다. 그렇다면 하늘을 보며 울고 웃은 그 노승은…….

　　　　　*　　　　　*　　　　　*

　명운 대선사와 소림제일신룡, 무치가 별을 보는 바로 그 시각.

　신강(新疆)!

　이곳에서는 거센 바람이 불고 있었다.

　모든 것을 휩쓸 듯 지나가는 사나운 강풍(强風).

　그러나 그 바람은 중원에서 부는 바람과는 다른 바람이다. 단순히 폭풍이라 할 수 없는 모래폭풍이다.

　노인!

　한 명의 노인이 모래폭풍의 한복판에 서서 먼 하늘을 바라보고 있었다.

　노인이 바라보는 곳은 동쪽. 흔히 중원이라 불리는 곳이다.

　어마어마한 강풍이지만 노인은 수염 한 자락도 날리지 않는다. 아니, 밖에 입고 있는 피풍의(避風衣) 옷자락 하나 흔들리지 않는다. 마치 침범할 수 없는 신령스러운 영역인 듯 신강의 모래폭풍도 노인의 몸으로는 접근하지 못하고 있다.

　"파라(爬羅)!"

　굳게 다물었던 노인의 입이 열렸다.

　"예, 주군!"

　어느새 나타났는지 모래폭풍 속에서 한 노인이 머리를 숙이고 있었다.

　"준비는 된 것이냐?"

　"그렇습니다, 주군. 명만 기다릴 뿐입니다."

그런 파라를 보며 노인이 아니라는 듯 고개를 가로저었다.

"흐흐흐. 너는 아직 모르는구나. 중원이라는 곳을."

"아닙니다, 주군. 이번에는 자신있습니다. 그리고 이미……."

말을 이으려던 파라가 입을 다물었다.

언제 몸을 돌렸는지 노인이 몸을 돌려 자신을 바라보고 있었다.

은은한 미소. 노인의 입에 비친 은은한 미소를 본 순간, 파라는 더 이상 입을 열지 못했다.

"파라, 보이는 것이 전부는 아니다. 나의 부친은 그것을 모르셨다. 아니, 그때는 나도 몰랐다. 하나 지금은 안다. 보이는 것이 중원의 전부가 아니라는 것을. 파라! 몽환장의 소식은 들었겠지?"

"죄… 죄송합니다, 주군!"

"아니다. 네가 죄송할 일이 아니다. 그리고 철시혼 역시 용서한다. 어차피 그곳은 그리 중요한 곳이 아니다. 처음부터 그깟 강시 몇 구로 무너질 중원이 아니었다. 잠시 혼란을 주고자 했을 뿐이다. 문제는 아직 그가 모습을 드러내지 않았다는 것이다."

파라가 놀란 얼굴로 고개를 들었다.

"주군! 그라 하시면?"

"그래, 그 사람이다. 아직 모습을 드러내지 않은 자. 우리 비류성의 철천지원수. 그 이름조차 치욕스러운 비류은하참을 익힌 그자. 그렇지만 그는 곧 모습을 드러낼 것이다. 그를 제거하기 위해 밀타(密陀)가 이미 떠났다. 밀타가 추적을 시작한 이상 그는 제거된다. 그를 제거하는 순간 출발한다. 파라, 그때를 준비하라."

"존명!"

스윽!

마치 모래폭풍에 휩쓸린 듯 파라의 모습이 사라졌다.

노인이 다시 몸을 돌려 중원의 하늘을 바라보았다.

*　　　*　　　*

산문(山門)!

멀리 소림사의 입구라 할 수 있는 산문이 보였다.

척!

산문 앞에 도착한 진가운이 잠시 산문 안쪽을 들여다보았다. 그런 진가운을 이상하다는 듯 바라보는 세 사람. 그들은 바로 예하령과 천수, 그리고 반후벽이다.

꿀꺽!

마른침을 한번 삼키고 진가운이 천천히 산문 안, 소림사 경내로 한 발을 내디뎠다.

"아미타불(阿彌陀佛)! 소승, 오래전부터 시주(施主)님들을 기다리고 있었습니다."

무치.

명운 대선사와 어젯밤 함께 밤하늘을 바라보던 무치가 진가운 일행을 맞으며 반장과 함께 허리를 숙였다.

"……?"

'이게 무슨 헛소리야?'

진가운은 놀란 얼굴로 자신에게 말을 건넨 무치의 얼굴을 뚫어져라 바라보았다. 그것은 예하령도 마찬가지였다. 진가운의 평소 행동으로 보아 이곳 소림사에 아는 사람은커녕 시주 한번 제대로 한 적 없는 것이 분명하다. 그런데 자신들을 기다리고 있었다니…….

이게 무슨 귀신 씨나락 까먹는 소리란 말인가?

예하령은 진가운과 앞에 나타난 젊은 스님, 무치를 번갈아 바라보았다.

'이 인간들이 나이가 몇 살인데 눈싸움질이야.'

예하령이 얼굴을 잔뜩 일그러뜨렸다.

진가운과 눈앞에 있는 젊은 승려가 서로의 눈을 뚫어져라 바라보고 있었다. 눈 하나 깜짝이지 않고 서로의 눈을 바라보는 두 사람. 그것은 예하령이 보기에는 눈싸움으로밖에 생각되지 않았다.

한동안 진가운을 뚫어져라 바라보던 무치의 입가에 약간의 미소가 흘렀다. 흐릿하던 미소가 점점 짙어졌다. 그와는 반대로 진가운의 얼굴에서는 조금씩 땀이 새어 나오고 있었다.

무치를 바라보는 진가운의 얼굴이 조금씩 일그러졌다.

진가운의 몸이 조금씩 떨리기 시작했다.

진가운의 눈이 조금씩 커졌다.

사실 엄청난 충격을 받았다.

예하령의 눈에는 눈싸움으로 보였지만 두 사람은 서로의 기를 가지고 한바탕 싸움을 벌이고 있었다.

먼저 싸움을 건 것은 소림제일신룡 무치였다. 진가운이 자신을 바라보자마자 무치가 먼저 공격을 시작했다. 그런 모습을 보고 진가운은 비웃음을 토했다. 보아하니 아직 새파랗게 젊은 까까중이 만용을 부려 자신에게 싸움을 건다고 생각했다.

물론 자신의 나이도 어리지만 자신이야 중원제일의 고수가 아닌가?

'어린 것이 버릇이 없구나. 내 소림사의 콧대를 한번 간단히 꺾어

주마.'

진가운은 가벼운 마음으로 무치의 공격에 응했다.

그러나 그것이 아니었다. 이제 갓 소림에 입문한 까까중으로 보이는 무치의 공력은 진가운이 가볍게 상대할 수준이 아니었다.

진가운은 얼굴을 일그러뜨리며 몸에 있는 내력을 더욱 끌어올렸다.

팔성.

벌써 팔성의 내력을 끌어올렸다.

그제야 무치의 얼굴에서 굵은 땀이 흘러내리기 시작했다.

얼굴을 들 수가 없었다. 자신의 선대(先代) 문주가 단 일 합에 박살 냈다는 소림사, 그것도 새파란 까까머리 중에게 자신이 이렇게 힘을 쏟고 있다는 것이 부끄러워 견딜 수가 없었다.

구성.

진가운이 더욱 이를 악물었다.

"크흑!"

신음과 함께 무치가 비틀거리며 뒤로 물러났다.

"우왜액!"

어깨가 들썩이며 무치의 입에서 커다란 핏덩이가 울컥하고 쏟아져 나와 바닥을 적셨다.

'뭐야, 이 인간들이 지금 뭔 짓을 하는 거야?'

두 사람의 대결을 알 리 없는 예하령이 진가운과 무치를 번갈아 바라보며 고개를 갸웃거린다.

그것은 천수도 마찬가지다.

눈싸움을 하다가 갑자기 젊은 중이 피를 토하고 있으니 무슨 일인지 알 수가 없었다. 오직 이들 가운데 무공이 가장 고강한 반후벽만이 놀란 듯 눈을 동그랗게 뜨고 진가운과 무치를 바라보았다.

어느새 자세를 잡은 무치가 계면쩍은 표정을 지으며 진가운에게 다시 허리를 숙였다.

"소승을 따르시지요."

"갑시다."

진가운의 대답과 함께 무치가 진가운과 그 일행을 안내하며 소림사 경내로 걸어 들어갔다.

"아니, 스님, 지금 어디로 가시는지요?"

소림사 경내라 해서 곧 도착할 수 있을 것으로 생각했다.

그런데 그게 아니었다.

비록 경공을 사용하지 않은 걸음이라고는 하나 여느 평범한 사람들과는 달리 빠른 걸음이었다. 그럼에도 불구하고 이미 경내에 들어선 지 두 시진이 넘었는데도 자신을 찾는다는 사람이 머물 법한 건물은 보이지도 않았다.

"시주님들을 뵙고자 하는 어른이 계신 곳입니다."

'이 인간아, 누가 그걸 몰라서 물어? 그게 어디냐고?'

답답한 마음에 앞서 걸어가는 무치를 노려보았지만 무치는 이에 아랑곳하지 않고 뒤도 돌아보지 않은 채 계속 걸었다.

진가운의 옆을 따라 걷는 예하령은 진가운보다 더 답답한 심정이었다. 자존심 때문에 말을 하지는 않지만 다리가 결려 이대로 조금만 더 걷다가는 땅바닥에 쓰러질 지경이다. 이미 몸에서 흘러나온 땀이 속옷을 적시고 있다. 그런데도 앞서 걸어가는 까까중은 걸음을 멈출 생각도 하지 않고 계속 걷는다.

예하령은 잠시 걸음을 멈추고 제일 앞에서 걸어가는 무치를 노려보았다.

'인정머리없는 까까머리.'

잠시 무치를 노려보던 예하령의 눈이 진가운을 바라본다.

'잠시 쉬자'는 말이라도 하면 좋으련만 진가운 역시 묵묵히 까까머리의 뒤를 따르고 있다.

"나쁜 인간들!"

혼잣말을 내뱉은 예하령이 발을 절룩이며 진가운의 뒤통수를 따라 움직였다.

'저긴가?'

멀리서 불빛이 흘러나오고 있다.

이미 날은 어두워졌다.

비록 대낮은 아니었지만 해가 있을 때 산문을 출발했는데 해가 진지 벌써 오래다.

멀리서 흘러나오는 불빛.

'만약 저 불빛이 아니라면……'

예하령이 생각하기도 싫다는 듯 고개를 흔들었다.

"수고하셨습니다. 이제 다 왔습니다. 조금만 더 힘을 내시지요."

오랜만에 무치의 입이 열렸다.

"스님, 그런데 이곳도 소림사 경내입니까?"

"그렇습니다. 비록 외진 곳이기는 하지만 이곳도 소림사 경내임은 분명합니다."

모처럼 만에 입을 열었던 무치가 다시 입을 다물고 불빛이 흘러나오는 곳을 향해 조금 속도를 더해 올라갔다.

"힘드냐?"

고개를 돌린 진가운이 예하령을 바라보았다.

'빨리도 묻는다.'

쌜쭉한 표정으로 진가운을 바라보는 예하령.

그 모습을 보던 진가운이 빙긋 미소를 지었다.

'하긴 계집애가 이렇게 걸었는데 힘이 안 들면 강시지.'

"그래, 힘들어!"

"힘내!"

진가운의 한마디에 예하령의 눈에서 한기(寒氣)가 날렸다. 적어도 힘들다고 말하면 잠시 쉬어가자고 말할 줄 알았다. 그런데 '힘내!' 라니 이게 무슨 말인가?

그 말 하려고 물었단 말인가?

자신을 날카롭게 노려보는 눈길이 있음에도 진가운은 무심하게 무치 스님의 뒤를 따랐다.

"푸훗."

획!

예하령이 입을 삐죽거리며 고개를 돌렸다.

천수와 반후벽. 가장 뒤에서 따라오던 두 사람이 예하령의 시선을 피하며 급히 고개를 돌려 먼 산을 바라본다.

"휴우!"

예하령이 한숨을 내쉬며 이마에 흐르는 땀을 손등으로 닦았다.

목옥(木屋).

작은 목옥에 도착해 잠시 숨을 고른 후 무치 스님이 문이 있는 곳으로 다가갔다.

"사조님!"

"수고했다. 들어오너라."

얼굴도 내밀지 않은 채 건넨 한마디에 진가운과 예하령을 안내하고 이곳까지 왔던 무치가 진가운과 예하령에게 반장을 하며 허리를 슬쩍 숙였다.

"안으로 드시지요."

무치가 문을 열며 손으로 방 안을 가리켰다.

"시주 분들, 뭐 하시는가? 안으로 드시게."

진가운은 조심스럽게 안을 들여다보았다.

명운 대선사.

방 안에서 진가운을 기다리고 있었던 사람은 명운 대선사였다.

"뭐 하시는가? 안으로 드시게."

진가운이 천천히 안으로 들어갔다.

"진가운이라 하옵니다."

"그렇지 않아도 기다리고 있었네. 앉으시게."

진가운은 명운 선사를 마주 보고 자리에 앉았다. 어느새 들어왔는지 예하령과 천수, 그리고 반후벽도 진가운의 옆에 조용히 앉았다.

쓰윽!

세 사람을 한번 훑어본 명운 대선사가 고개를 끄덕였다.

"허허허, 용의 곁으로 구름이 모인 것인가. 아니면 구름이 있는 곳에 용이 모습을 드러낸 것인가?"

'뭔 소리야?'

진가운이 힐끔 명운 대선사를 바라보았다.

"무치야!"

"예, 사조님!"

"여기 세 시주께 각각 자리를 마련해 드리거라."

"예, 사조님!"

방 안으로 들어온 무치의 안내에 따라 예하령을 비롯한 세 사람은 이내 밖으로 사라졌다.

"……."

"……."

지루할 정도의 침묵.

'아이고, 미치겠네.'

서서히 좀이 쑤셔서 몸을 가만히 놔둘 수가 없었다.

그래도 앞에 있는 사람이 노인이라 먼저 말을 하기를 바랐건만 이 노승은 한마디도 하지 않은 채 자신을 뚫어져라 바라볼 뿐이다.

'그만 좀 봐요. 늙은이 보라고 잘생긴 거 아니니까.'

진가운이 앞으로 몸을 내밀었다.

"스님! 제가 이곳에 온 것은……."

"알고 있네."

말을 자르는 노스님 명운 대선사.

"자네가 이곳에 온 이유를 말일세. 일 합의 비무를 위해 백오십 년 만에 이곳 소림에 온 것이 아닌가?"

"……!"

부르르.

진가운은 깜짝 놀라 명운 대선사를 바라보았다.

명운 대선사는 누구도 알아보지 못한 자신의 사문을 벌써 알고 있었다.

"놀랄 것 없네. 어제 하늘을 보았을 뿐일세."

"일 합의 비무는 원치 않습니다."

씨익!

진가운을 향해 명운 대선사가 미소를 지었다.

근엄한 얼굴과는 달리 해맑은 미소.

"자네는 그럴지 몰라도 나는 아닐세. 최소한 자네가 그만한 그릇이 되는지는 알아보아야겠네. 따르게."

척!

명운 대선사가 자리에서 일어났다.

'제길. 정말 싸우려고 온 것이 아닌데.'

잠시 망설이며 방 안에 앉아 있던 진가운이 명운 대선사를 따라 천천히 자리에서 일어났다.

쏴아아아!

떨어지는 물소리.

여애폭포(濾崖瀑布).

소림사가 있는 숭산에서 가장 큰 폭포다.

그 여애폭포를 배경으로 일소일로, 일속일승의 두 사람이 서로를 마주 보며 그렇게 서 있었다.

명운 대선사와 진가운, 그들이 일백오십 년 만의 비무를 위해 서로 대치하고 있는 것이다.

이들이 이곳을 비무의 장소로 택한 이유는 물소리 때문이다. 천지를 진동하며 떨어지는 물소리 때문에 그들의 비무 소리가 묻히고 말 것이라고 생각한 것이다.

"일백오십 년 만에 소림사의 가르침을 받겠습니다."

"아미타불! 문주의 그 말씀이 본승을 부끄럽게 합니다."

진가운을 대하는 명운 대선사의 말이 공대로 바뀌어 있었다.

"합!"

말을 마친 명운 대선사가 먼저 합장을 한 채 진가운을 바라보았다.

빙긋.

명운 대선사를 바라보던 진가운이 빙긋 미소를 지었다.

"과연 소림사의 명성은 허명(虛名)이 아닙니다. 오늘 따끔한 가르침을 받도록 하겠습니다."

진가운 역시 명운 대선사를 보며 한 발을 약간 앞으로 내밀며 전경 자세를 취하고 손을 앞으로 뻗었다.

쩌저정!

대지가 갈라지는 웅장한 소리와 함께 진가운의 손에서 장검 한 자루가 천천히 모습을 드러냈다.

파천광선검.

파천광선검은 검법의 이름인 동시에 검의 이름이었다. 그러나 파천광선검은 평범한 검이 아니다.

심검(心劍).

그야말로 마음이 뭉쳐 형상화한 내력의 덩어리였다.

파바박!

모습을 드러낸 파천광선검에서 점점 강렬한 빛이 뿜어져 나왔다. 진가운의 얼굴에서 조금씩 조금씩 진득한 땀이 배어 나왔다.

꿀꺽!

이미 세상을 달관한 듯 초연한 모습을 보이던 명운 대선사의 목젖이 꿈틀거렸다.

일백오십 년 만의 대결.

그것이 명운 대선사를 초조하게 만들었다.

'허허, 백여 년의 수련이 고작 이 모양이란 말인가?'

잠시 스스로를 질책하는 명운 대선사. 그러나 이내 마음을 가다듬고 정면에 있는 진가운을 바라보았다.

명운 대선사는 구파일방의 장문인을 상대로 한 역대의 비무에서 단한 번도 패하지 않은 비무불패의 전설을 간직한 전패문의 전설이 오늘로서 깨어질 것이라는 확신을 어느 정도 갖고 있었다.

그것은 지금 일승문주를 대하는 자신의 무공에 대한 믿음 때문이다.

금강부동신법(金剛不動身法), 금강대능력(金剛大能力), 이것이 비무불패의 전패문 전설을 깰 자랑스러운 소림사의 무공이다.

한참 동안 아무런 움직임을 보이지 않는 두 사람.

단 일 합의 싸움.

그것이 두 사람을 더욱 힘들게 만들었다.

스르르르……

합장을 취한 명운 대선사의 몸 주변으로 금색의 기운이 몽골몽골 피어오르기 시작했다.

금강대능력(金剛大能力)!

소림사의 거의 모든 무공은 소림사를 창건한 달마대선사에서 유래된다. 그러나 금강대능력은 달마대선사의 무공이 아니다. 출처를 알수 없는 무공. 그러기에 지금껏 금강대능력을 대성하려는 소림의 제자는 아무도 없었다. 그렇지만 명운 대선사는 그것을 익혔다.

금강대능력은 혜능의 무공이었다.

명운 대선사 역시 혜능심득에서 깨달음을 얻기 전까지는 그것이 소림 육조 혜능의 무공이라는 것을 몰랐다. 일생을 선으로 마감한 대선사. 그가 이런 무공을 창안한 것은 의외였다. 그렇지만 금강대능력은 혜능의 무공이었다.

단순히 깨달음 하나로 만들어진 무공. 그렇지만 명운 대선사는 이것이 소림최강의 무공이라 생각했다. 그 금강대능력이 명운 대선사의 몸에서 펼쳐지기 시작한 것이다.

뭉글뭉글.

명운 대선사의 몸 주변으로 황금색의 연기가 아지랑이처럼 피어올랐다.

흠칫!

진가운 역시 그런 금강대능력을 보고 만만치 않다고 생각했는지 몸을 한번 흠칫거렸다. 하나 그것은 순간일 뿐.

이내 입가에 다시 미소를 지으며 몸을 바로잡은 진가운이 몸속에 있는 내력을 더욱 끌어올렸다. 광채. 파천광선검뿐만 아니라 진가운의 몸에서도 빛이 쏟아져 나오기 시작했다.

점점 짙어져 가는 금연(金煙)과 광채를 서로 바라보며 두 사람의 호흡이 조금씩 가빠졌다. 이제 곧 한 번의 겨룸이 시작될 때가 다가오고 있다는 사실을 그들은 직감적으로 알고 있었다.

일순,

명운 대선사의 동공이 활짝 열렸다.

"타앗!"

번쩍!

기합과 함께 명운 대선사의 몸이 자리에서 사라졌다.

금강부동신법(金剛不動身法)!

움직이지 않으면서 가장 빨리 움직인다는 소림사의 비전신법이 펼쳐진 것이다.

진가운이 당황한 듯 눈을 부릅뜨고 고개를 돌렸다.

'이겼다!'

명운 대선사의 얼굴에 환한 미소가 번졌다.

진가운. 그는 자신의 위치를 파악하고 있지 못한 것이 분명했다.

이미 지척에 이른 거리.

만약 진가운이 자신의 위치를 파악했다면 지금쯤 파천광선검으로 자신을 공격해야 옳다. 그러나 진가운의 손은 전혀 움직일 기색 없이 그렇게 멈춰 있었다.

스륵!

명운 대선사의 합장한 손이 옆으로 벌어졌다.

그와 동시에 명운 대선사의 주변으로 펼쳐졌던 금색의 기운이 명운 대선사의 양손 사이로 모여들기 시작했다.

마치 소용돌이가 모든 것을 삼키듯 명운 대선사 주변의 금광이 양손 사이로 그렇게 빨려 들어왔다.

"소!"

명운 대선사가 기합과 동시에 벌어진 양손을 앞으로 쭉 뻗었다.

슈아앙!

금광이 일제히 폭풍처럼 진가운을 향해 날아갔다.

빙긋!

금광이 밀려오는 것을 본 진가운의 입가에 미소가 번졌다.

스릉!

그와 함께 사내의 오른손에 나타난 파천광선검이 머리 위로 높이 솟아올랐다.

"합!"

짧은 기합 소리와 함께 머리 위에 올라가 있던 파천광선검이 눈부신 섬광(閃光)을 뿌리며 땅으로 내려섰다.

쌔애액!

북풍한설(北風寒雪)!

다가오는 금광을 향해 마주친 섬광에서 살을 에는 듯한 한기가 느껴진다.

쿠구궁!

격렬한 충돌 소리와 함께 두 사람의 몸이 심하게 흔들렸다.

쩌저저정!

얼음이 갈라지는 듯한 기묘한 소리.

"헉!"

명운 대선사의 입이 일순간 벌어졌다.

승리를 믿어 의심치 않았던 금강대능력의 강기가 진가운의 파천광선검에 의해 서서히 반으로 갈라지고 있었다.

쐐애액!

금강대능력의 강기를 반으로 가른 진가운의 파천광선검이 거칠 것 없이 명운 대선사의 몸으로 날아들었다.

번개!

진가운의 검은 번개와 같았다. 그저 소리만 들릴 뿐 그 모습조차 보이지 않았다.

턱!

부르르.

파천광선검이 명운 대선사의 목 앞에서 아슬아슬하게 멈춰 섰다.

씨익!

진가운의 미소와 함께 섬광을 뿌리던 파천광선검이 진가운의 손에서 사라졌다.

"일 합의 가르침, 잘 받았습니다. 스님의 은혜에 감사드립니다."

진가운이 아직도 놀란 눈을 하고 있는 명운 대선사 앞에서 허리를 숙이며 합장했다.

"아미타불! 시주의 보살핌에 감사드립니다."

간신히 정신을 수습했는지 명운 대선사가 진가운을 향해 합장을 하며 허리를 숙였다.

주르륵!

뚝!

합장하며 허리를 숙인 명운 대선사의 얼굴에서 굵은 땀방울이 바닥으로 떨어졌다.

명운 대선사가 두 눈을 질끈 감았다.

그동안의 정진을 통해 나름대로 생사를 초월했다고 생각했다. 그러나 지금 떨어지는 땀방울이 그 생각이 얼마나 자만에 빠진 생각이었는지를 알려주었다.

'아미타불! 이 무슨 자만이란 말인가?'

스스로 부끄러워 얼굴을 들 수가 없었다.

"성불(成佛)하소서. 소인 먼저 들어가 선사를 기다리겠습니다."

진가운이 몸을 돌렸다.

저벅저벅!

진가운의 모습이 서서히 목옥이 있는 소림사로 사라졌다.

댕~ 댕~ 댕~

새벽 예불을 알리는 범종 소리가 명운 대선사의 귀를 때렸다.

"허허허. 내 이번에 일승대제의 후손을 상대로 승리를 거둬 그와 함께 중원을 지키려 했거늘 역시 소림은 그를 돕는 것으로 만족해야 한단 말인가? 이것이 진정 대자대비(大慈大悲)하신 부처님의 뜻이란 말인가? 아미타불."

진가운의 뒷모습을 바라보던 명운 대선사가 쓴웃음을 지으며 몸을 돌렸다.

목옥의 작은 방.

조금 전 여애폭포에서 비무를 마친 진가운과 명운 대선사가 서로를 바라보고 있었다.

"그래, 금산장에 뇌황문의 무리가 웅크리고 있는 것이 분명한가?"

"그렇습니다. 그러니 세 사람만 저에게 빌려주십시오. 먼저 금산장을 쳐서 그들에게 경고를 할 것입니다."

명운 대선사가 고개를 끄덕였다.

"좋네. 단, 자네도 나를 도와주어야겠네."

"무슨?"

침묵이 이어졌다. 그러나 명운 대선사의 입술이 계속 달싹거리고 진가운이 고개를 끄덕이다가 이따금 눈을 부릅뜨는 것이 전음을 나누는 것이지 단순한 침묵은 아니다.

"왜……?"

"자네가 모습을 드러내면 비류성 그자들도 당분간은 함부로 모습을 드러내지 못할 걸세. 그 틈에 우선 금산장에 있는 뇌황문의 무리를 쳐야 하네. 그래야 적은 희생으로 금산장을 되찾을 수 있을 것일세. 이 늙은이의 말을 아시겠는가?"

진가운이 조용히 고개를 끄덕이고는 자리에서 일어났다.

"며칠 후 소림에 변고가 있을 것일세. 그때 들르시게. 아시겠는가?"

"예, 선사님."

진가운은 천천히 목옥 밖으로 걸어나왔다. 벌써 은은한 햇살이 목옥 앞마당을 비추고 있다. 밖에서는 이미 일행이 먼저 나와 진가운을 기다리고 있었다.

진가운은 목옥에 있는 명운 대선사에게 허리를 한번 숙이고 예하령 등과 함께 산을 내려갔다.

*　　　*　　　*

개봉 시내 한복판, 대로(大路)에 사람들이 몰려 있다.

좋은 구경거리가 있는지 호기심 가득한 눈으로 한곳을 바라보는 사람들.

사람들이 바라보고 있는 것은 거지다.

보는 것만으로도 거지임을 한눈에 알 수 있는 땟국 가득한 얼굴. 기름이 뒤엉켜 몇 개로 덩어리진 머리. 옷인지 찢어진 천인지 구별이 안 되는 넝마를 걸친, 그야말로 상거지 한 명이 눈을 부라리며 자신을 둘러싼 사내들을 노려보고 있었다. 사람들은 그 거지를 보고 있었다.

때로 얼룩져서 나이조차 파악할 수 없는 그런 몰골.

그런 거지를 바라보며 포위하고 있는 자들의 입가에 비웃음이 가득하다. 깨끗한 백의경장에 허리에는 보기에도 화려한 검을 매고 있는 것이 제법 힘깨나 쓰는 곳의 무사들인 듯 보인다.

하나 정작 사내들이 바라보는 것은 거지가 아니다.

거지의 등 뒤.

그곳에 한 명의 여인이 몸을 웅크린 채 떨고 있었다.

"흐흐흐, 기껏 도망친 곳이 이런 거지새끼의 뒤꽁무니였더냐?"

"이런 후레자식을 보았나? 이놈아! 거지가 어때서?"

거지의 고함에 방금 여인에게 말을 건넨 청년의 얼굴이 일그러지더니 옆에 있는 사내들을 바라보았다.

척!

청년의 시선을 받은 사내들이 거지를 향해 한 발 앞으로 나아갔다.

그 가운데 한 사내가 거지에게 천천히 걸어갔다.

사내가 품으로 손을 가져가는가 싶더니 급히 손을 빼 들었다.

일순 긴장하는 거지.

땡그랑!

그러나 사내는 그런 거지의 쪽박에 은자 한 냥을 떨구었다.

"네놈은 평생 구경도 못해봤을 은자다. 썩 꺼지거라."

"싫어!"

"뭐?"

사내의 얼굴이 있는 대로 구겨졌다. 박살을 내려다가 인생 불쌍하다는 생각이 들어 은자까지 건넸건만 싫다니…….

"뿌드득! 이놈이…….""

이까지 갈아붙이는 사내. 얼굴이 점점 뻘개지는 것이 곧 폭발이라도 할 듯한 모습이다.

아니나 다를까, 사내의 손이 자신의 허리로 움직였다.

회익!

어느새 뽑아 들었는지 허리에서 검을 뽑아 든 사내가 거지의 팔을 노리고 검을 휘둘렀다.

전광석화(電光石火)!

사내의 검은 그렇게 빨랐다.

흥미롭게 구경하던 사람들의 얼굴이 일제히 일그러졌다.

솔직히 사람들은 거지에 대한 걱정보다 거지의 등 뒤에 숨어 있는 여인이 걱정이었다.

지금 여인이 믿을 것은 오직 거지뿐이다. '왜 하필 거지냐?' 라는 생각이 들었지만 좌우간 지금은 거지뿐이다. 그런데 그 거지가 한칼에 팔이 잘리게 생겼으니…….

"크아아악!"

천지를 진동하는 비명 소리가 들렸다.

"……!"

사람들의 눈이 커졌다.

머리통을 움켜쥔 채 바닥을 뒹구는 것은 거지가 아니라 검을 뽑고 달려들었던 사내였다.

'그럼 거지는?'

의문을 풀기 위해 사람들이 일제히 고개를 돌렸다.

"개뼈다귀다!"

누군가 거지를 보며 소리를 질렀다.

어느새 빼 들었는지 거지가 제법 큼지막한 개뼈다귀 하나를 들고 바닥을 뒹구는 사내를 물끄러미 바라보고 있었다.

"이놈아! 이 정도로는 단단한 네놈 대가리에 구멍이 뚫리지 않아. 엄살 떨지 말고 일어나."

거지의 한마디에 바닥을 뒹굴던 사내가 벌떡 몸을 일으켰다. 머리 한복판이 불룩 솟아 있다.

"이놈아! 머리 커지니까 좋으냐?"

"우하하하!"

"호호호호!"

주변에서 싸움을 구경하던 사람들의 입에서 웃음이 터졌다.

"아가리 닫아!"

머리에 혹이 생긴 사내가 눈이 시뻘게진 채 주변을 둘러보며 소리 질렀다. 살기등등한 사내의 기세에 주변에서 싸움을 지켜보던 사람들의 입이 일시에 얼어붙었다.

빡!

"크윽!"

주위 사람들을 겁박(劫迫)하던 사내의 입에서 다시 비명이 터졌다.

"이 자식아! 네가 뭔데 사람들한테 웃으라 마라야."

사내의 머리에 다시 개뼈다귀를 박은 거지의 고함 소리가 대로를 타고 거의 개봉 전역에 쩌렁쩌렁 울렸다.

후닥닥!

거지의 개뼈다귀에 두 번이나 머리통을 얻어맞은 사내가 급히 그들의 동료가 있는 곳으로 도망치듯 물러갔다.

"귀찮아! 한꺼번에 덤벼."

거지가 개뼈다귀를 들고 사내들을 향해 가까이 오라는 손짓을 보냈다. 그렇지만 사내들 역시 눈앞의 거지가 평범한 거지는 아니라는 사실을 깨달은 듯 쉽게 접근하지는 못했다.

"뉘십니까?"

"보면 몰라?"

"……."

무슨 말인지 몰라 멀거니 거지를 바라보는 청년을 향해 거지가 답답한 듯 소리를 질렀다.

"거지다!"

이들의 우두머리로 보이는 청년의 얼굴이 잔뜩 일그러졌다.

"흐흐흐, 그래도 개방(丐幇)의 제자인 듯 보여 체면을 생각해 주려고 했건만 네놈이 명을 재촉하는구나. 여봐라, 쳐라!"

"예!"

사내들이 한꺼번에 거지에게 달려들었다. 그들도 혼자 실력으로는 눈앞의 거지를 상대할 수 없다는 사실을 이미 알고 있었던 것이다.

획! 획! 획!

사내들이 일제히 검을 휘두르자 눈앞이 어지러울 지경이다. 그러나 거지는 전혀 개의치 않는 듯 게슴츠레한 눈으로 자신에게 검을 휘두르며 달려드는 사내들의 모습을 놓치지 않고 물끄러미 바라본다.

"헛!"

거지의 입에서 처음으로 기합이 터지며 사내들을 향해 마주 달려갔다.

스스로 사내들의 포위에 빠져든 어리석은 거지.

쉬엉!

슈욱!

여러 개의 검이 일제히 거지의 몸을 노리고 날아들었다.

실로 절체절명(絶體絶命)의 위기다. 순간, 거지의 몸이 흐느적거렸다. 그와 동시에 거지가 들고 있는 개뼈다귀가 허공에서 춤을 추기 시작했다.

타다닥! 탁! 탁!

사내들의 머리에서 일제히 불똥이 튀었다.

투두둑!

그와 동시에 사내들의 몸이 바닥에 쓰러졌다.

단 한 번의 겨룸에서 무서운 기세로 날뛰던 사내들이 바닥에 머리를 박은 것이다.

조금 전 이들에게 명령을 내렸던 청년의 얼굴이 파랗게 질렸다.

"뉘… 뉘… 뉘십니까?"

"이… 이런 망할 놈이 귀까지 처먹었나. 조금 전에 말했잖아. 거지라고."

청년이 말문이 막힌 듯 입을 닫았다.

"꺼져! 개뼈다귀에 맞고 싶지 않으면. 그리고 다시는 여기 있는 아이 괴롭힐 생각하지 마. 그랬다가는 네 아비, 소선풍(蘇旋風)도 이 아귀비개 어르신의 개뼈다귀에 맞아 죽을 줄 알아."

"……!"

파랗게 질렸던 청년의 얼굴이 하얗게 변했다.

아귀비개(餓鬼鼻丐)!

개방의 장로.

현 방주 구타신개(狗打神丐)의 사제이자 개방에서 세 손가락 안에 드는 무공을 자랑하는 초고수지만 방주도 머리를 설레설레 흔드는 개방의 문제아.

그가 사용하는 무기는 먹다 남은 개뼈다귀다. 그래서 사람들은 아귀비개를 구골신개(狗骨神丐)라고도 부른다. 불의를 보면 참지 못하는 열혈남아. 그렇지만 먹을 것만 보면 환장하고 달려들어 개방 제자의 원성이 자자한 인물. 그가 바로 지금 청년의 앞에 있는 거지대장이다.

'젠장. 개뼈다귀 들고 설칠 때부터 알아봤어야 했는데…….'

청년으로서는 후회막급이다. 하나 지금이라도 알았으니 다리몽둥이를 온전하게 보존하려면 이 자리를 뜨는 것이 상책이다.

청년이 재빨리 아귀비개에게 허리를 숙였다.

"무림말학 소유천, 이만 물러갑니다."

"아직도 안 꺼졌어?"

아귀비개의 퉁명스러운 한마디와 함께 소유천이 급히 꽁지에 불붙은 듯 황급히 몸을 감췄다. 그런 소유천의 뒤를 수하들이 따랐다.

"고맙습니다."

뒤에서 몸을 웅크리고 있던 소녀가 아귀비개에게 다가와 허리를 숙였다.

"고맙기는……. 오랜만에 몸 좀 풀어 좋구먼. 앞으로는 그 잡놈이 너를 괴롭히지는 않을 게야. 이제 집에 돌아가."

"저 이거…….."

소녀가 아귀비개에게 은자 한 냥을 꺼내 내밀었다.

"이게 뭐냐?"

"감사의 표시…….."

"떽!"

아귀비개의 고함에 소녀가 놀란 듯 몸을 흠칫거렸다.

"죄송해요. 가진 것이 이것뿐이라……."

"어허, 그래도."

그제야 소녀가 아귀비개의 뜻을 알아차린 듯 고개를 끄덕였다.

"죄송합니다. 제가 어르신의 뜻을 미처 깨닫지 못했습니다."

소녀가 아귀비개를 향해 다시 한 번 고개를 숙인 후 몸을 돌렸다.

턱!

어깨를 붙잡는 손길에 소녀가 다시 몸을 돌렸다.

"그냥 가면 어떡해!"

"……."

영문을 모르겠다는 표정의 소녀. 하긴 조금 전까지만 해도 은자를 준다고 호통을 치더니 이제는 그냥 가면 어떡하느냐고 묻다니…….

아귀비개가 소녀를 향해 빙긋 미소를 짓더니 입을 열었다.

"아가씨! 한 푼만 줍쇼~! 예~!"

"프홋!"

소녀가 알겠다는 듯 피식하고 웃음을 터뜨린다.

땡그랑!

아귀비개가 내민 쪽박에 은자 한 냥이 경쾌한 소리를 내며 떨어졌다. 은자를 바라보는 아귀비개의 입이 길게 찢어졌다.

"아이고, 아가씨. 이승에서의 한 냥이 저승 곳간에서는 백 냥으로 쌓였을 것입니다요. 고맙습니다."

한바탕 너스레를 떤 아귀비개가 소녀를 향해 넙죽 큰절을 올렸다.

황급히 아귀비개를 향해 맞절을 올리는 소녀.

획!

순간적으로 아귀비개의 손이 소녀를 향해 움직였다. 그렇지만 그것을 본 사람은 아무도 없었다. 그 정도로 아귀비개의 손은 빨랐다.

'조금 전 그 몹쓸 놈들이 준 은자 한 냥을 보대 두 냥으로 돌아가는군.'

사람들 가운데 승복을 입고 삿갓을 눌러쓴 한 사람이 천천히 고개를 끄덕였다.

관제묘(關帝廟)!

운장 관우를 모시는 사당.

개봉의 관제묘 역시 관우를 모시는 사당임에 틀림없다.

하나 사람들은 개봉에 있는 관제묘를 그렇게 단순한 사당으로 생각하지 않는다. 그리고 실제로 개봉의 관제묘는 그렇게 단순한 사당이 아니다.

개방의 본거지.

중원에 널린 수없이 많은 문도들을 관리하는 천하제일방 개방의 본부가 바로 이곳 관제묘다.

언제나 개방의 제자들로 북적거리는 관제묘.

그런 관제묘에서 유독 조용한 곳이 있다.

방주실.

그곳에 세 사람이 조용히 앉아 있었다.

그중 노인 하나가 심각한 얼굴로 손에 서찰 한 통을 든 채 고개를 끄덕였다. 그런 노인을 바라보며 앉아 있는 사람은 소림사의 무치와 낮에 소녀를 구해주었던 개방 장로 아귀비개 추평이다.

"그래. 이것이 사실인가?"

"그렇습니다, 방주님. 사조님께서 직접 적어준 것이오니 틀림없는 사실일 것입니다."

"소림사에서는 누군가?"

"소승입니다."

무치의 말에 개방 방주 구타신개 지천이 놀란 표정을 짓더니 옆에 앉아 있는 사제 추평을 바라보았다.

'뭐야? 그나저나 사형이 왜 저렇게 똥 씹은 표정으로 나를 보는 게 야?'

추평이 슬쩍 목을 빼 구타신개가 들고 있는 서찰로 눈을 가져갔다.

"보면 아는가? 사제, 내 설명할 것이니 잘 듣게."

구타신개의 입술이 달싹거리는 것과 함께 추평의 얼굴이 점점 굳었다. 항상 익살스러운 표정을 지으며 입가에 미소가 떠나지 않던 평소 모습과는 전혀 다른 얼굴이다.

"……."

구타신개의 입술이 달싹이지 않는 것으로 보아 이미 오래전 구타신개의 설명이 끝난 듯함에도 불구하고 추평은 입을 굳게 닫은 채 말이 없었다.

짝! 짝!

마치 선방(禪房)에서 나는 죽비(竹篦)를 치는 것과 같은 소리가 들렸다.

후루룩!

지금까지 손에 들고 있는 쪽박을 바라보며 움직이지 않던 개방 제자들의 손이 보이지도 않을 정도로 빠르게 움직였다.

아무리 배가 고팠어도 어떻게 이렇게 부지런히 손을 움직일 수 있는

지…….

이제 갓 입문한 듯 보이는 나이 어린 거지 한 명이 그런 선배들의 손놀림에 놀란 듯 입을 벌리고 있었다. 급히 입에 음식을 처넣던 제자 한 명이 그런 후배를 향해 입을 열었다.

"이봐! 견채(堅採), 뭐 해? 어서 먹지 않고."

"예?"

약간은 어리벙벙한 표정으로 선배를 바라보는 신입 거지, 견채.

"저 초전(招電) 선배님, 왜 저렇게 빨리들 드십니까?"

빙긋 미소를 지으며 견채를 바라보는 초전.

"이유가 있어."

"이유요?"

"그래. 그러니 묻지 말고 자네도 어서 먹게."

후루루룩!

한마디를 던진 초전이 더욱 빠르게 손을 움직였다.

'누가 거지 아니랄까 봐!'

초전의 말에도 불구하고 견채는 천천히 손을 움직였다. 적어도 식사만큼은 품위를 유지하고 맛을 음미하며 먹어야 한다는 것이 신입 거지 견채의 신념이었다.

"동작 그만!"

천천히 개방 방도로서의 첫 음식을 목에 넘기려던 견채의 귀에 천둥소리보다 더 큰 소리가 들렸다.

움찔하며 동작을 멈춘 견채가 천천히 고개를 돌려 소리가 들린 곳을 바라보았다. 견채뿐만이 아니라 죽어라 손을 움직이던 다른 제자들 역시 일제히 동작을 멈췄다.

한 사람의 등장.

눈에서 예리한 광채를 뿜어내며 식사하는 개방 제자를 노려보는 한 사내. 아귀비개, 아니, 구골신개 추평(鄒萍)이다.

"추 장로님을 뵙습니다."

일제히 쪽박을 옆에 내려놓고 추평에게 머리를 숙이는 개방의 제자들. 그런 제자들을 쓰윽 하고 둘러본 추평이 자신의 쪽박을 들고 제자들에게 다가왔다.

긴장된 모습의 제자들.

전장에 출전하기 전 수하들을 사열하는 장군의 표정으로 추평이 제자들의 앞을 훑듯 지나간다. 추평의 눈이 위치하는 곳은 제자들의 얼굴이 아니다. 오직 제자들 옆에 놓인 쪽박뿐이다.

턱!

추평의 젓가락이 식은땀을 흘리고 있는 제자의 쪽박 안으로 들어갔다.

휘익!

추평의 젓가락이 쪽박 밖으로 나오는 순간, 쪽박 안에서 물건 하나가 공중으로 솟구쳤다.

척!

잠시 공중을 유영하듯 날던 물건 하나가 추평의 쪽박으로 쏙 들어갔다. 흐뭇한 미소를 짓는 추평의 눈에 자신의 쪽박에 들어간 제법 큼지막한 고깃덩이 하나가 보인다. 그렇게 제자들을 돌며 추평의 젓가락이 이따금 움직였다. 그때마다 제자의 쪽박에 감추어졌던 먹음직스러운 덩어리들이 추평의 쪽박으로 자리를 옮겼다.

이내 수북이 쌓인 고깃덩이들.

추평의 입가에 만족의 미소가 번진다.

저벅저벅!

추평의 발걸음이 점점 다가올수록 견채의 얼굴에서 땀이 흐른다.

이유?

그것은 견채의 쪽박에 먹음직스러운 고깃덩이가 한 덩어리 들어 있기 때문이다. 밥을 나눠주던 선배 거지가 후배 왔다며 특별히 맛보라고 건넨 고깃덩어리. 그 특별 음식이 이제 곧 날아갈 판이다.

턱!

드디어 추평의 발이 견채의 쪽박 앞에서 멈췄다.

천천히 움직이는 젓가락.

'젠장, 들켰다.'

벗어날 수 없는 상황.

쪽박에 젓가락을 집어넣은 채 흐뭇한 미소를 짓는 추평의 얼굴에서 견채는 절망감을 맛봐야 했다.

"신입이냐?"

"그… 그… 그렇습니다."

떨리는 목소리. 하긴 견채와 같은 신입이 감히 우러러볼 수도 없는 장로와 대화를 나누고 있으니 떨지 않으면 그게 비정상이다.

"그래, 많이 먹고 힘내거라."

쓰윽!

추평이 미소를 한번 짓고는 그대로 견채의 쪽박에서 젓가락을 뗐다.

"가… 가… 감사합니다."

그대로 머리를 땅바닥에 박은 견채의 어깨를 슬쩍 두드리고 구골신개 추평이 물러났다.

"해제!"

추평의 한마디가 터졌다. 그와 동시에 동작을 멈추고 있던 개방 제자들이 다시 움직이기 시작했다. 그렇지만 조금 전 그렇게 분주하게 움직였던 것과는 전혀 딴판으로 느리기 그지없다.

후닥닥닥!

유일하게 정신없이 빠른 움직임을 보이는 것은 오직 추평의 손 하나뿐이다. 조금 전 선배들의 손놀림과는 비교도 되지 않을 정도의 엄청난 속도다.

과연 저런 속도를 내면서도 입 안에 음식을 정확히 집어넣을 수 있다는 사실이 신기할 뿐이다.

"커억!"

보이지도 않게 빠르게 움직이던 추평이 갑자기 동작을 멈추더니 자신의 목을 부여잡았다. 이내 파리해지는 얼굴. 목에 무엇이 걸린 것이 분명했다.

"캑! 캑!"

목에 걸린 것을 뱉어내려는 듯 계속 캑캑거렸지만 음식은 빠져나오지 않는 모양이다. 더욱더 파랗게 변해간다.

"장로님!"

견채가 즉시 자리에서 일어나 추평에게 다가갔다.

탁탁탁!

열심히 추평의 등을 두드렸지만 목에 걸린 음식은 나오지 않았다.

"선배님들!"

견채의 부름에 초전이 급히 자리에서 일어나 추평에게 달려가 등을 두드렸다.

탁탁탁!

돌덩이가 걸렸다 하더라도 이 정도 두드리면 나와야 하건만 아무리 두드려도 추평의 목에 걸린 것은 밖으로 나오지 않았다.

"캑캑캑!"

그 와중에도 추평의 고통에 겨운 소리는 계속되었다.

"자··· 장로님!"

견채의 울부짖음과 함께 추평의 얼굴이 바닥에 떨어졌다. 초전이 얼굴이 벌게진 채 고개를 돌렸다.

"뭐 하고 있어? 어서 어르신들께 알리지 않고. 어서!"

초전의 고함에 한쪽 구석에 있던 제자 한 명이 자리에서 벌떡 일어나 어디론가 급히 달려갔다.

잠시 후, 방주 구타신개가 의개(醫丐)와 함께 나타났다.

의개가 즉시 추평의 맥을 짚더니 안색을 살피기 시작했다. 그렇게 한참을 살피던 의개가 구타신개를 보며 고개를 가로저었다.

"기도가 막혀 이미 돌아가셨습니다."

개방 의개의 한마디에 방주 구타신개의 얼굴이 굳었다.

이 무슨 허망한 죽음인가?

천하제일방 최고 고수인 자신의 사제 추평이 그깟 고깃덩어리 때문에 숨을 거두다니······.

"이 사람 추평, 그러기에 식탐(食貪)하지 말라고 그리 일렀건만."

구타신개가 사제 아귀비개, 구골신개 추평의 시신 옆으로 조용히 다가갔다.

눈을 부릅뜬 채 숨을 거둔 추평.

구타신개는 조심스럽게 손을 추평의 얼굴로 가져가 부릅뜬 두 눈을 감겨주었다.

"네놈들은 뭐 하고 있었던 게냐?"

구타신개가 제자들을 향해 고함을 질렀지만 이제는 어쩔 수 없는 일이다. 이제 와서 제자들을 다그친들 무슨 소용인가? 죽은 추평이 다시 살아난다면 몰라도 이미 그럴 수는 없는 노릇이 아닌가?

구타신개가 힘없이 자리에서 일어났다.

"바… 방주님! 지금 풍장(風葬)이라 하셨습니까?"

"그렇다네. 왜? 뭐가 잘못되었는가? 개방의 전통 장례가 풍장이라는 것은 자네도 잘 알고 있지 않은가?"

구타신개의 힐난에 가까운 소리에 개방 장로 정충의 입이 좌우로 삐뚤어졌다.

물론, 정충 역시 개방의 장례가 풍장이라는 것은 알고 있다. 그것은 평생 빌어먹었으니 마지막에 비록 짐승에게 일지라도 베풀고 가라는 의미의 개방 장례 방식이다. 하나 이번 장례는 일반 문도가 아닌 장로의 장례식이다.

풍장이 무엇인가?

그야말로 들에 버려 자연으로 소멸시키는 것이 아닌가?

말이 좋아 자연으로 보내는 것이지 실상은 짐승의 먹이가 되는 것이다. 대개방 장로의 시신이 짐승의 먹이가 되다니…….

그런 연유로 삼결개 이상의 제자들의 경우 풍장을 지내지는 않는다. 삼결개면 분타주다. 그에 딸린 수하 또한 적지 않은 신분. 대개 제자를 두고 있는 처지다.

자신의 사부를 짐승의 먹이로 줄 수는 없는 법. 그래서 개방 본부에는 풍장을 지낸다고 보고한 후 산에 암매장(暗埋葬)하는 것이 보통이다. 본부에서도 이를 알고도 묵인하는 것이 대부분이다.

"방주님, 그렇지만 추평 사형은 대(大)개방의 장로입니다. 개방의 체면이 있지……."

"거지가 체면은 무슨 얼어죽을 체면인가? 그리고 추평이 장로이기 때문에 더욱 풍장을 지내려 하는 게야. 장로니 장로답게 방의 규율대로 처리해야 할 것이 아닌가?"

"그러면 방주님께서도 돌아가시면 풍장을……."

말을 이으려던 정충이 즉시 입을 다물었다. 자신을 노려보는 방주 구타신개의 눈빛이 평범하지 않았다.

"정충! 내가 장로야? 나는 방주야, 방주. 어떻게 방주가 장로하고 같아? 어디서 맞먹으려고 그래. 엉?"

방주가 이렇게까지 나오니 정충으로서도 더 이상 할 말이 없었다.

"알겠습니다. 그렇다면 그리 알고 준비시키도록 하겠습니다."

조금 전 소리 지른 것이 무안했던지 구타신개가 헛기침을 하고 천천히 입을 열었다.

"그래, 어차피 거지의 장사가 아닌가? 사흘도 많으니 오늘 당장 장례를 치를 것일세. 그리 알고 준비하게."

"예!"

정충이 자리에서 일어나 자신의 거처로 돌아갔다.

다음날 새벽, 개방의 장로로서 강호 초절정고수 가운데 한 사람인 구골신개 추평은 관제묘 뒷산 깊숙한 곳에 싸늘한 시신이 되어 뒹굴었다.

　　　　＊　　　　　　＊　　　　　　＊

　어둠의 거리.

　어두운 거리에서 유난히 많은 등이 반짝거리는 곳이 있다.

　평범해 보이지 않는 등, 붉은빛을 띠고 있는 홍등(紅燈)이다.

　이곳은 등봉현의 홍등가.

　춤과 음악을 파는 그런 주루와는 달리 이곳에 있는 기생들은 몸을 판다. 그야말로 일반 백성들에게도 철저히 무시되는 군상이 모인 곳. 이곳이 바로 홍등가다.

　홍등가를 거니는 남자는 두 종류다. 자신이 관리하는 홍기(紅妓)를 은자를 받고 팔려는 파락호와 이들에게 돈을 주고 여인을 사려는 남성.

　한 사내가 이곳을 지나가고 있다.

　다른 남정네들이 어이없다는 듯 그 사내를 힐끔거리며 바라본다.

　"말세로군. 말세야. 가사를 입고 홍등가라니……."

　"땡중이니 그렇지. 저런 땡중 새끼들은 불알을 까서 환관을 만들어 버려야 한다니까."

　"호호, 그럼 환관 되기 전에 내가 먼저 맛을 봐야겠는걸."

　"에라, 이년아!"

　"허허허허."

　"호호호호."

　질펀한 음담과 함께 사내와 계집의 웃음이 홍등가에 퍼졌다.

　그런 음담패설의 주제가 자신이라는 사실도 모르는 듯 가사를 입은 사내는 천천히 홍등가 안쪽으로 걸어 들어갔다.

　"스님!"

척!

한 번도 멈추시 않았던 젊은 승려가 처음으로 걸음을 멈추고 고개를 돌렸다.

젊은 승려를 불러 세운 여인.

짙게 바른 지분에도 불구하고 이십이 채 안 되어 보이는 앳된 얼굴의 여인이다.

"아미타불! 소승을 찾으셨습니까?"

여인을 향해 반장하며 허리를 숙였던 스님이 몸을 세우며 입을 열었다.

무치(無致)!

그랬다. 홍등가를 거닐던 승려는 소림의 신룡으로 알려진 무치였다. 무치를 바라보는 여인의 입가에 슬쩍 미소가 번졌다. 그와 함께 한 점 흐트러짐없던 무치의 몸이 가볍게 떨렸다.

몸을 떠는 것은 무치뿐만이 아니었다.

무치를 향해 미소를 짓던 여인도 슬쩍 몸을 떨었다. 그와 함께 여인의 아미(蛾眉)가 슬쩍 움직였다.

"저에게 가르침을 주실 수 있으신지요?"

무치가 망설임없이 고개를 끄덕였다.

"물론입니다."

막힘없는 대답에 여인의 입가에 환한 미소가 번졌다. 그러나 그것도 잠시, 여인이 망설이듯 자신이 나온 집을 바라본다. 그렇게 자신이 나온 집을 잠시 바라보던 여인의 입술이 부르르 떨렸다.

"그… 그런데 안으로 드실 수 있으신지요?"

스르륵!

무치의 입가에 미소가 번졌다. 어린아이와 같은 해맑은 미소다.

"부처님의 말씀이 있는 곳이 바로 법당(法堂)이거늘 어찌 소승이 들어가기를 꺼리겠습니까? 안으로 드시지요."

무치가 주저하지 않고 먼저 안으로 들어갔다. 잠시 망설이는 듯하던 어린 기생 역시 무치를 따라 집 안으로 들어갔다.

우루루루!

무치와 동기(童妓)가 안으로 들어가자 기다렸다는 듯 길거리에 있던 남녀들이 모여들었다.

"어머머! 애향(愛香)이가 웬일이래? 남정네를 방으로 들이고."

"거기다 중이야, 중."

"그러게. 취향 참 특이하다."

대화를 듣지 못한 사람들이 안에 들어간 무치와 동기 애향에게 손가락질을 했다.

"무엇을 알고 싶으십니까?"

담담히 흘러나오는 무치의 말에 애향이 빙긋 미소를 지었다.

"스님이요."

"……?"

놀란 얼굴로 애향을 바라보는 무치.

"호호호. 이 애향은 스님을 알고 싶어요."

"……."

애향의 입가에 지금껏 보지 못한 요염한 미소가 번졌다. 무치의 얼굴이 일순 굳어졌다. 알 수 없는 열기가 몸에서 피어올랐다.

획!

무치의 고개가 돌아갔다.

은은히 방 안을 비치는 촛불.

"이… 이것은!"

"호호호호. 늦었다. 무치!"

애향의 눈이 무치의 눈에 고정되었다. 그와 동시에 맑은 호수처럼 고요하던 무치의 눈이 붉게 충혈되기 시작했다.

"애향아! 애향아!"

아침이 되도록 동기 애향이 일어나지 않자 풍애루(風愛樓)의 홍기들을 관리하는 철성이 애향의 방 밖에서 애향을 불렀다.

"……."

"이년이 정말!"

철성이 애향의 문을 확 하고 열어젖혔다.

방 안을 들여다보던 철성의 얼굴이 일그러졌다.

침상 위에 훤하게 등을 보이고 엎어져 있는 사내.

"야, 이 자식아! 네가 전세 냈냐? 전세 냈어?"

획!

철성이 그대로 침상으로 달려가 이불을 젖혔다.

"커억!"

철성의 얼굴이 하얗게 질렸다.

"주… 주… 죽었다."

철성이 미친 듯 밖으로 달려나갔다.

무치와 애향 두 사람 모두 이 세상 사람이 아니었다.

복상사(腹上死)!

발 없는 말이 천 리 간다고 했던가?

아침 무렵 두 남녀의 복상사 소식은 등봉현에 쫙 퍼졌다.

그것이 평범한 복상사였다면 이렇게 소문이 빨리 퍼지지는 않았을 것이다.

소림사 승려의 복상사.

소림사라는 한마디가 붙으면서 그 소문은 삽시간에 등봉현 전역에 쫙 퍼졌다.

소림사 장생전(長生殿).

소림사 장로들의 거처인 이곳 장생전의 방 한 칸에 노승 십여 명이 심각한 얼굴을 하고 앉아 있었다.

그중의 가장 상좌(上座).

노승 한 명이 장내를 획 하고 둘러보았다. 그의 손에 보이는 것은……

녹옥불장(綠玉佛杖)!

그랬다. 분명 녹옥으로 만든 지팡이가 분명했다. 그렇다면 이 노승이 소림 방장 묘학이라는 소린데 그야말로 그 모습이 가히 볼 만하다.

머리를 빡빡 깎기 시작한 지가 오래되어서인지 원래 머리카락이 없는 대머리라 그런지 머리에서 반짝반짝 나는 윤이 밤에 불을 밝혀주는 등잔보다 더 밝았다.

거기에 인자함과는 거리가 먼, 어떻게 저곳으로도 사물이 보일까 의심스러울 정도의 작은 눈에 저 입에 한 번에 얼마나 많은 음식물이 들어갈지가 궁금한 커다란 메기 입이 근엄한 모습의 소림사 방장과는 거리가 먼 모습이다.

"묘현(妙賢) 장로! 장로의 의견을 한번 말해 보시오."

"예, 방장님."

소림의 수석 장로 묘현이 방장인 묘학 대사에게 슬쩍 고개를 숙이고
는 먼저 자리에 있는 다른 사제 장로들을 훑듯 바라보았다.

"묘현 장로, 뭐 하시오. 어서 의견을 말해 보시오."

묘학 방장의 재촉을 들은 묘현이 천천히 입을 열었다.

"당연히 무치를 파문(破門)하셔야 옳을 것입니다."

"파… 파문이라니."

"죽은 사람을 어떻게……."

방 이곳저곳에서 웅성거리는 소리가 들렸다. 그만큼 묘현의 발언은
충격적인 것이었다.

파문이 무엇인가? 일반 범죄인에게는 참수와 다를 바 없는 극형(極
刑)이 아닌가?

거기다가 무치는 이미 살아 있는 사람이 아니다. 이미 싸늘한 시신
이 되어 어느 어두운 방 한구석에 누워 있는 사람이다. 그런 무치를 파
문하라니…….

무시무시한 말을 내뱉은 사람답지 않게 묘현의 얼굴은 침착했다. 이
미 예상하기라도 했다는 듯 방에 있는 사형제들을 한번 훑어보는 묘청
의 얼굴에는 여유까지 보였다.

쾅!

큰 소리에 놀라 웅성거리던 장로들이 일제히 방장 묘학이 있는 곳으
로 고개를 돌렸다. 소림 방장, 묘학이 녹옥불장을 바닥에 박은 채 얼굴
이 시뻘게져서 장로들을 노려보고 있다.

"이거 어디 시끄러워서 회의를 할 수가 있나. 조용히 좀 하시오! 여기가 무슨 시장바닥인 줄 아시오? 여기가 무슨 아낙네들이 빨래하는 개울 빨래터인 줄 아시오?"

장로들이 마른침을 꿀꺽 삼키며 입을 굳게 다물었다.

그제야 흐뭇한 미소를 짓는 방장, 묘학.

"이제야 소림사 같구먼. 묘현 장로, 계속하시오."

방 안에 있던 소림 장로들의 눈길이 다시 묘현에게 일제히 몰렸다.

"알겠습니다. 물론 무치는 죽었습니다. 하나 무치의 죄는 죽어 지은 죄가 아닙니다. 분명 소림의 제자, 그것도 차후 소림 방장의 뒤를 이을 것이 가장 유력한 제자일 때 죄를 지은 것입니다. 그것도 평범한 죄가 아니라 음계(淫戒)를 범한 것입니다. 음계가 무엇입니까? 살계, 투계, 망어계, 기어계, 주계, 악구계, 탐계, 진욕계, 치계와 더불어 십계(十戒)의 하나입니다. 이 십계를 범한 승려를 우리는 이렇게 부릅니다. 파계승(破戒僧)! 속세의 사람들은 더욱 적나라하게 말합니다. 땡중! 이런 무서운 죄를 살아생전 범한 무치를 어찌 중원제일의 불문(佛門)인 우리 소림이 벌하지 않을 수 있겠습니까?"

묘현의 논리 정연한 말에 장내가 일시에 고요해졌다. 묘현의 말을 들은 장로들 역시 일리가 있다는 듯 고개를 끄덕였다. 방장 묘학 역시 그들 가운데 하나였다.

묘현이 고개를 돌려 무치의 사부인 묘청을 바라보았다.

침통한 얼굴로 입을 굳게 다문 채 아무 말 없이 전방을 주시하고 있는 묘청의 모습이 무척이나 쓸쓸해 보인다.

"자, 다른 의견 없소이까?"

"……."

꿀 먹은 벙어리, 장로들 가운데 입을 여는 사람은 아무도 없었다.

상좌에 앉아 사제들을 살피던 소림 방장, 묘학의 얼굴이 다시 붉어졌다.

꽝!

묘학이 오른손에 들고 있던 녹옥불장으로 다시 방바닥을 힘차게 내려쳤다. 방바닥만 쳐다보던 장로들이 다시 한 번 깜짝 놀라 장문인 묘학에게 고개를 돌렸다.

"입들은 두었다가 국 끓여 먹을 것이오. 그렇게 입 다물고 있으면 뭐 하려고 장로회의에 들어오셨소. 도대체 장로라는 사람들이 이렇게 생각들이 없어서 어떡하겠다는 거요. 엉!"

장로들이 어이없다는 듯 사형 묘학 방장을 바라보았다. 조금 전까지 시끄럽다면서 난리를 칠 때는 언제고 이젠 말이 없다고 난리를 치니 어느 장단에 춤을 추어야 할지 모르겠다.

"귀신 뭐 하나? 저런 인간 안 잡아가고."

"그러게나 말입니다. 묘광(妙匡) 사형, 저러니까 변변한 제자 녀석 하나 없지 않습니까."

"그야 당연한 일이지. 누가 저런 성질 더러운 인간의 제자가 되려고 하겠는가."

서로 속삭이며 방장을 욕하는 묘광 장로와 그의 사제의 모습에서 방장에 대한 존경심이라고는 눈곱만큼도 찾아볼 수가 없다. 다행히 그 소리가 너무 작아 묘학의 귀에는 들리지 않았다.

자신의 호통에도 장로들이 아무런 소리를 하지 않자 묘학이 얼굴을 더욱 찡그렸다. 잠시 장로들을 둘러보는 묘학의 눈에 무치의 사부 묘청의 침통한 모습이 들어왔다.

묘청!

그야말로 인자한 부처님의 모습이다.

축 처진 볼 살이 흉하기보다는 덕이 있어 보였고 큼직한 눈은 선하게 보이며 굳게 다문 입술에서는 강인한 의지가, 그리고 길게 늘어진 귓불은 부처의 푸근함을 느끼게 하는 모습이다.

"묘청 장로, 장로의 생각을 한번 말해 보시오."

"드릴 말씀이 없습니다."

"그따위 말이 어디 있소. 쯔쯔쯔. 그렇게 무책임하니까 무치 같은 기재가 그런 죄를 범한 것 아니오. 사부가 되어서 제자를 잘 인도해야 하거늘……. 어디 변명이라도 한번 해보시오."

묘청의 얼굴이 더욱 어두워졌다. 솔직히 자리에서 일어나 '너는 그런 제자나 있냐?' 라고 따지고 싶었다. 하나 자신의 지금 입장으로 그런 말을 할 수가 없었다.

잠시 망설이던 묘청이 무거운 입을 억지로 떼었다.

"솔직히, 무치의 잘못에 대해서는 무어라 드릴 말씀이 없습니다. 하나 무치는 이미 이 세상 사람이 아닙니다. 속세에서도 아무리 큰 죄를 지어도 죄인이 죽으면 더 이상 벌하지 않는 것이 일반적입니다. 그것은 죽음으로써 그 죄값을 치렀다는 의미입니다. 또한 죽은 사람에 대한 살아 있는 자들의 마지막 예의 표시이기도 합니다. 하오니 무치의 파문은 마셨으면 합니다."

묘청의 말에 조금 전 묘현의 말을 들었을 때와 마찬가지로 방 안에 모인 장로들이 일제히 고개를 끄덕였다. 방장 묘학 역시 상좌에 앉아 고개를 끄덕였다. 묘청의 말 또한 나름대로 충분히 일리있는 소리다.

사실 제대로 표현하지 않아 그렇지 이중에 가장 가슴 아픈 사람이 있다면 그것은 무치의 사부 묘청일 것이다. 이중에 가장 큰 실망을 하고 있는 사람 역시 묘청일 것이다.

그러나 그는 제자의 용서를 구하고 있다. 그것은 승려이기 이전에 사람인 까닭이다.

다시 방 안에 정적이 감돌았다.

방장 묘학 역시 눈을 감고 생각에 잠겼다. 묘현, 묘청 두 장로의 말 모두 일리가 있다. 단, 묘현이 계율원주(戒律院主)로서의 원칙을 밝힌 것이라면 묘학은 사부로서의 인간적인 감정에 호소하고 있는 것이다.

'아, 정말 돌겠네.'

묘학은 머리가 아팠다.

인간적으로 사제 묘청의 말을 들어주고 싶었다. 그것이 왠지 모르게 자신의 마음속으로 파고들었다. 묘현의 말이 머리로 들어온다면 묘청의 말은 가슴으로 들어왔다.

'그래, 부처님도 이 묘학의 결정을 용서해 주실 게야.'

묘학 방장은 묘청 장로의 말을 들어주기로 결심했다.

꽝!

자신의 의지를 확인하려는 듯 묘학이 들고 있던 녹옥불장으로 힘차게 방바닥을 두드렸다.

"……!"

슬쩍 아래를 향한 묘학의 얼굴이 잔뜩 일그러졌다.

얼마나 세게 내려쳤는지 녹옥불장이 방바닥을 뚫고 박혀 있다.

"푸훗!"

방 한곳에서 웃음소리가 터졌다.

횤!

묘학이 번개처럼 빠르게 고개를 돌리며 조금 전 웃음이 흘러나온 곳을 바라보았다. 노승 한 명이 급히 머리를 숙였다.

'젠장! 어떤 자식이 장생전 장로회의실 바닥을 이렇게 약하게 지은 거야.'

묘학 대사는 장생전을 처음 건축한 이름도 모르는 사람들을 욕하고 있었다.

"묘광 사형! 드디어 방바닥이 절단났습니다요."

"그 정도면 방바닥도 오래 버틴 거야. 그나저나 녹옥불장이 신물은 신물일세. 그렇게나 매일 부딪치면서도 멀쩡하니 말일세."

"그러고 보니 그렇습니다."

녹옥불장이 신물이라는 사실을 다시 확인한 소림 장로들의 귓속말이 이어졌다.

묘학이 자신의 사제들인 장로들을 쭉 한번 훑어보았다. 한눈에 보기에 억지로 웃음을 참고 있는 것이 분명해 보인다.

'내 저놈들을 전부 계지원(戒持院) 양심당(養心堂)에 처넣던지 해야지……'

"흠! 흠! 흠!"

헛기침 소리에 웅성거리던 장로들이 일제히 입을 다물었다

"그럼 결정하겠소이다."

장로의 시선이 일제히 묘학에게 몰렸다. 그중에서 계율원 원주 묘현과 무치의 사부 묘청의 눈은 더욱 빛나고 있다.

"흠흠."

한차례의 헛기침.

장로들이 더욱 긴장한 얼굴로 묘학 방장의 입술을 주목했다.

"이 결정에 모두 따를 것으로 이 방장은 믿겠소. 무치는 이미 이 세상 사람이 아니오. 이미 이승과의 연은 끝난 것이오. 연이 끝난 사람에게 이승의 율법을 적용함은 옳지 않은 것이오."

묘학 방장이 말을 끊고 다시 장로들을 훑어보았다. 묘현과 묘청의 서로 상반된 모습이 묘학 방장의 눈에 들어왔다.

'이보게, 묘현. 이해하게. 그렇지만 이제 소림의 다음 방장 자리는 자네의 제자인 무공(無空)이 차지하지 않겠는가. 하니 이번에는 양보하시게.'

속으로 묘현에게 양해를 구한 후 묘학이 말을 이었다.

"해서 더 이상 무치의 죄는 묻지 않을 것이오."

말을 끝낸 묘학 방장이 다시 한 번 오른손에 있는 녹옥불장을 천천히 들어 올렸다. 이제 이것으로 방바닥을 세 번 내려치면 무치에 대한 일은 결정되는 것이다. 녹옥불장의 명의로 결정된 사항은 소림의 그 누구라도 바꿀 수가 없는 것이다.

녹옥불장이 묘학의 머리 위로 높이 올라갔다.

드륵!

"잠시 멈추시오, 방장!"

방 안에 있던 장로들의 얼굴이 일제히 문소리가 들린 곳으로 돌아갔다.

'어떤 늙은이가 지각이야.'

녹옥불장을 들고 막 결정을 내리려던 묘학의 얼굴도 삽시간에 구겨졌다.

"헉!"

녹옥불장을 든 채 소림 방장, 묘학이 자리에서 벌떡 일어났다.

묘학 방장뿐만 아니라 방 안에 있던 장로들이 모두 자리에서 일어나며 안으로 들어서는 노인을 향해 일제히 허리를 숙였다.

명운 대선사!

며칠 사이에 많은 늙은 듯 수척해진 모습의 명운 대선사가 천천히 방 안으로 들어왔다.

"사숙님! 이리 모시겠습니다."

묘학이 급히 명운 대선사에게 다가와 허리를 숙였다.

"아닐세. 그 자리는 방장의 자리야. 이 늙은이는 이곳이 좋네."

명운 대선사가 문 앞에 그대로 앉았다.

앉지도 못하고 서지도 못한 채 어정쩡한 자세로 있는 묘학.

"그래, 방장께서는 무치에 대한 결정을 내리셨는가?"

"아직은……."

"그런가. 그렇다면 무치 그 녀석을 당장에 우리 소림사에서 파문시키시게."

"예?"

놀란 듯 명운 대선사를 바라보는 묘학 방장.

그도 그럴 것이 다른 사람이라면 몰라도 명운 대선사는 결코 자신의 제자나 다름없는 무치를 파문하자는 말을 하지 않을 것이라 생각했다. 그런데 파문이라니 실로 이해할 수 없는 일이었다.

"방장, 이 늙은이의 청을 들어주시게."

"그렇지만 사숙님!"

"어허, 아무리 방장이지만 사적으로 시숙인 이 늙은이의 청을 거절 히겠단 말인가?"

"아… 아니, 그게 아니오라."

"그럼 됐네. 이 늙은이는 방장께서 내 청을 들어주실 것이라 믿고 돌아가겠네."

자신의 할 말을 다 한 명운 대선사가 자리에서 일어나더니 이내 밖으로 나갔다.

쾅!

묘학 대사가 들고 있던 녹옥불장으로 다시 방바닥을 내려쳤다.

"시숙께서는 내가 방장 자리를 밥그릇으로 딴 줄 아시나."

드르륵!

문이 열리며 명운 대선사가 방 안으로 고개를 쑥 하고 내밀었다.

얼굴이 파랗게 질린 묘학 방장.

"방장, 지금 내 말 하셨나?"

"아… 아닙니다, 시숙님. 어찌 제가 시숙님의 말씀을 입에 올릴 수가 있겠습니까? 절대! 절대로 아닙니다."

씨익!

당황해하는 방장 묘학을 보며 빙긋 미소를 지은 명운 대선사가 문을 닫았다.

급히 숭산을 내려가는 소림사 제자 무태.

무태는 지금 장의사를 찾아 등봉으로 내려가고 있다. 무치가 파문이 되었으니 그의 신분은 더 이상 승려가 아니다. 그러니 승려의 장례인 다비를 할 수가 없었다.

그런 연휴로 무태에게 등봉에 내려가 장의사를 구해오라는 명이 떨어졌다. 무태, 그는 그 명에 따라 장의사를 구하기 위해 숭산을 내려오고 있었다.

진가운 일행.

그들은 무태와 반대로 급히 숭산을 올라 소림사로 향하고 있었다. 그것은 소림에 변고가 생기면 오라는 명운 대선사의 말 때문이다.

"어허, 굳이 죽은 사람을 파묻해 매장을 할 것이 무엇이란 말인가?"

자신을 스치듯 지나며 내뱉는 말에 진가운이 급히 고개를 돌렸다.

잰걸음으로 산을 내려가는 소림사 승려의 모습이 눈에 들어왔다.

"스님!"

획!

무태가 고개를 돌려 진가운을 바라보았다.

"무슨 일이십니까? 시주!"

"지금 어디를 가십니까?"

"장의사를 찾아갑니다."

"장의사요?"

"그렇소이다."

무태의 말에 진가운이 고개를 끄덕였다. 소림사에 변고가 생기면 다시 올라오라고 말한 명운 대선사의 말이 무슨 뜻인지 알 수 있었다.

'지난번에도 하늘을 보고 내가 나타날 것을 알았던 명운 대선사다.'

진가운이 다시 한 번 고개를 끄덕였다. 비록 무공은 자신이 높을지 모르나 천기를 읽는 능력은 자신이 명운 대선사를 따를 수 없었다.

"스님! 제가 장의삽니다."

"뭐요? 그게 참말이오?"

무태의 눈이 동그래졌다.

진가운이 무태를 보며 다시 고개를 끄덕였다.

"그렇습니다. 제가 장의삽니다."

"오호, 이거야말로 대자대비하신 부처님의 뜻이구려. 미안하지만 소승을 따라 소림사로 가주실 수 있겠소이까?"

"그러시지요."

"갑시다."

무태가 진가운 일행을 안내해 소림으로 발길을 돌렸다.

진가운을 이끌고 무태가 찾아간 곳은 그의 사제 무치의 시신이 있는 명운 대선사의 목옥이다.

"사조님!"

드르륵.

문이 열리며 명운 대선사가 얼굴을 밖으로 내밀었다.

"사조님! 여기에 계신 시주께서 장의사라 하십니다."

"수고했다. 너는 이제 돌아가 내일 무덤을 만들 제자들을 데리고 올라오너라."

"예!"

무태가 명운 대선사에게 허리를 한번 숙이며 반장을 한 후 소림사 본전이 있는 곳으로 내려갔다.

"그래, 어서 들어오시게."

"예!"

진가운이 일행과 함께 명운 대선사의 방으로 들어갔다.

방 안에는 천으로 덮은 시신 한 구가 바닥에 놓여 있었다.

진가운이 방 안에 들어오자마자 명운 대선사의 손이 가려진 천을 가리켰다.

휙!

바람이 일며 천이 슬쩍 날아 방구석에 처박혔다.

시신처럼 보였던 것은 시신이 아니라 제법 굵은 나무토막이었다.

진가운이 그럴 줄 알았다는 듯 고개를 끄덕였다.

"무치 스님께서는……."

"허허, 무치는 이곳을 잠시 떠났다네. 곧 돌아와 자네와 여기 있는 보살님의 수족이 될 것이니 그리 염려 마시게."

명운 대선사의 말에 진가운의 옆에 말없이 앉아 있던 예하령의 얼굴이 밝아졌다.

예하령 역시 며칠 사이 복상사했다고 알려진 소림제일신룡 무치에 대해 많은 이야기를 들었다. 그런 무치가 자신을 돕는다니 그야말로 천군만마를 얻은 격이다. 더구나 진가운의 말을 들으니 그런 고수가 한 명도 아니고 세 명이라 했다.

거기에 명운 대선사의 힘도 보태지고 있다. 명운 대선사라면 곧 소림사. 아무리 자신을 망치고 금산장을 점령한 자들의 힘이 강하더라도 소림사의 힘이라면 금산장을 찾는 일은 어려운 것이 아니라 생각했다.

"그런데 왜 하필 복상사였습니까?"

진가운의 물음에 명운 대선사가 대답 대신에 슬쩍 미소를 지었다.

진가운은 더 이상 묻지 않았다. 나름대로 이유가 있을 것이라 그렇게 생각했다.

다음날.

명운 대신사가 미무는 목옥 옆에 작은 비석 하나 없는 허름한 파계 승 무치의 무덤이 만들어졌다.

제15장

다시 시작된 전패문의 비무에 강호가 들끓다

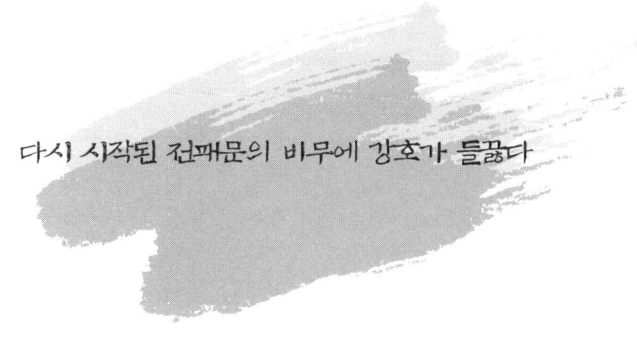

공동산(崆峒山)!

높이가 칠백 장에 이르는 거산이다. 물론 감숙성에는 공동산보다 더 높은 산이 많아 그렇게 높은 곳이라고 할 수는 없을 것이다.

그렇지만 공동산은 중원에서도 알아주는 명산(名山)이다.

도교(道敎)의 명산. 과거 황제가 이곳에 이르러 당대의 은자 도인인 광성자에게 도를 물었다고 알려질 정도로 공동산은 예로부터 도교의 명산으로 알려진 곳이다.

그런 명성을 누릴 수 있었던 것은 물론 공동산이 원래 동굴이 많아 도를 닦을 장소를 마련하기 좋았다는 점이 크게 작용했겠지만 그보다 는 구파일방의 하나로 당당한 명성을 날린 공동파의 역할이 지대했다.

진가운 일행은 소림사를 출발해 부지런히 일주일이 넘게 걸은 후에 야 감숙성 공동산 앞에 도착할 수 있었다.

진가운이 이곳을 찾은 것은 비무 때문이다.

일백오십 년 만에 다시 시작되는 비무의 첫 번째 상대 문파로 진가운은 공동파를 선택했다. 진가운이 공동파를 택한 것에는 특별한 이유가 없다. 단지 자신의 직업이 장의사다 보니 공동묘지와 어감이 비슷한 공동파를 첫 상대로 선택했을 뿐이다.

공식적인 첫 번째 비무라 생각하니 진가운 역시 가슴이 뛰었다.

비록 마음에 드는 사문은 아니지만 그래도 사문. 그 이름을 처음으로 강호에 드날리는 시작이라 생각하니 흥분되는 마음을 억제하기가 힘들다. 당장에라도 산으로 뛰어들어 가고 싶었다.

그렇지만 그럴 수는 없는 일.

높고 깊은 산속에 자리 잡은 공동파를 찾으려면 먼저 정확한 위치를 알아야 한다.

공동산을 잠시 바라본 진가운은 산 입구에 위치한 마을로 내려왔다.

진가운은 급히 지나가는 사람을 불러 세웠다.

"무슨 일이오?"

귀찮다는 듯 눈을 흘리며 진가운을 바라보는 사내에게 진가운이 은자 한 냥을 건넸다.

이내 얼굴에 미소가 가득한 사내가 진가운에게 허리까지 숙이며 입을 열었다.

"아이고, 공자님. 무슨 일이십니까요?"

어느덧 말까지 공대로 바뀌어 있다.

이게 은자의 위력인가 하는 마음에 씁쓸한 생각이 들었지만 지금은 그런 것을 따질 시간이 아니다.

"예, 공동파가 어디에 있는지 아십니까?"

"공동파요?"

사내가 생각이 가물가물한지 눈을 감은 채 고개를 까딱거린다.

"공동파… 공동파……."

공동파를 되뇌며 고개를 갸웃거리는 사내.

진가운의 얼굴에 실망이 가득하다.

'젠장, 은자 한 냥만 국 끓여 먹었군.'

진가운은 사내가 공동파를 모르고 있는 것으로 생각했다. 공동파라면 구파일방의 하나인데 아는 사람 같으면 이렇게 고민을 하며 생각할리가 없기 때문이다.

포기하고 막 돌아서려는 순간, 사내가 손바닥을 탁 치며 입을 열었다.

"아~ 알겠습니다. 그곳이 어디인가 하면요."

사내의 설명이 이어졌다.

은자 한 냥을 받아서인지 비교적 자세한 설명이다. 이렇게 자세히 알고 있는 사람이 왜 처음에 공동파를 기억하지 못했는지 그것이 신기했다.

"그리 가시면 됩니다요."

"고맙소이다."

진가운이 사내에게 허리를 슬쩍 숙인 후 예하령과 함께 사내가 말한 공동파로 들어가는 공동산 입구가 있는 곳으로 움직였다.

"뭐야? 여기가 공동파야?"

한마디로 실망이다. 아니, 실망이라는 표현으로는 부족하다. 공동파라는 현판을 본 진가운의 심정을 한마디로 표현하자면 망연자실(茫然

自失)이다.

　비단 그 마음은 진가운만 그런 것이 아니다. 진가운의 옆에서 공동
파라는 현판을 보고 있는 예하령의 눈도 슬쩍 풀려 있는 것이 진가운
과 다를 바 없는 심정인 것 같다.

　공동파!

　명색이 구파일방의 하나다.

　구파일방, 그 명성이 어떠한가?

　중원에 사는 사람이라면 설혹 무인이 아니더라도 그 명성 하나만으
로도 일단 한 수 접어주는 곳이 구파일방이다. 그 가운데 당당히 한자
리를 차지하고 있는 공동파가 어찌 이런 몰골인지 이해가 가지 않는다.

　아직 많이 본 것도 아니다. 그저 현판 하나를 보았을 뿐인데 그 실망
이 이만저만이 아니다.

　손이라도 대면 파삭 하고 부서질 듯 너덜너덜한 현판에 마치 지렁이
가 기어가는 듯한 볼품없는 필체의 세 글자.

　공동파(崆峒派).

　내심 황금 현판은 아니더라도 거대한 철판에 힘이 느껴지는 듯한 필
체로 써 있을 공동파를 상상하며 왔건만 진가운 일행의 앞에 있는 공
동파의 현판은 너무나도 초라하다.

　"여기 맞아?"

　한참 동안 넋을 잃고 바라보던 예하령의 의심스러운 듯한 질문.

　"나도 몰라. 들어가 보면 알겠지. 가자!"

　진가운이 먼저 공동파 안쪽으로 한 발을 내디뎠다.

　예하령은 흉가에 들어가는 평범한 아낙네처럼 진가운의 뒤에 숨듯
몸을 웅크린 채 조심스럽게 진가운의 뒤를 따른다.

쓱쓱!

피죽도 못 먹었는지 바짝 마른 몸에 얼굴에 핏기 하나 없는 노인네한 명이 거의 남지도 않은 몽당 빗자루 하나를 들고 풀밭처럼 보이는 마당을 힘겹게 쓸고 있었다. 곧 바닥에 널브러질 것처럼 비틀거리면서도 열심히 빗자루질을 하는 노인네.

진가운이 슬쩍 노인네를 바라보았다.

'도복(道服)이다.'

그랬다. 노인이 입고 있는 것은 분명 도복이었다. 얼마나 낡고 여러 곳을 기웠는지 본래의 형체를 파악하기도 힘들었지만 노인이 입고 있는 것은 도복이었다.

노인은 자신을 바라보고 있는 눈길이 있다는 것도 잊은 듯 여전히 빗자루로 마당을 쓸고 있다.

휘청!

마당을 쓸던 노인의 몸이 휘청거리더니 기우뚱거린다.

"노인장!"

이를 지켜보던 진가운이 소리를 지르며 달려가 막 바닥에 쓰러지려는 노인을 붙들었다.

"노인장! 괜찮으십니까?"

진가운이 급히 노인을 안고 안으로 들어갔다.

제법 넓은 곳이다.

그렇지만 사람이 생활한 지 오래된 듯 이곳저곳이 허물어가고 있었다. 마치 망국(亡國)의 왕궁을 보는 듯하다.

진가운은 그중에 제법 괜찮아 보이는 건물 안으로 들어갔다.

"넌 물 좀 받아와!"

진가운의 한마디에 예하령이 자리에서 일어났다. 다른 때 같으면 '내가 왜?', '네가 해' 등으로 반발했을 예하령이 그대로 문을 열고 밖으로 나갔다. 예하령이 보기에도 노인의 상태는 그렇게 심각하게 보였다.

예하령이 나간 후 진가운이 노인을 조용히 바닥에 뉘였다. 옆에 있는 천수와 반후벽의 얼굴에도 걱정이 가득하다.

'제길, 이러다가 시체 치우는 거 아냐?'

시체 치우는 것이 직업인 진가운이었지만 지금의 상황은 당혹스럽기 그지없다.

잠시 후 예하령이 어디서 구했는지 물이 담긴 쪽박 하나를 들고 방안으로 들어왔다.

진가운은 품에서 수건을 꺼내 물에 적신 후 노인의 얼굴을 서서히 닦아주었다. 미동조차 보이지 않던 노인의 몸이 꿈틀거렸다.

"노인장! 정신이 드시오? 이보시오, 노인장. 노인장!"

진가운의 고함을 들었는지 노인이 힘겹게 눈을 뜨더니 입술을 달싹거린다.

"고맙네."

"그나저나 이곳이 구파일방의 하나로 알려진 공동파가 맞습니까?"

사실 진가운이 가장 궁금하게 생각하는 것은 그것이었다. 아무리 생각해도 이곳이 구파일방의 하나인 공동파라고는 믿어지지 않았다.

진가운의 질문을 받은 노인의 입가에 미소가 보였다.

하나 그것은 단순한 미소가 아니었다. 자조의 웃음 그것이었다.

"흐흐흐. 구파일방이라……. 한때는 그랬지."

'한때?'

유난히 한때라는 말이 진가운의 귀에 뇌성벽력(雷聲霹靂)처럼 파고들었다.

'한때라면 지금은 아니라는 말?'

진가운의 의문은 곧 풀렸다.

노인의 말이 이어졌기 때문이다.

"지금은 형산파(衡山派)에 그 자리를 내주었네. 지금은 그저 한 사람으로 문파의 명맥을 유지할 뿐일세."

"그 한 명이 노인이십니까?"

천천히 고개를 끄덕이는 노인.

"그래. 그 사람이 바로 날세. 공동파 현 장문인 공거(公車). 제자 없이 그저 장문인 하나 남은 초라한 문파. 그것이 지금의 공동파라네."

왠지 모르게 장문인 한 명뿐이라는 공거 도인의 말이 진가운의 가슴에 와 닿았다. 자신 역시 일승문이라는 일인문파의 문주가 아닌가?

"왜?"

정말이지 이해하기 어려운 일이었다.

옛말에도 부자는 망해도 삼대는 간다는 말이 있지 않은가? 더구나 한때 강호에서 나는 새도 떨어뜨릴 정도의 당당한 공동파가 아닌가? 어떻게 이 정도로 몰락해 버렸는지 진가운으로서는 도저히 이해할 수가 없었다.

"궁금한가?"

노인의 물음에 진가운은 조용히 고개를 끄덕였다.

노인이 회상에 잠기는 듯 조용히 눈을 감았다.

"허허, 그것이 다 공동파의 운명이라네."

공동파 장문인 공거 도인의 입에서 옛이야기가 흘러나왔다.

사실 공동파가 이렇게 몰락한 것은 한 가지 무공의 절전 때문이다.

그 무공은 바로 복마검법(伏魔劍法).

한때는 중원의 오대검법(五大劍法) 가운데 하나였던 검법이었다. 하나 그 복마검법이 일백 년 전 사라진 것이다.

엄밀히 말하면 대가 끊긴 것이다.

일백 년 전, 바로 비류성의 은하대제가 중원을 침공할 때였다.

중원에서 은하대제에게 가장 강력하게 대항한 것은 중원의 태산북두라는 소림도, 중원제일검파라는 무당파도, 천하제일방파라는 개방도 아니었다. 놀랍게도 비류성에 가장 강력하게 대항한 것은 공동파였다.

의외지만 그것은 사실이었다.

그 이유는 간단했다. 그것은 공동파가 감숙성의 패자였기 때문이다.

감숙성(甘肅省)!

이곳은 중원의 중심에서는 다소 떨어진 어찌 보면 변방이다.

비류성의 침공 시 비류성이 가장 먼저 쳐들어와 가장 피해를 많이 입은 곳이 이곳 감숙성이다. 그것은 비류성의 본거지, 즉 은하대제의 본거지가 바로 신강(新疆)이었기 때문이다.

신강에서 가장 가까운 곳. 그곳이 바로 불행하게도 감숙성이었다.

감숙성에 침입한 비류성의 만행에 분연히 떨치고 일어난 공동파는 전 제자와 장로가 전쟁터로 향했다. 물론 이들을 이끈 사람은 공동파의 장문인이다.

아직 나머지 팔파일방(八派一幇)이 비류성의 침입에 대한 대책을 논하고 있을 때 공동파는 제일 먼저 검을 들고 나선 것이다.

사실 공동파가 이들과 먼저 싸움을 벌이지 않았다면 나머지 팔파일방이 대책을 세워 비류성의 침입을 지연시킬 방안은 마련되지 않았을 것이다.

하나 그것이 공동파에게는 불행이었다.

비류성과 맞선 공동파의 문주를 비롯한 장로 열두 명이 모두 싸움에서 전사한 것이다.

그것은 바로 공동파의 종말을 의미했다.

복마검법은 공동파의 장로급 이상이 익힐 수 있는 무공이었기 때문이다. 장문인을 포함 장로급 이상의 제자가 죽자 복마검법은 대가 끊겼다. 물론 복마검법이 적힌 비급은 어딘가에 남아 있을 것이다. 하나 그 위치를 모르니 없는 것과 같았다. 그렇게 되자 제자들은 문파를 떠나기 시작했다.

명색이 구파일방이지 최고의 무공이 사라져 남은 것이라고는 대성해 봐야 간신히 일류고수 정도에 불과한 복마장법(伏魔掌法)이 전부인 공동파에 남아 있을 그런 충성스러운 제자는 없었던 것이다.

재능있는 젊은이 역시 이 사실을 알고 있어 새롭게 공동파에 들고자 하는 제자들도 없었다.

몰락!

그야말로 완벽한 몰락이었다.

그만큼 복마검법은 공동파에서 중요한 것이었다. 아니, 복마검법이 공동파의 전부라고 말할 수 있었던 것이다.

"크흐흐, 실로 어처구니없는 일이지만 그것이 공동파의 죽음이라네."

"……."

말을 듣던 진가운은 할 말이 없었다.

그야말로 비류성의 침입 시 가장 화려했던 문파가 자신의 문파라면 그 밑에서 가장 힘들게 싸우고도 암흑에 빠져들던 문파가 공동파였기 때문이다.

'그래, 어쩌면 그 마음의 일부를 갚으라는 뜻인지도 모르겠다.'

슬쩍 고개를 끄덕이던 진가운이 예하령을 비롯한 세 사람에게 고개를 돌렸다.

"너희들, 나가 있어!"

"왜?"

갑작스러운 진가운의 축객령에 예하령이 눈을 동그랗게 떴다.

"나가라면 나가!"

진가운의 한마디에 예하령이 어쩔 수 없다는 듯 자리에서 일어났다. 평상시 같으면 죽어도 일어나지 않았을 것이다. 부탁도 아니고 명령이었다. 그렇지만 지금은 일어나 줘야 할 것 같았다.

이유?

그것은 모른다.

마땅치 않은 듯 눈알을 부라리기는 했지만 예하령이 일어나 문을 열고 밖으로 나갔다. 예하령의 뒤를 천수와 반후벽이 따랐다.

진가운은 방을 살피다 구석에 놓인 지필묵을 보고 집어 들었다.

쓰슥!

천천히 종이 한 장에 무엇인가를 적는 진가운. 마지막으로 자신의 수결까지 해서 공동파 장문인 공거에게 건넸다.

"이게 무엇인가?"

"어음입니다."

"어음?"

"그렇습니다. 이 어음을 갖고 천하전장에 가시면 은자 이천 냥을 내

줄 것입니다.”

“이… 이… 이천 냥!”

공거 도인의 눈이 부풀어 올랐다.

하긴 이천 냥이 어디 동네 강아지 이름인가?

그야말로 얼마나 될지 상상도 되지 않는 어마어마한 거금이다.

진가운이 눈이 동그래진 공거 도인을 향해 고개를 끄덕였다.

“이… 이걸 왜?”

“저희 사문이 공동파에 빚이 있습니다. 그것을 갚고자 왔습니다. 그 돈이면 옛날만은 못할지라도 어느 정도 문파를 일으키는 발판은 될 줄로 압니다.”

“빚?”

“……”

진가운이 고개를 끄덕였다.

진가운을 바라보는 공거 도인의 입가에 쓸쓸한 미소가 번졌다.

“허허, 은자만 있으면 뭐 하나. 사문의 비기가 없는 것을……”

“찾다 보면 나타나지 않겠습니까? 허락하신다면 이곳에서 하루 유(留)하고 내일 아침 물러가겠습니다. 허락하시겠습니까?”

“그렇게 하게나.”

진가운이 자리에서 일어났다.

밤!

진가운은 잠자리에서 조심스럽게 일어나 밖으로 나왔다.

급히 좌우를 살폈다.

쥐새끼 하나 찍찍거리지 않는다. 하긴 사람이 먹을 곡식도 없는데

쥐가 먹을 곡식이 있을 턱이 있겠는가? 먹을 것 없는 이곳에 남아 있을
정 깊은 쥐새끼는 세상에 없을 것이다.

밖으로 나온 진가운이 조심스럽게 걸음을 옮겼다.

마침내 진가운이 도착한 곳. 그곳은 바로 공동파의 장문인 공거 도
인이 머물고 있는 방 앞이다.

방 앞에 도착한 진가운이 다시 좌우를 살폈다.

조심스럽게 문을 여는 진가운.

진가운은 급히 품속에서 복마검법이 적혀 있는 얇은 책자를 꺼내 들
었다. 그와 함께 주머니에서 서찰 한 통을 함께 꺼냈다.

물론 지금 진가운이 꺼낸 복마검법은 원본이 아니다. 하나 복마검법
을 익히는 사람에게는 원본보다 이것이 더 편할 것이다. 그것은 진가
운이 건넨 복마검법에는 검법의 초식은 물론 그에 대한 자세한 설명과
약점 등이 세세히 기록되어 있기 때문이다.

툭!

진가운은 공거 도인이 잠든 방 안에 복마검법을 슬쩍 던지고 급히
자신의 방으로 돌아갔다.

"왜 그래? 왜 꼭두새벽부터 사람을 깨우고 난리야?"

아침 일찍 일어났다는 사실에 예하령의 볼이 퉁퉁 부어 있다. 그도
그럴 것이 워낙에 잠이 많은 예하령으로서는 이렇게 일찍 일어난 것이
얼마 만인지 모른다.

"그렇게 잠이 많아서 험난한 세상 어떻게 살아가냐?"

"너한테 살아달라고 안 할 거야."

여전히 퉁명스러운 예하령의 말에 진가운의 볼도 불에 굽는 밀가루

반죽처럼 조금씩 부풀어 오르기 시작했다.

"시끄러워! 파!"

"뭘?"

"네가 할 줄 아는 게 하나뿐이잖아."

"말을 해도……."

예하령은 다시 입을 댓발이나 내밀고는 구멍을 파기 시작했다.

"이것은!"

공거 도인의 눈이 화등잔만하게 커졌다.

한 권의 책!

그것은 놀랍게도 복마검법이 적혀 있는 책이었다.

공거 도인은 급히 복마검법을 한 장 한 장 넘기기 시작했다: 자세한 설명과 그림까지 곁들인 완벽한 복마검법.

주르륵!

공거 도인의 노안에서 눈물이 흘러나오기 시작했다.

공거 도인의 눈에 서찰 한 장이 들어왔다. 그동안 복마검법에 너무 흥분해 미처 그 서찰을 발견하지 못했다.

공거 도인이 황급히 서찰을 펼쳤다.

귀 문파에 진 빚을 이제야 갚습니다.

다시 구파일방의 영광을 회복하시기를…….

짧은 내용.

그렇지만 그것을 읽는 공거 도인의 눈에는 짧게 느껴지지 않는 글이었다.

"누구… 그 청년!"

어제 자신의 생명을 구해준 청년.

'사문의 빛이 있습니다.'

청년이 건넨 한마디가 공거 도인의 귀에 다시 생생하게 들려왔다.

드르륵!

공거 도인이 황급히 문을 열고 밖으로 나왔다.

그리고 청년이 있던 방으로 달려가 문을 열었다.

그러나 그 청년의 모습은 보이지 않았다.

"그렇군. 누구인지는 모르지만 그 청년인 게야."

공거 도인은 고개를 끄덕였다.

공거 도인은 저 멀리 산 아래를 향해 목이 터져라 소리 질렀다.

"이보시오. 뉘신지는 모르나 내 공거의 이름을 걸고, 아니, 사문의 이름을 걸고 맹세하겠소. 우리 공동파가 살아 있는 한 오늘의 은혜는 결코 잊지 않을 것이오."

공거 도인의 목소리가 메아리가 되어 공동산에 쩌렁쩌렁 울려 퍼졌다.

그러나 그 소리를 듣는 사람들은 공거 도인의 발 밑에 있었다.

사천성!

중원 한복판과는 떨어진 곳이라 사람들이 그렇게 많은 곳은 아니다. 사람이 모여 있는 마을이래 봐야 성도(成都)가 고작이다.

다른 지역은 험준한 산에 덮여 있어 인구 수백의 작은 마을이 고작인 곳이다.

과거 삼국 시대 유비가 세운 촉의 본거지.

유비가 이곳에 촉을 세운 이유도 강성한 조조의 군사를 막기에 좋았기 때문일 것이다.

험준한 산악.

이것은 발전의 저해가 되는 요소이기도 하지만 외적의 침입을 막을 수 있는 방패이기도 한 것이다.

그런 변방 사천성이 오늘은 들썩인다.

아니, 들썩이는 곳은 사천성에서도 오직 한곳.

성도의 서쪽에 위치한 온강(溫江)이라는 작은 마을이다.

온강.

평상시라면 오백 가구도 안 되는 작은 마을. 그렇지만 오늘 온강은 그야말로 인산인해였다. 마치 성도가 온강으로 옮겨온 듯 그렇게 작은 마을은 사람들로 북적거렸다.

청성산(靑城山) 입구.

온강이 북적이는 단 하나의 이유다.

진가운은 공동파를 떠나자마자 천수와 반후벽에게 중원 곳곳을 누비며 이곳에서 전패문주와 청성파 장문인과의 비무가 있다고 소문을 내도록 했다.

아무래도 비류성의 관심을 잠시나마 자신에게 쏠리게 하기 위해서는 많은 강호인의 관심을 끄는 것이 중요하다고 생각했기 때문이다.

천수와 반후벽이 일을 제대로 수행했는지 이곳에서 전패문주와 청성파 장문인의 일 합의 비무가 있다는 소식은 강호 전역을 들끓게 만들었다.

일백오십 년 만에 시작되는 전패문 문주와 구파일방의 비무.

그 소식에 강호에 있는 무림인이라는 무림인은 모두 이 작은 마을로 모이고 있는 것이다. 무림인뿐만이 아니라 소식을 들은 사천성의 일반 백성들도 평생에 단 한 번 있을까 말까 한 볼거리가 생겼다며 모두 이곳 온강으로 모여들었다.

"젠장할."

그야말로 어처구니없는 일이 아닐 수 없다.

오후 내내 마을의 집들을 돌며 하루 유하기를 부탁했으나 방을 구할 수가 없었다. 공짜로 자겠다는 것도 아니다. 은자 다섯 냥이라는 거금을 내겠다고 했건만…….

솔직히 은자 다섯 냥이면 성도에 있는 최고급 객잔의 방을 빌리고도 남을 금액이다. 그런데 그 돈을 주겠다고 해도 초가의 허름한 방 한 칸 구할 수 없다니…….

그렇지만 이 모든 것이 스스로 자초한 일이니 어쩔 수 없다.

진가운과 예하령은 청성산 안으로 들어갔다.

방이 없으니 노숙은 피할 수 없는 일이다. 그나마 지금이라도 자리를 잡아야 괜찮다 싶은 곳에 자리를 잡을 수 있을 것이다.

역시, 청성산 입구에는 이미 많은 사람들이 괜찮은 자리를 차지하고 있었다.

진가운과 예하령은 조금 더 청성산 안쪽으로 들어갔다. 그렇게 청성산을 반 시진 정도 오르자 제법 노숙하기 괜찮은 곳이 보였다.

청성산을 오르는 길과는 조금 떨어져 있어 조용한 데다가 조금 내려가면 계곡 물이 흐르고 있어 그야말로 노숙을 하기에는 딱 알맞은 장소다.

"여기가 좋겠군."

"무서워."

"뭐가?"

"산적 놈들 나타나면 어떡해."

휙!

진가운이 고개를 돌려 예하령을 바라보았다.

'걔네들도 눈 있어.'

진가운이 아무렇지도 않다는 듯 나뭇잎을 긁어모았다.

"진짜로 무서워."

"걱정하지 마! 아무리 간덩이 부은 산적이라도 오늘은 못 나타나."

"왜?"

"여기에 모인 사람들이 어떤 사람들인 줄 알아? 무인이야. 산적 놈이 자살하려고 나타나? 그러니 걱정 붙들어 매. 알았어?"

진가운의 말에 예하령이 수긍이 되는지 고개를 끄덕였다. 하긴 무림인들을 산적 나부랭이가 무슨 수로 당하겠는가?

나뭇잎을 수북이 쌓아 푹신하게 만든 진가운이 나뭇잎 사이로 몸을 눕혔다. 예하령의 얼굴이 다시 찌그러졌다.

처음 진가운이 나뭇잎을 모을 때만 해도 예하령은 그것이 자기 자리인 줄 알았다. 그런데 누워보라는 말 한마디 없이 벌렁 드러눕다니 그야말로 여자에 대한 배려라고는 눈을 씻고 찾아봐도 없는 인간이라는 생각이 들었다.

'진짜로 너무한다.'

잠시 진가운을 노려보던 예하령이 급히 주변에서 나뭇잎을 모았다.

수북이 쌓인 나뭇잎.

벌러덩!

예하령이 나뭇잎 사이로 몸을 내던지며 드러누웠다.

생각했던 것보다 푹신푹신한 것이 느낌이 좋았다.

피곤해서인지 나뭇잎에서 전해지는 느낌이 상쾌해서인지 몸을 누인 예하령은 이내 잠에 빠졌다.

백운각(白雲閣)!

거대한 건물의 현판에는 그렇게 쓰여 있다.

백운각 앞, 그 크기가 얼마인지도 모를 거대한 공터에 사람들이 구름처럼 모여들었다.

그 많은 사람들이 바라보는 곳은 오직 한곳이다.

백운각을 등진 채 당당히 서 있는 사내. 그는 물론 청성파와의 비무를 위해 이곳을 찾은 진가운이다.

한 사람이 서 있는 것에 불과하지만 진가운을 바라보는 사람들은 철옹성(鐵甕城)을 생각했다. 아무리 많은 군마가 밀려와도 결코 허물어지지 않는다는 철옹성.

철옹성을 연상시킬 정도로 진가운의 몸에서는 어마어마한 기운이 느껴졌다. 평상시의 진가운에게서는 찾아볼 수 없는 모습에 인파의 한 구석에서 진가운을 지켜보던 예하령도 약간은 놀란 모습이다.

"굉장하군."

"그래, 과연 진패문 문주답네그려."

"그러게 말이야. 그 기세만으로도 만인을 제압할 대영웅(大英雄)의 풍모가 아닌가 말일세."

군중 사이 이곳저곳에서 진가운을 칭찬하는 말이 쏟아져 나왔다.

그런 말을 들었으니 한번 움직여 볼 수도 있으련만 진가운은 조금도 움직이지 않고 있었다.

그가 바라보는 곳은 오직 한곳 청성파 장문인이 머문다는 상청궁(上淸宮)이 있는 서쪽일 뿐이다.

'우와, 정말 멋있다. 어쩌면 평상시랑 저렇게 다르냐?'

"와아아~!"

순간 군중 한편에서 함성이 흘러나왔다.

진가운의 새로운 면모에 놀란 표정을 짓던 예하령이 청중들의 고함 소리를 듣고 고개를 상청궁이 있는 곳으로 돌렸다.

세 명의 도인.

허연 수염을 날리며 세 명의 도인이 천천히 사람들이 구름처럼 모여 있는 백운각 앞 광장으로 걸어 들어왔다.

그중 한가운데에 있는 도인의 얼굴을 잔뜩 굳어 있다.

'저 늙은이가 운정(雲靜)이로군.'

운정이 다가서는 것을 본 진가운이 마주 다가갔다.

씨익!

진가운을 보며 슬쩍 미소를 지은 후 광장으로 걸어가는 운정.

운정을 바라보던 진가운이 슬쩍 고개를 가로저었다.

보아하니 운정 역시 초고수임에 분명해 보였다. 걸음 중에 쓸데없는 손 움직임이 전혀 보이지 않았다. 하나 운정은 자신의 상대는 되지 않는다고 결론 내렸다.

운정의 발걸음은 조금 높았다. 그것으로 진가운은 운정이 자신의 상대가 되지 못한다는 결론을 내린 것이다.

사람의 몸이 뜨게 되면 운신의 폭이 좁아진다. 그것은 일반인이든 무림인이든 다르지 않다. 고수는 모든 것이 자연스럽게 배어 나오는 법이다. 조금 전 평범한 걸음이었지만 운정의 걸음은 진가운이 한번 대적한 바 있는 명운 대선사의 걸음과는 많은 차이가 있었다. 진가운은 그것을 놓치지 않았다.

마침내 옆에 있는 두 사람의 도인을 세워두고 청성파 장문인 운정 도장이 진가운 앞에 마주 섰다.

진가운이 먼저 운정에게 포권하며 허리를 숙였다.

"일 합의 가르침을 받으러 왔습니다."

"일백오십 년을 기다렸소이다. 무량수불(無量壽佛)!"

운정 도장 역시 진가운을 향해 허리를 숙여 예를 표했다. 그렇게 서로를 향해 허리를 숙이고 있던 두 사람이 거의 동시에 몸을 일으켜 세우고 뒤로 다섯 걸음씩 물러났다.

일촉즉발(一觸卽發)!

아무런 움직임 없이 서로를 바라보고 있었지만 터질 듯한 긴장감이 느껴졌다.

"발검(拔劍)하시지요."

운정 도장의 말에 전패문주가 고개를 슬쩍 숙이고는 손을 앞으로 슬쩍 뻗었다.

쩌저정!

진가운의 손에서 서서히 광채가 일더니 파천광선검이 서서히 그 빛을 뿌리며 모습을 드러냈다.

섬광.

모습을 드러낸 파천광선검에서 섬광이 뿜어져 나왔다.

스르릉!

부드러운 소리와 함께 운정 도장이 검집에서 검을 뽑아 들었다.

운정 도장이 뽑아 든 검은 파천광선검과는 정반대다.

묵검(墨劍).

햇빛이 반짝임에도 운정 도장의 검에서는 아무런 빛도 흘러나오지 않았다.

그렇게 한참 동안 서로의 검을 바라보던 두 사람이 기수식을 취했다.

진가운은 명운 대선사와의 대결 때와 마찬가지로 전경 자세를 취한 채 전방의 운정 도장을 바라보았다.

운정 도장은 양 발을 편안히 벌인 상태에서 검을 아래로 늘어뜨린 채 진가운을 바라보고 있다.

웅웅웅!

운정 도장이 들고 있던 묵검에서 울음소리가 나오기 시작했다. 그와 함께 운정 도장 주변이 점점 어두워지기 시작했다. 마치 빛이란 빛은 모두 빨아들이겠다는 듯 묵검은 주변의 빛을 빨아들이며 주변을 암흑으로 만들었다.

"대라무위신공(大羅無爲神功)!"

지켜보던 사람들 가운데 한 사람의 입에서 놀란 소리가 터져 나왔다.

대라무위신공을 보고도 아무런 움직임을 보이지 않던 진가운의 몸에서 광채가 조금씩 뿜어져 나오기 시작했다.

척!

서로를 바라보던 두 사람 중 운정의 발이 한 걸음 앞으로 나왔다.

그와 동시에 묵검이 운정 도장의 머리 위로 천천히 올라갔다.

쉬이잉!

운정 도장을 중심으로 바람이 불어오기 시작했다.

산들바람처럼 잔잔히 불기 시작하더니 어느덧 광풍(狂風)이 되어 모든 것을 집어삼킬 듯한 기세.

마치 태풍의 눈처럼 그 광풍의 한복판에 고요히 서 있는 운정.

운정과 진가운의 대결을 구경하던 사람들의 몸이 휘청거린다.

그 와중에도 진가운은 아무렇지도 않다는 듯 전혀 움직임을 보이지 않았다. 오히려 마음이 차분하게 가라앉았다. 비무에 들어가기 전 약간 흥분되었던 감정은 어디에서도 찾아볼 수 없었다.

"차앗!"

박력있는 기합 소리.

슈슉!

운정의 몸이 하늘 높이 치솟아올랐다.

마치 회오리바람 속에 갇힌 나뭇잎처럼 까마득하게 솟아오른 운정 도장의 신형.

그 모습이 보이지 않을 때 즈음, 지상에 일던 광풍이 운정을 쫓아 하늘 높이 솟구쳤다.

"크흐흑!"

구경하던 사람들 중 일부가 신음을 토하며 귀를 양손으로 틀어막았다. 멍멍해지는 느낌과 함께 속이 뒤틀렸다.

그러나 진가운은 여전히 아무런 움직임을 보이지 않았다. 그저 담담한 눈으로 조금 전까지 운정이 서 있던 그곳을 바라볼 뿐이었다.

우르르릉!

천둥이 치기 전 들려오는 울음소리와 같은 웅장한 소리가 하늘에서 울려 퍼졌다.

"포하!"

쐐애액!

알 수 없는 주문과 같은 외마디와 함께 묵검에서 빛이 쏟아졌다. 마치 지금까지 주변을 암흑으로 덮으면서 모아두었던 빛을 한번에 토해내듯 하늘에서 빛이 쏟아졌다.

슈루룽!

마치 살아 움직이는 듯 또아리를 틀며 날아오던 빛덩어리가 순식간에 아홉 줄기로 갈라졌다.

폭포.

하늘에서 떨어지는 아홉 줄기의 빛의 폭포가 전패문주, 아니, 일승문주 진가운의 몸으로 쏟아져 들어왔다.

쿠구궁!

쐐액!

강렬한 뇌성벽력과 함께 진가운을 향해 쏟아지는 아홉 개의 폭포.

"구하천풍검법(九河天風劍法)!"

또다시 군중 가운데 누군가의 소리가 진가운의 귀를 파고들었다.

진가운의 입가에 미소가 번졌다.

"늙은이, 당신은 졌어."

무심한 한마디와 함께 진가운이 슬쩍 입술을 깨물었다.

"얍!"

이제까지 아무런 반응을 보이지 않던 진가운이 파천광선검을 위로 들어 올리더니 공중을 향해 힘껏 찔렀다.

슈팟!

진가운이 순식간에 지상에서 사라지며 하늘로 치솟았다.

'늦었다.'

두 사람의 싸움을 지켜보던 무림인의 공통된 생각이다. 조금만 더 빨리 전패문주가 몸을 움직였다면⋯⋯.

지금은 벌써 아홉 개의 하늘 폭포가 거의 다 도착한 상태였다.

그 사실을 아는지 모르는지 진가운은 그대로 하늘을 향해, 아니, 이미 하늘에 솟아 있는 청성파 장문인 운정 도장을 향해 날아갔다.

쿠광쾅~!

하늘에서 내려오던 아홉 줄기의 폭포가 한번에 진가운의 몸을 때리며 굉음을 냈다.

귀가 찢어지는 듯한 커다란 폭발 소리에 지상에서 고개를 쳐들고 지켜보던 무인들의 몸이 흔들릴 지경이다.

번쩍!

아홉 개의 폭포와 부딪치며 전패문주의 주변으로 섬광이 일었다. 하늘을 바라보던 무인들이 섬광에 놀라 일제히 고개를 돌렸다.

섬광의 번쩍임과 함께 진가운의 몸이 공중으로 계속 치솟았다.

쿠르르릉!

용 울음소리와 함께 하늘에서 운정 도장과 진가운이 교차했다.

턱!

공중에 몸을 날렸던 두 사람은 어느새 땅에 내려서 있었다.

처음 대치하던 곳과 서로 반대 방향으로 내려선 두 사람이 바로 몸을 돌려 서로를 바라보았다.

침착한 눈동자.

조금 전 무슨 일이 있었느냐는 듯 서로를 바라보는 눈에는 조금의 흔들림도 보이지 않았다.

"허허허. 백오십 년의 기다림이 또다시 헛고생이 되었구려."

공허하게까지 들리는 운정 도장의 목소리.

주변에 모여 있던 사람들이 이해하지 못하겠다는 듯 운정 도장을 바라보았다.

툭!

검을 바닥에 던지고 운정 도장이 손으로 자신의 도복 한곳을 가리켰다.

왼쪽 가슴.

심장이 있는 부위를 손가락으로 가리키는 운정 도장.

"헉!"

사람들이 놀라 일제히 입을 벌렸다.

내력을 끌어올리지 않으면 보이지도 않을 정도의 작은 구멍이 운정 도장의 도복에 뚫려 있었다.

"가르침 잘 받고 돌아갑니다."

운정 도장을 향해 진가운이 먼저 포권하며 허리를 숙였다.

"무량수불(無量壽佛)!"

운정 도장이 진가운을 향해 황급히 마주 허리를 숙였다.

휙!

몸을 돌린 진가운이 사람들이 둘러싼 곳으로 천천히 걸어갔다. 마치 바다가 갈라지듯 주변을 둘러쌌던 사람들이 뒷걸음질치며 진가운의 앞길을 열어주었다.

"우와~! 멋있다."

동공이 풀린 채 진가운의 뒷모습을 바라보는 예하령.

정말이지 지금의 진가운이 남창의 구두쇠 장의사 진가운과 동일인이라는 사실이 믿어지지 않았다.

알 수 없는 가슴 떨림이 예하령의 숨을 멎게 만들었다.

슥!

예하령이 급히 고개를 들었다.

저 멀리 혼자 걸어가는 진가운. 예하령은 진가운의 뒤를 따라 급히 달려갔다.

넓은 공터.

과연 이런 울창한 산속에 이렇게 넓은 공터가 있을까 싶은 엄청나게 넓은 공터가 진가운의 눈에 들어왔다.

턱!

공터에 도착한 진가운은 잠시 휴식을 취하기 위해 공터에 앉았다.

'바위로군.'

진가운이 넓은 공터라고 생각했던 것은 공터가 아니라 바위였다. 얼마나 큰 것인지 짐작이 되지 않을 정도의 거대한 바위. 그것이 공터의 정체였다.

이 바위도 과거에는 머리에 커다란 봉우리를 얹고 있었을 것이다. 무수한 세월이 흘러 이렇게 변화되었을 것이다.

갑자기 무한한 자연의 힘에 대한 경외심(敬畏心)이 진가운에게 밀려왔다.

'쓸데없는 생각을 다 하네.'

잠시 감상에 젖었던 자신을 생각하니 헛웃음이 흘러나왔다.

진가운이 슬쩍 고개를 돌렸다.

예하령이 넋을 잃은 표정으로 자신을 바라보고 있었다.

씨익!

진가운이 슬쩍 미소를 지었다.

예하령이 급히 손을 가슴으로 가져갔다. 자신을 향해 미소 짓는 진가운을 보니 가슴이 터질 듯하다.

'아이고, 놀라라.'

"나와라!"

예하령이 고개를 돌렸다.

텅 빈 숲.

"군자대로행(君子大路行)이라 했거늘 사내놈이 대로를 거닐지는 못할망정 어찌 들쥐 새끼처럼 그렇게 풀숲에 숨어 사람을 바라보는 것이냐?"

'무슨 소리지?'

예하령이 이상하다는 듯 고개를 갸웃거리려는 순간, 숲이 꿈틀거렸다.

획!

머리에 삿갓을 깊숙이 눌러쓴 칠 척 거한 한 명이 모습을 드러냈다.

"나왔다."

"잘했어."

무심한 한마디.

'뭐 이런 자식이 다 있어?'

칠 척 거한의 얼굴이 순식간에 일그러졌다.

하기사 기껏 나왔더니 한다는 말이 '잘했어' 라니 어이가 없기는 할 것이다.

숲에서 몸을 드러낸 칠 척 거한이 진가운이 있는 곳으로 뚜벅뚜벅 걸어왔다.

척!

어느새 다가온 칠 척 거한이 진가운의 옆에 앉았다.

"들쥐 새끼는 아니군."

"그렇지. 들쥐 새끼가 전패문주를 상대할 수는 없는 법이지."

획!

놀란 얼굴로 진가운이 고개를 돌리자 거구의 사내가 급히 뒤로 물러섰다.

스르릉!

검집에서 검을 빼 드는 소리가 진가운의 머리카락을 한 올, 한 올 일으켜 세웠다.

휘링!

검을 힘차게 앞으로 뻗는 거한.

진가운의 눈동자가 슬쩍 흔들렸다.

"이미 비류성의 개라는 것은 짐작하고 있다. 누구냐."

"……."

"이제 너의 신분도 밝혀야지. 그게 사내 아니야?"

"그렇군. 이제 더 이상 속일 이유가 없겠군."

획!

칠 척 거한이 머리에 쓰고 있던 삿갓을 벗어 던졌다.

휘리릭!

그와 동시에 삿갓에서 긴 머릿결이 흘러나오며 바람에 휘날렸다.

"여… 여자?"

진가운의 동공이 확대되었다.

대장부라 생각했건만 거한은 남자가 아니라 여자였다.

"호호호. 본녀는 밀타(密陀)라 한다."

여지껏 선이 굵던 목소리와는 달리 밀타의 입에서 낭랑한 여인의 목소리가 터져 나왔다.

'밀타? 그 이름 참 희한하네.'

진가운이 고개를 갸웃거렸다. 아무리 입술을 달싹여도 익숙지 않은 희한한 이름이다.

"이제 본녀의 이름을 밝혔으니 어서 검을 뽑아라."

척!

진가운이 자리에서 일어나 밀타를 바라보며 똑바로 섰다.

타라락!

서로를 바라보는 진가운과 밀타의 눈에서 불꽃이 튀어 올랐다.

〈2권 끝〉